追梦阅读

名师导读

锦绣山河

杨朔 著

華中科技大學出版社
http://www.hustp.com
中国·武汉

图书在版编目(CIP)数据

名师导读．锦绣山河/杨朔著．—武汉：华中科技大学出版社，2019.9(2023.9 重印)
(追梦阅读)
ISBN 978-7-5680-5464-5

Ⅰ．①名…　Ⅱ．①杨…　Ⅲ．①中篇小说-中国-当代　Ⅳ．①I217.2
②I247.5

中国版本图书馆 CIP 数据核字(2019)第 169102 号

名师导读：锦绣山河
Mingshi Daodu：Jinxiu Shanhe　　　　杨　朔　著

策划编辑：阮　珍　田金麟
责任编辑：朱媛媛
封面设计：孙　黎
责任校对：李　琴
责任监印：朱　玢
出版发行：华中科技大学出版社(中国・武汉)　　电话：(027)81321913
　　　　　武汉市东湖新技术开发区华工科技园　　邮编：430223
录　　排：华中科技大学惠友文印中心
印　　刷：武汉邮科印务有限公司
开　　本：710mm×1000mm　1/16
印　　张：15.5
字　　数：179 千字
版　　次：2023 年 9 月第 1 版第 4 次印刷
定　　价：35.00 元

“追梦阅读”丛书编委会

“追梦阅读”丛书编辑部

出版说明

本套“追梦阅读”丛书共收录了24部作品，分为3个主题——榜样力量、红色经典、岁月成长，以“名师导读”为丛书特色，由华中科技大学出版社出版。

此次出版只在处理文字讹误等方面做了必要工作，以尽量保持经典作品的语言风貌及其所处的时代特征。如有疏漏，望读者指正。

“追梦阅读”丛书编委会

2019年8月

总序

如果有一种信仰要让全世界共同坚守,那只有阅读。如果读书成为我们的信仰,我们就可以少一份轻浮、空虚,就可以始终保持一种超现实的心态,保持一种向理想进发的热情。

为什么全国上下掀起了一个读书热潮?那是因为读书能帮助我们明确人生方向,开拓我们的视野,陶冶我们的性情。我们能从经典里认识到一个新的自我,在成长的岁月里有一个学习的榜样,在书中探索到生活真正的意义,知道我是谁,从哪里来,要到哪里去,从而找到通往精神家园的路径。

读书是一个庄严的仪式,阅读是一个“追梦”的历程。这套丛书带领我们走进“红色经典”,在“岁月成长”中找到“榜样力量”,享受一次精神旅行。“导读”帮助读者了解作者、写作意图和写作背景,同时也帮助读者了解一本书的内容及其影响,领会今天的社会价值观念的核心。

无论是可歌可泣的《长征的故事》,还是《荷花淀》《铁道游击队》《两个小八路》《小英雄雨来》的抗日事迹,乃至抗美援朝战争,都揭示了一个真谛:人类的精神一旦被唤醒,其威力将无穷无尽。没有苦菜花开的艰难岁月,没有志士仁人的流血牺牲,就不能走向胜利,就没有锦绣山河、可爱的中国的诞生。有多少英雄从《童年》出发去探寻人生之路,《闪闪的红星》曾照耀着整整一代人去寻找光明。翻开《红色家书》看看吧,每一页都记录着革命先烈的远大理想、浩然之气。从李四光、竺可桢、陈景润到钱三强、钱学森,爱国、奉献、拼搏、创新的精神在科学家们身上体现。从吴孟超身上我们看到的是一个大写的爱,从赵君陶身上我们知道严师慈母的仁,从焦裕禄身上我们明白什么叫立党为民。我们为什么要"向雷锋学习"?读读《雷锋日记》,我们要学习的是为人民服务、无私奉献和钉子精神。每一个人心中都有一个英雄偶像,幸福的花为勇士而开,赞赏坚毅的牛虻的奥斯特洛夫斯基告诉我们钢铁是怎样炼成的。

我们希望在"经典"阅读中吸取精神营养,在"成长"的过程中沿着正确的方向追寻自我,对照"榜样"的故事明确使命和担当,在新长征路上不忘初心,"追梦"不止,走向远方,创造诗意人生。

刘玉堂

湖北省社会科学院原副院长

华中师范大学特聘教授、博士生导师

自有诗心如火烈

一

1913 年 4 月 28 日，一个婴儿降生在山东蓬莱城北街的一所老宅中，他，就是后来被誉为散文大家的杨朔。杨朔（1913—1968），山东蓬莱人，中国现代著名散文家、小说家。

3 岁时，身为清末秀才、博学多识的父亲就教杨朔古诗；父亲辞世后，身为拔贡的外祖父又经常指导他习诗作文。读书之余，他常去看海。静谧的大海充盈着诗意的张力，波涛汹涌的场景展现了无比的壮美。聆听着阵阵浪涛，品味那碧蓝的诗意，畅想奇妙幻景，杨朔感到“瓦蓝瓦蓝的海水，使人的思想也明净起来”。在文学之路上，古典诗词的熏陶在杨朔心中种下了诗意的种子，碧蓝的大海给杨朔熏染了诗人的气质。

1926 年，杨朔在山东烟台《威克莱》上发表了个人第一篇作品——短篇讽刺小说《白士宏》，显示出强烈的社会责任感。随后，日本帝国主义占领了东北，铁蹄踏过的土地，满目疮痍。祖国遭受蹂躏的惨状、老百姓水深火热的生活，都使杨朔心中充满激愤。

"诗缘情",愤懑和痛苦的块垒时刻压迫着杨朔的心胸,不吐不快。1928—1937年,杨朔创作了不少旧体诗词,以七律和七绝为主要形式,抒发亡国之忧,感时伤怀。

全面抗战爆发后,战场的见闻极大地点燃了他心中的爱国热情:"现在是民族存亡的紧急关头,也是个伟大的时代,我要在大时代里滚一滚。""当前首要的是唤起全国人民,同心抗日。我决心用笔来战斗。"(杨玉玮《自有诗心如火烈——忆杨朔同志》)为此,他决然创作《绝情》一诗:"黄鹤楼头雁夜征,紫羊湖畔月孤明。谁知边塞悲秋客,赋到江南竟绝情。"表明自己不愿再做一个写作旧体诗词的"悲秋客",而是决心撰写宣传抗日的文章,寻求救国之路。1937—1949年,杨朔创作了中篇小说《帕米尔高原的流脉》《北线》《红石山》《望南山》,短篇小说集《月黑夜》,通讯特写集《潼关之夜》等作品,描绘了中国共产党领导下的人民群众进行抗日斗争和民主革命的壮丽画面,刻画了工农兵群众在斗争中涌现出来的典型人物形象及其新的精神境界。这一时期的诗作《雪夜遣怀》:"四山风雪夜凄迷,夜色浓中唱晓鸡。自有诗心如火烈,献身不惜作尘泥。"是他火热灵魂、滚烫诗心的写照。

新中国成立之初,社会天翻地覆,万象更新,人民欢欣鼓舞,喜迎新生活。回首走过的血与火的抗争岁月,人们不禁感慨这安定清明的社会的来之不易,杨朔"每次在天安门观礼,一听见礼炮响,再听见奏国歌,就止不住要流眼泪,激动得很",他发自内心地热爱新生活,敬佩新中国的缔造者和建设者。抗美援朝战争爆发后,他作为记者奔赴朝鲜,亲见了美帝国主义对朝鲜人民的暴行和志愿军战士们抗美援朝、保家卫国的豪情。本就有着一颗细腻易感诗心的杨朔,在这些情感的激荡下,激发了更大的创作热情。1949—1955年,他创作了中篇小说《锦绣山河》、长篇小说《三千里江山》、通讯报告集《鸭绿江南北》《万古青春》及多篇散文,记述战争年代的人和事，讴歌中国人民志愿军不朽的战斗功绩和伟大的爱国主义、国际主义精神，文笔朴实，感情真挚。《三千里江山》在全国引起热烈反响，被誉为建国初期小说文坛上的“重要收获”，奠定了杨朔在当代文坛上的重要地位。

1955年后，杨朔转入了文化领导方面的工作，从事外事活动。然而，不安分的诗魂鼓动着他，在紧张的工作之余，他仍坚持创作。常常是白天进行繁重的外事活动，晚上挑亮灯火，抒写美文。他由小说和通讯特写等文体转向抒情散文创作，文学创作进入成熟期，相继出版了《亚洲日出》《海市》《东风第一枝》《生命泉》等作品集，反映各国人民反帝反殖民主义的斗争，歌颂祖国的建设，表现劳动人民的品质和老百姓的美好生活。并由此开创了“诗体散文”的新模式，文风清新、文雅含蓄、富有诗意，确立了他在当代文坛的地位。名作《香山红叶》《荔枝蜜》《茶花赋》《泰山极顶》《雪浪花》《秋风萧瑟》《画山绣水》《樱花雨》《蓬莱仙境》《海市》均诞生于这个时期。

二

杨朔因其小说创作知名于世，却以散文的成就最得世人的推崇。

杨朔一生创作了200多篇散文，出版了九个散文集，多篇散文入选中学、大学教科书。具有诗人气质的他开创了“诗体散文”的模式，引领了20世纪60年代散文诗化运动的潮流，是诗化抒情散文最具有代表性的作家之一。

从艺术特征上看，他的散文作品结构严谨、布局精巧，语言精练含蓄，富有诗意。这种“诗意”主要体现在三个方面。

其一，诗的意境。

杨朔善于缘情生物、托物言志，常常从小处落笔，通过想象、比兴、象征等艺术手法构造诗意的形象，创造诗的意境，表达深远的旨意，具有诗情美。如《茶花赋》中，作者从含露乍开的茶花想到了祖国的未来；《泰山极顶》以泰山赞誉中华民族，寄寓中华民族如旭日东升般无限辉煌的情思。

其二，诗的结构。

杨朔在《〈东风第一枝〉小跋》中说："动笔时，我也不以为自己是在写散文，可以放肆笔墨，总要像写诗那样，再三剪裁材料，安排布局，推敲字句，然后写成文章。"他的散文结构精巧别致，常常巧设悬念，穿插点化，曲折多变，卒章显志。如《茶花赋》欲赋茶花先赞梅花，继而又从欣赏茶花美而歌颂我们的生活美、劳动美以及美的创造者，层层铺垫，结尾又以童子面茶花象征欣欣向荣的祖国，表达出对祖国灿烂明天的赞美。他又喜采用双线交织的安排，或虚实相生，使行文更有曲径通幽之美，富有诗意。如《泰山极顶》采用双线交织的结构，以登山看日出为明线，以对人民集体化的赞美为暗线组织行文，达到了曲折回环，别致诗意的效果；《雪浪花》中用"雪浪花"意象与"老泰山"的形象构成一种虚实相生、形神对应的诗化格局。

其三，诗的语言。

杨朔往往精心锤炼语言，用字精准传神，又擅用修辞，创造出独特的清新俊逸、凝练简洁又充满诗意的语言。如《雪浪花》中的"是叫浪花咬的"，一个"咬"字，传神、精当，把雪浪花写活了，也把老泰山的形象诗化了，使文章充满诗意。《泰山极顶》中"你再瞧，那在天边隐约闪亮的不就是黄河，那在山脚下缠绕不断的自然是汶河，那拱卫在泰山膝盖下的无数小馒头都是徂徕山等许多著名的山岭；那黄河和汶河有恰似飘舞的彩绸，正有两只看不见的大手在耍着；那连绵不断的大小山岭却又像许多条龙灯，一齐滚舞——整个山河都在欢腾着啊。”使用了比喻、排比、拟人等修辞手法，让人感受到祖国山川河流都洋溢着激情和青春的朝气，诗意喷薄而出。

如果说杨朔的散文作品呈现出诗意的优美格调，那么杨朔的小说作品则体现出英雄的壮美之气。

这种壮美在于他塑造的“雄浑壮美的形象”，写英雄，颂英雄，用英雄的豪壮之气激荡人心。如《大旗》中高举大旗，率领农民举行暴动的坚毅勇猛的盛光斗；《铁骑兵》中掉队了自动打游击，吓停了鬼子“扫荡”的机智勇敢的八路军。

壮美还在于他笔调的热烈、雄浑，带有“金戈铁马铮铮作响的音调”，如《风暴》中描写呼啸而来的北风：“黄色的尘头沿着原野滚来，带着呼呼的吼声，像是驰突的兽群。尘头越近越响，树木摇晃了，房屋震颤了，天色暗淡了，风暴的领域是更开拓、更辽阔，直扫过遍体创伤的沧石路，吹到遥远遥远的南边。整个大平原翻滚起来了。”

不论散文还是小说，在杨朔的笔下，都呈现出诗一般的艺术美。

在内容题材上，杨朔的作品题材广泛，内容丰富，带有强烈的时代特征，又往往反映光明，歌唱新生活，显示了深刻的社会意义。以本书为例，本书共收录杨朔31篇文章，从20世纪三四十年代到六十年代中期都有，几乎涵盖了杨朔的整个创作阶段。其中前三辑为散文，第四辑为短篇小说。

第一辑《散文·荔枝蜜》主要抒发了对劳动人民和新生活的赞美与歌颂。如《香山红叶》中借红叶赞美老向导历经沧桑，在新时代里精神饱满、思想高尚，“越到老秋，越红得可爱”。《滇池边上的报春花》更是直接赞美“只有今天，追求不到的圆满东西，我们可以追求到了。也只有今天，昆明才真正出现了长年不谢的春天”。表现抗日战争的《木棉花》和反映解放战争的《百花山》也都反映了人民的觉悟和斗争的英勇，表达了对人民的赞美。

第二辑《散文·春在朝鲜》主要是抗美援朝战争期间的作品，记述了作者在战场上的见闻，反映了志愿军战士们的战斗生活、精神风貌，“他们过的是紧张而艰苦的战斗生活，他们却有着高贵的理想，热烈的愿望，渴望着把生活建设得更美好。”(《用生命建设祖国的人们》)抒写了中朝人民同仇敌忾的国际友谊和抵抗侵略、保家卫国的共同心愿，“虽然有条鸭绿江把中朝人民隔在南北两岸，但在保卫自己祖国和世界和平的共同意志上，这条界线是不存在的。”(《鸭绿江南北》)讴歌了中国人民志愿军不朽的战斗业绩和对祖国、对人民、对和平的热爱以及爱国主义、国际主义的伟大精神，“这个为保卫世界和平而战斗着的中国人民志愿军正在为全世界的人民服务呢。”(《平常的人》)这些作品中跃动着时代的脉搏，洋溢着战斗的气息，鼓舞人心。

第三辑《散文·锦绣山河》都是作者从事外事活动时期的作品，以游记为主，赞美了祖国的大好河山，更抒写和赞美了普通劳动者的生活风貌和祖国的建设成就。如《雪浪花》中的老泰山“恰似一点浪花，跟无数浪花集到一起……正在勤勤恳恳塑造着人民的江山。”《黄河之水天上来》赞颂社会主义建设：“人民的力量集合一起，就能发挥出比大禹还强百倍的神力，最终征服黄河。”

第四辑《小说·风暴》所选作品大多写作于20世纪三四十年代，内容主要是抗日战争和解放战争中老百姓所遭受的苦难和斗争的顽强，塑造了觉醒的劳苦大众和顽强斗争的英雄等一系列形象。如《风暴》中数万冀中人民在沉睡的平原上捣毁敌人修筑的沧石路进行斗争，《月黑夜》中一个八路军骑兵班在敌占区得到百姓的殊死帮助。这些作品充满了抗日救亡的决心，革命必胜的坚定信念，以及人民对获得解放的强烈渴盼。

在思想情感上，杨朔笔下的一草一木、一人一事都充盈着积极昂扬之气，蕴含着美好与希望，给人以奋发振作的精神力量。他认为，“散文常常能从生活的激流里抓取一个人物一种思想，一个有意义的生活断片，迅速反映出这个时代的侧影。所以一篇出色的散文，常常会涂着时代的色彩，富有战斗性。”（《〈海市〉小序》）他的创作“想从一些东鳞西爪的侧影，烘托出当前人类历史的特征”。（《〈东风第一枝〉小跋》）

民族危难之际的杨朔，将手中的笔作为武器，去呐喊和冲锋陷阵，用他执着而强烈的爱国热情，投身到为民族独立而战的洪流里，赞颂了视死如归、宁死不屈的民族气节，不畏强暴、顽强斗争的英雄气概和百折不挠、坚忍不拔的必胜信念，如《征尘》《风暴》等。

在社会主义建设时期，他的散文仍然用饱满的激情，诗意的讴歌，高唱激越昂扬的时代旋律，震撼读者的心灵。在热火朝天的社会建设中，他为劳动人民“毫不利己，专门利人”“为了祖国和人民的幸福，生命也可以献出来”的精神品质而感动，塑造了一系列如《茶花赋》中的花农普之仁、《香山红叶》中的老向导等劳动人民的形象，讴歌劳动人民的崇高品质和主人翁精神。

三

在20世纪五六十年代，杨朔的散文被给予了极高的赞誉，评论界一致认为其创作无论是思想性还是艺术性都是一流的。他的不少作品被选入大学、中学教科书，得到了有力的传播，扩大了影响。

从20世纪40年代开始，我国文学主流是描写工农兵群众的阶级斗争和政治运动，散文也以写先进、颂英雄的通讯特写这种类似散文的文体为主。杨朔的“诗体散文”则做到了把阶级的情感扩展到了社会的情感，让作品从阶级斗争的政治走向了社会，走向了生活，走向了文化，突出了散文的文学特色，创造了富有新意的散文体式，大大提高了散文的美学价值，开拓了抒情散文创作的天地，引发了诗化散文的思潮，使散文创作出现短期繁荣的局面，立下了无可替代的丰碑。可以说，杨朔的散文具有独特的开创性的眼光和勇气。

即使今天，杨朔及其作品也给我们提供了学习的榜样和精神。

在写作的态度上，杨朔踏实而认真，真正地走入人民，走入生活，投注真情。他认为，“生活是创作的源泉”，为了写出优秀的作品，杨朔“从这个地方转到那个地方，到处流动，一去不用说，先打听有什么好材料”，得到了“马上记者”的美称。谈到“诗意”的时候，杨朔又说：“你在斗争中，劳动中，生活中，时常会有些东西触动你的心，使你激昂，使你快乐，使你忧愁，使你沉思，这不是诗又是什么呢？”正是这种踏实认真，投入生活，投注真情的态度，催生了不少优秀的作品。反观当下，追求便利、快捷的生活方式成为主流，随之而来的心浮气躁、浮皮潦草、浮光掠影的态度不止在文学上，在社会生活的各方面都为害甚重。从这个意义上讲，杨朔的创作态度很值得当下的年轻人学习。

在写作的眼光上，杨朔富有诗人气质，他善于用自己那颗敏感而火热的“诗心”去感受生活，发掘美好动人的意蕴，抒写时代的风貌。他说：“不要从狭义方面来理解诗意两个字。杏花春雨，固然有诗，铁马金戈的英雄气概，更富有鼓舞人心的诗力。”他是真爱我们的祖国，真爱我们的人民，真爱这奔向光明的新生活。在他的笔下，山川景色充满着迷人的色彩；战斗生活呈现出传奇的特色；平凡普通的人物，也都展现出伟大的精神品质，绽放时代的光芒；细微的事物如一片红叶、一簇浪花、似雪的樱花、萧瑟的秋风都勾动思绪，呈现出动人又伟大的一面。诗意洋溢之余，更给人以鼓舞和启发。在全球一体化的今天，我们强调世界眼光的高瞻远瞩，却往往忽略了身边的美好；我们追求"身体和灵魂，总要有一个在路上"，却没来得及停下看看我们正迈步的方向；我们盯着推特、博客、抖音不断猎奇，却忘记了最大的奇迹就是美好生活的创造。当习作的年轻人牢骚着"没有素材"可写，用贫瘠的语言草草涂抹着苍白的生活的时候，真该读读杨朔的作品，用"诗心"熏染自己，用"诗意"看待生活，收获美好。

在写作的技巧上，杨朔的散文呈现出模式化的特点，整体构思上多采用"物—人—理"或"景—人/事—情"的三段式结构，布局安排上多出现"开头设悬念、中间转弯子、卒章显其志"的程式。"物—人—理"就是先描写一种景物，根据作者的主观意图营造出一种意境，再在这个场景中展开人物、故事，最后对人与景进行提升，归纳出一个深刻的道理或升华一种情感。如《秋风萧瑟》中由游山海关到遇到青年讲述长城的故事而升华到"用思想信仰修另一种长城"。这样的结构以及"悬念—转弯—升华"的布局，使文章逐层推进又有机融合，峰回路转又内容丰富、内涵深刻。如《泰山极顶》中，开头设下了"看日出"的悬念，接下来描绘雄壮瑰丽的泰山风光，穿插批评深山人家与世隔绝，而后笔锋一转，告诉我们零散的人家也加入了公社，最终升华到我们民族宏伟的创业史就是另一场更加辉煌的日出。让读者不由感叹构思精巧，引人入胜；眼光独到，翻出新意；思想深刻，使读者受到了洗礼。如此清晰明确又严谨精巧的模式对于初学写作的人，尤其是中学生来说，很容易模仿，适合作为写作基本功训练的范式。

除了规范易学的模式，杨朔作品中的借景抒情、托物言志、象征升华、欲扬先抑、卒章显志等写作技法乃至各种修辞的运用也十分丰富、极为典型，适合教师做范例进行写作教学，也可给习作之人进行技法训练。相应的内容和例子前文有不少，这里不再赘述。

在思想价值上，杨朔作品中体现出超越个人的格局和相当的社会责任感。

杨朔长期与劳动人民同甘共苦，对人民群众有着深沉的爱："我不想隐瞒我的感情，我爱我们的人民，我和他们比较长期走在一条路上，经历过共同的战斗，一闭眼我的眼前便出现许多人物，都是那么勇敢，那么朴素，那么自然，正是像他们那样的人创造了我们今天的历史。"他用诗心创诗意，抒发的是"大我"之志、"大我"之情，歌颂了伟大的抗战精神，描绘了祖国蒸蒸日上的建设图景，表现了劳动人民崇高的精神境界，表达出热爱祖国、热爱人民、热爱社会主义新生活的情怀。这种抗战精神，是中国人民弥足珍贵的精神财富，激励中国人民克服一切艰难险阻，为实现中华民族伟大复兴而奋斗；这种精神境界和情怀，正是社会主义核心价值观的体现，将个人价值与社会价值、国家价值融为一体。

罗林

目 录

散文　荔枝蜜

香山红叶

早听说香山红叶是北京最浓最浓的秋色，能去看看，自然乐意。我去的那日，天也作美，明净高爽，好得不能再好了；人也凑巧，居然找到一位老向导。这位老向导就住在西山脚下，早年做过四十年的向导，胡子都白了，还是腰板挺直，硬朗得很。

我们先邀老向导到一家乡村小饭馆里吃饭。几盘野味，半杯麦酒，老人家的话来了，慢言慢语说："香山这地方也没别的好处，就是高，一进山门，门坎跟玉泉山顶一样平。地势一高，气也清爽，人才爱来。春天人来踏青，夏天来消夏，到秋天——"一位同游的朋友急着问："不知山上的红叶红了没有？"

老向导说："还不是正时候。南面一带向阳，也该先有红的了。"

于是用完酒饭，我们请老向导领我们顺着南坡上山。好清静的去处啊。沿着石砌的山路，两旁满是古松古柏，遮天蔽日的，听说三伏天走在树荫里，也不见汗。

老向导交叠着两手搭在肚皮上，不紧不慢走在前面，总是那么慢言慢语说："原先这地方什么也没有，后面是一片荒山，只有一家财主雇了个做活的给他种地、养猪。猪食倒在一个破石槽里，可是倒进去一点食，猪怎么吃也吃不完。那做活的觉得有点怪，放进石槽里几个铜钱，钱也拿不完，就知道这是个聚宝盆了。到算工账的时候，做活的什么也不要，单要这个石槽。一个破石槽能值几个钱？财主乐得送个人情，就给了他。石槽太重，做活的扛到山里，就扛不动了，便挖个坑埋好，怕忘了地点，又拿一棵松树和一棵柏树插在上面做记号，自己回家去找人帮着抬。谁知返回来一看，满山都是松柏树，数也数不清。”谈到这儿，老人又慨叹说：“这真是座活山啊。有山就有水，有水就有脉，有脉就有苗，难怪人家说下面埋着聚宝盆。”

这当儿，老向导早带我们走进一座挺幽雅的院子，里边有两眼泉水。石壁上刻着“双清”两个字。老人围着泉水转了转说：“我有十年不上山了，怎么有块碑不见了？我记得碑上刻的是‘梦赶泉’。”接着又告诉我们一个故事，说是元朝有个皇帝来游山，倦了，睡在这儿，梦见身子坐在船上，脚下翻着波浪，醒来叫人一挖脚下，果然冒出股泉水，这就是“梦赶泉”的来历。

老向导又笑笑说：“这都是些乡村野话，我怎么听来的，怎么说，你们也不必信。”

听着这个白胡子老人絮絮叨叨谈些离奇的传说，你会觉得香山更富有迷人的神话色彩。我们不会那么煞风景，偏要说不信。只是一路上山，怎么连一片红叶也看不见？

老人说：“你先别急，一上半山亭，什么都看见了。”

我们上了半山亭，朝东一望，真是一片好景。茫茫苍苍的河北大平原就摆在眼前，烟树深处，正藏着我们的北京城。也妙，本来也算有点气魄的昆明湖，看起来只像一盆清水。万寿山、佛香阁，不过是些点缀的盆景。我们都忘了看红叶。红叶就在高头山坡上，满眼都是，半黄半红的，倒还有意思。可惜叶子伤了水，红的又不透。要是红透了，太阳一照，那颜色该有多浓。

我望着红叶，问：“这是什么树？怎么不大像枫叶？”

老向导说："本来不是枫叶嘛。这叫红树。"就指着路边的树，说："你看看，就是那种树。"

路边的红树叶子还没红，所以我们都没注意。我走过去摘下一片，叶子是圆的，只有叶脉上微微透出点红意。

我不觉叫："哎呀！还香呢。"把叶子送到鼻子上闻了闻，那叶子发出一股轻微的药香。

另一位同伴也嗅了嗅，叫："哎呀！是香。怪不得叫香山。"

老向导也慢慢说："真是香呢。我怎么做了四十年向导，早先就没闻见过？"

我的老大爷，我不十分清楚你过去的身世，但是从你脸上密密的纹路里，猜得出你是个久经风霜的人。你的心过去是苦的，你怎么能闻到红叶的香味？我也不十分清楚你今天的生活，可是你看，这么大年纪的一个老人，爬起山来不急，也不喘，好像不快，我们可总是落在后边，跟不上。有这样轻松脚步的老年人，心情也该是轻松的，还能不闻见红叶香？

老向导就在满山的红叶香里，领着我们看了"森玉笏"、"西山晴雪"、昭庙，还有别的香山风景。下山的时候，将近黄昏。一仰脸望见东边天上现出半轮上弦的白月亮，一位同伴忽然记起来，说："今天是不是重阳？"一翻身边带的报纸，原来是重阳的第二日。我们这一次秋游，倒应了重九登高的旧俗。

也有人觉得没看见一片好红叶，未免美中不足。我却摘到一片更可贵的红叶，藏到我心里去。这不是一般的红叶，这是一片曾在人生中经过风吹雨打的红叶，越到老秋，越红得可爱。不用说，我指的是那位老向导。

一九五六年

木棉花

一到南国，情调便显然不同了。北方才是暮春，你在这儿却可以听见蝉、蛙，以及其他不知名的夏虫在得意地吟鸣。夜间，草丛和树梢流动着的萤火更给你带来不少夏天的消息。然而这才不过是三月底。

白天，整个大地便成为可怕的蒸笼。轻细的縠纱已经披上士女高贵的躯体，而苦力们赤着脊梁，光着脚板，在推，在拉，在掮，闷热的汗臭常从他们周身的粗糙的毛孔散发出来，这使过路的女士们蹙紧眉，急急用洒满法兰西香水的手绢捂着她们的鼻子，要不然，她们准会晕过去！

警察依旧穿着春季厚重的制服，站在路心指挥着来来往往的脚踏车，车仔，汽车……他们显得很呆滞，机械地挥动着手臂，而当大气中传来尖锐的汽笛时，他们仍然是机械地在岗棚上挂起一面红旗，看不出一点冲动的表情。

红旗的颜色虽然含着流血的意义，但它低垂着头，永远被人很冷淡地待遇着。街头流着人潮；茶馆里叫嚣着食客；大旅馆的西餐间开着风扇，富老们惬意地吃着雪糕，他们对于警报比一般人更要淡漠十倍，因为像这样大建筑的屋顶上都有避弹网，他们的生命是绝对安全的。

不过今天的轰炸却是特别厉害。镇定的市民也不能不暂时停止他们正在进行的动作，侧起耳朵听一听。

飞机的翅翼粗狂地搏击着沉郁的大气，高射炮的声音是急剧而响亮，这同低哑而窒闷的炸弹画成截然不同的音符。

广州市民对于空袭所以那样不在意，当然是从经验中生出宽大的胆量，而同时，每天空袭的次数如此频繁，如果警报一来，市民便躲藏起来，那么全市的脉搏都要整天地停息不动。

其实，炸弹的破坏力也真是太渺小了！

空袭刚过，我便爬上越秀山的中山纪念塔，纵眺着烟瘴漠漠的整个广州市，越秀山旁被炸的几处地方，简直是汪洋大海里的几点泡沫，多么细小而可怜呵！但这就是日本帝国主义的实力！

广九路被炸了，我的当天去香港的计划因而受到阻挠，这使我烦躁。

旅馆的客厅很凉爽，电灯投下浅蓝而柔和的光线，一个宁静的黄昏。

坐在我对面的那位旅客十分健谈。他是浙江人，对于这边的情形却很熟悉。他的嗓音高朗而圆润，语气也有动人的顿挫。

“我不能完全同意您的话：战争可以消灭所有内部的腐化分子。我能够给您指出眼前最有力的反证——请看粤汉铁路！”他伸出右手的食指，在他的面门前一点，加强自己谈话的语气。

我明白他是误会了我的话。我不过是说这次民族自卫战争很像一块试金石，一个人品格的高低可以立刻辨析清楚；又像外科医生的手术刀，可以加速割除溃烂的疽疮。然而假使医生刚才操起刀子，还不曾施行完毕割治的手术，你就希望全身的疽疮一齐即时痊愈，这当然是不可能的事实。

可是他的话已经擒住我的注意力，我焦急地要听听他所举的反证，因而不愿意打断他的话头。

“现在说起来，粤汉铁路的国防性简直太大了！”他似乎是在作文章，每个字都极费斟酌。“它可以比作一个人的喉管，有了它，这个人才能呼吸，四肢才能活泼有力，才能还击敌人的打击！不过粤汉路并不是一条健全通畅的呼吸管，反而是在可怕的腐烂着——我这儿所说的腐烂是指的营私舞弊！”

“舞弊的方法很多，现在我们只谈‘卖车皮’。粤汉路如今正忙着军运，商家的货品堆积得像山，很不容易弄到车皮装运。其实车皮不是没有，只是少罢了。于是商家为了抢先装运自己的货物便不惜对车站负责人行使贿赂。车站方面一瞧这是笔好买卖，所以每辆车皮都被看成奇货，哪家商店出的贿赂多就先给哪家运货。久而久之，‘卖车皮’成了车站人员公开的‘外快’，如果商店不花运动费，他的货物便一辈子也运不走！”

“谁得这些运动费呢？”

“当然是车站职员大家分啦。通同作弊，谁也不告发谁！”

他把两手一张，愤愤地加添说：

“你看，前线打得多急，后方还是乌烟瘴气！战争对于没有人心的坏家伙似乎一点不起什么作用！”

我并不怀疑他的话，但我不同意他的悲观的结论。

“一切都会慢慢地好起来！”我的信念是像南国盛开着的木棉花一样的鲜明，美丽。我掏出口袋里珍藏着的一朵，这是我今天在越秀山上拾来的。它红得像是一团火。

第二天，广九路通车了。傍晚才开驶，白天恐怕遭受空袭。

旅客多得可以叠成山，堆成垛，如果车厢不坚牢，一定会被挤得粉碎。

他们大部分是难民，高等难民！他们有钱，要命，逃避现实，逃避战争，然而在内地再没有一寸平静的土地了，哪儿是天堂？

香港，这个美丽的海岛，暂时还是平静的，因此便成为富人的桃花源了。那儿有香，有色，有幸福，有享乐，而招引他们的最大的饼饵却是大英帝国的旗子，那面有着中国舞台上的花脸一样斑斓纹理的旗帜！

旅客们剥着蜜柑，吃着牛肉干，互相兴奋地谈笑着。西装男子翻开英文报纸，眼睛却望着一些穿长衫的客人，似乎在说：

"英文都不懂，你们配到香港么?"

一个讨厌的消息忽然传开来。车厢里，千百只嘴金头苍蝇似的嗡嗡着：

"怎么，还要换车么?"

"在哪儿?"

"石滩!"

火车开到石滩，已经是黑夜了。这里有一座桥昨天炸坏，还不曾修理完好。广州和九龙对开的火车必须停在桥的两端，等两方面的旅客互相换完车后，火车便各自驶回原站。

这是一段长长的路，旅客须得提着行囊，走过破损的桥梁，才能跳上对岸那辆火车。

夜很黑，虽然铁道两旁树木上每隔一段距离便挂一盏灯，这并不能给予乘客多大的帮助。

我提着一只小皮箱，挤在人群里，脚下的碎石块时时会把我绊一个踉跄。人们争着向前抢，胸脯，脊背，大腿，胳膊，挤做一堆，搅成一团，反而半步也迈不动。

"下边走，下边走……"

我随着一部分乘客冲下高起的路基，沿着一带水边向前奔走。路是又黑又泞，随时都有跌进水塘的可能。

"上边走，上边走……"

怎么回事呀?原来已经来到木桥，于是大家又争着往上爬。爬呀，爬呀，脚下一滑，连人带行李滚下来，后边的旅客也被打倒。

路基全是石块砌成，石缝生着青草，浓重的夜露把草叶都濡湿了。

草露滑得像油，我摔了两三跤，等到第二次爬上路基，大队的旅客已经不见了。

落后的人们慌慌张张向前奔跑，害怕耽误火车。跑过木桥，追上大队，我的衬衫早被汗水湿透。

忽而，这又是怎样的一次冲锋呵！

一团一团黑压压的东西塞满每个车门，没有头，没有脑。孩子的哭声，女人的尖叫，随着黑色的怪物一起翻滚。

只一跳，我仿佛跌进急转的漩涡，全身失去自主的能力，任凭人潮的振动而忽东忽西。

可是我抓住铁栏了，蹬上梯级了，攀上火车了，终于挤进散布着汗臭的车厢。我的眼前是一片模糊，揉揉眼，汗水已经渗入我的睫毛。

人们从过度的紧张跌入疲倦。大家坐着，站着，肉贴着肉，谁都不说一句话。

而脚下，车轮飞快地碾动着，驶过石龙……平湖……粉岭，奔向最终的目的地——九龙。

“进入英国管地了！”谁在快意地舒一口气。许多张脸立时转向车窗。窗外是漆黑的原野，漆黑的天空，夜风吹送着潮湿的青草气息飘进车厢，这里暂时还是“自由”的天地。

抛在他们身后的是残酷的战争，丑恶的现实！

一九三八年

茶花赋

久在异国他乡，有时难免要怀念祖国的。怀念极了，我也曾想：要能画一幅画儿，画出祖国的面貌特色，时刻挂在眼前，有多好。我把这心思去跟一位擅长丹青的同志商量，求她画。她说："这可是个难题，画什么呢？画点零山碎水，一人一物，都不行。再说，颜色也难调。你就是调尽五颜六色，又怎么画得出祖国的面貌？"我想了想，也是，就搁下这桩心思。

今年二月，我从海外回来，一脚踏进昆明，心都醉了。我是北方人，论季节，北方也许正是搅天风雪，水瘦山寒，云南的春天却脚步儿勤，来得快，到处早像催生婆似的正在催动花事。

花事最盛的去处数着西山华庭寺。不到寺门，远远就闻见一股细细的清香，直渗进人的心肺。这是梅花，有红梅、白梅、绿梅，还有硃砂梅，一树一树的，每一树梅花都是一树诗。白玉兰花略微有点儿残，娇黄的迎春却正当时，那一片春色啊，比起滇池的水来不知还要深多少倍。

究其实这还不是最深的春色。且请看那一树，齐着华庭寺的廊檐一般高，油光碧绿的树叶中间托出千百朵重瓣的大花，那样红艳，每朵花都像一团烧得正旺的火焰。这就是有名的茶花。不见茶花，你是不容易懂得"春深似海"这句诗的妙处的。

想看茶花，正是好时候。我游过华庭寺，又冒着星星点点细雨游了一次黑龙潭，这都是看茶花的名胜地方。原以为茶花一定很少见，不想在游历当中，时时望见竹篱茅屋旁边会闪出一枝猩红的花来。听朋友说："这不算稀奇。要是在大理，差不多家家户户都养茶花。花期一到，各样品种的花儿争奇斗艳，那才美呢。"

我不觉对着茶花沉吟起来。茶花是美啊。凡是生活中美的事物都是劳动创造的。是谁白天黑夜，积年累月，拿自己的汗水浇着花，像抚育自己儿女一样抚育着花秧，终于培养出这样绝色的好花？应该感谢那为我们美化生活的人。

普之仁就是这样一位能工巧匠，我在翠湖边上会到他。翠湖的茶花多，开得也好，红通通的一大片，简直就是那一段彩云落到湖岸上。普之仁领我穿着茶花走，指点着告诉我这叫大玛瑙，那叫雪狮子；这是蝶翅，那是大紫袍……名目花色多得很。后来他攀着一棵茶树的小干枝说："这叫童子面，花期迟，刚打骨朵，开起来颜色深红，倒是最好看的。"

我就问："古语说看花容易栽花难——栽培茶花一定也很难吧？"

普之仁答道："不很难，也不容易。茶花这东西有点特性，水壤气候，事事都得细心。又怕风，又怕晒，最喜欢半阴半阳。顶讨厌的是虫子。有一种钻心虫，钻进一条去，花就死了。一年四季，不知得操多少心呢。"

我又问道："一棵茶花活不长吧？"

普之仁说："活的可长啦。华庭寺有棵松子鳞，是明朝的，五百多年了，一开花，能开一千多朵。"

我不觉噢了一声：想不到华庭寺见的那棵茶花来历这样大。

普之仁误会我的意思，赶紧说："你不信么？大理地面还有一棵更老的呢，听老人讲，上千年了，开起花来，满树数不清数，都叫万朵茶。树干子那样粗，几个人都搂不过来。”说着他伸出两臂，做个搂抱的姿势。

我热切地望着他的手，那双手满是茧子，沾着新鲜的泥土。我又望着他的脸，他的眼角刻着很深的皱纹，不必多问他的身世，猜得出他是个曾经忧患的中年人。如果他离开你，走进人丛里去，立刻便消逝了，再也不容易寻到他——他就是这样一个极其普通的劳动者。然而正是这样的人，整月整年，劳心劳力，拿出全部精力培植着花木，美化我们的生活。美就是这样创造出来的。

正在这时，恰巧有一群小孩也来看茶花，一个个仰着鲜红的小脸，甜蜜蜜地笑着，唧唧喳喳叫个不休。

我说：“童子面茶花开了。”

普之仁愣了愣，立时省悟过来，笑着说：“真的呢，再没有比这种童子面更好看的茶花了。”

一个念头忽然跳进我的脑子，我得到一幅画的构思。如果用最浓最艳的硃红，画一大朵含露乍开的童子面茶花，岂不正可以象征着祖国的面貌？我把这个简单的构思记下来，寄给远在国外的那位丹青能手，也许她肯再斟酌一番，为我画一幅画儿吧。

一九六一年

滇池边上的报春花

自古以来，人们常有个梦想，但愿世间花不谢，叶不落，一年到头永远是春天。这样的境界自然寻不到，只好望着缥缥缈缈的半天空，把梦想寄到云彩里。

究其实，天上也找不到这种好地方。现时我就在云里。飞机正越过一带大山，飞得极高，腾到云彩上头去。往下一看，云头铺得又厚又严，一朵紧挤着一朵，好像滚滚的浪头，使你恍惚觉得正飞在一片白浪滔天的大海上。云彩上头又是碧蓝碧蓝的天，比洗的还干净，别的什么都不见。

可是，赶飞机冲开云雾，稳稳当当落到地面上，我发觉自己真正来到个奇妙的地方，花啊，草啊，叫都叫不上名，终年不断，恰恰是我们梦想的四季长春的世界。不用我点破，谁都猜得着这是昆明了。

人家告诉我说，到昆明来，最好是夏天或是冬天。六七月间，到处热得像蒸笼，昆明的天气却像三四月，不冷不热。要是冬天，你从北地来，满身带着霜雪，一到昆明，准会叫起来："哎呀！怎么还开花呢？"正开的是茶花。白的，红的，各种各样，色彩那么鲜亮，你见了，心都会乐得发颤。

说起昆明的花木，真正别致。最有名的三种花是茶花、杜鹃花，还有报春花。昆明的四季并不明显，年年按节气春天一露头，山脚下，田边上，就开了各种花，有宝蓝色，有玫瑰红，密密丛丛，满眼都是。花好，开的时候也好，难怪人人都爱这种报春花。还有别的奇花异木：昙花本来是稀罕物件，这儿的昙花却长成大树；象鼻莲（仙人掌一类植物）多半是盆栽，这儿的象鼻莲能长到一丈多高，还开大花；茶花高得可以拴马；有一种豌豆也结在大树上。

其实昆明也并非什么神奇的地方，说穿了，丝毫不怪。这儿属于亚热带，但又坐落在云贵高原上，正当着喜马拉雅山的横断山脉，海拔相当高，北面的高山又挡住了从北方吹来的寒风，几方面条件一调节，自然就冷热均匀，长年都像春天了。

可惜我是秋天来的。茶花刚开，滇池水面上疏疏落落浮着雪白的海菜花，很像睡莲。我喜欢昆明，最喜欢的还是滇池，也叫昆明湖。那天，我上了昆明城外的西山，顺着石磴一直爬到“龙门”高头，倚着石栏杆一望：好啊！这方圆二百里的高原上的大湖，浩浩荡荡，莽莽苍苍，湖心飘着几片渔帆，实在好看。

我偏着身子想坐到石栏杆上，一位同伴急忙伸手一拦说：“别！别！”原来石栏杆外就是直上直下的峭壁，足有几十丈高，紧临着滇池。

另一位同志笑着接嘴说：“你掉下去，就变成传说里的人物了。”跟着指给我看“龙门”附近一个石刻的魁星，又问道：“你看有什么缺陷没有？”

我看不出，经他一指，才发觉那魁星原本是整块石头刻的，只有手里拿的笔是用木头另装上的。于是那位同伴说了个故事。传说古时候有个好人，爱上个姑娘，没能达到心愿，一发恨，就到西山去刻“龙门”。刻了个石魁星，什么都完完全全的，刻到最后，单单没有石头来刻笔。那人追求生活不能圆满，又去追求艺术，谁知又不圆满，伤心到极点，就从“龙门”跳下去，跌死了。可见昆明这地方虽美，先前人的生活可并不完美。曾经充满了痛苦，充满了眼泪。痛苦对少数民族的兄弟姐妹来说更深。云南的民族向来多。那云岭，那怒山，那高黎贡山，哪座山上的杜鹃花不染着我们兄弟民族的血泪？

我见到一个独龙族的姑娘，叫嫒娜，是第三的意思。她只有十八岁，梳着双辫，穿着白色长袍，斜披着一条花格子布披肩，脖子上挂着好些串大大小小的玻璃珠子。见了生人也不怯，老是嘻嘻，嘻嘻，无缘无故就发笑。旁人说话，她从旁边望着你的嘴，嗤地笑了。人家对她说："你穿的真好看啊！"她用手捂着嘴，缩着肩膀，拼命憋住不笑。人家再问她："你怎么这样爱笑？"她把脸藏到女伴背后，格格地笑出声来。我让她吃糖。她才不会假客气呢，拿起块樱桃糖，用大拇指和食指捏着，送到嘴边上咂一会，抽出来看看，又咂一会，又抽出来看看，忙个不停，一面还要说话，还要笑。她说她的生活。她的性格那么欢乐，你几乎不能相信她会有什么痛苦。

嫒娜用又急又快的调子说："我家里有母亲，还有兄妹，都住在大山上。早些年平地叫汉人的地主霸占光了，哪有我们站脚的地方？说句不好听的话，我们在大山上，跟野兽也差不多，就在树林子里盖间草房，屋子当中笼起堆火，一家人围着火睡在地上。全家只有一把刀，砍了树，放火烧烧山，种上包谷，才能有吃的。国民党兵一来，还要给你抢光。没办法，只得挖药材，打野兽。用弓弩打。打到麝香、鹿、熊、野猪、飞鼠一类东西，拿到山下，碰上国民党，也给你抢走。那时候，谁见过鞋子？谁穿过正经衣裳？"

说到这里，嫒娜咧开嘴笑了。她把糖完全含到嘴里，腾出手来掩着自己的胸口，歪着头笑道："你看我现时穿的好不好？"

她说话的口气很怪，总是笑，倒像是谈着跟自己漠不相关的事。实际也不怪，再听下去，你就懂得她的心情了。

嫒娜继续说:“一解放,人民政府每家给了三把锄头,几年光景,我们家开了一百多亩水田,早有稻子吃了。这是几百年几千年也没有的事,好像死了又活了。”

过去的事已经埋葬,这位年轻的独龙姑娘从头到脚都浸到新的欢情里,怎么能怪她老是爱笑?

但是过去的事并不能连根铲掉,痛苦给她刻下了永久不灭的记号。嫒娜的脸上刺满绿色的花点,刺的是朵莲花。我很想问问她文面的原因,又怕碰了她的痛处,不大好问。嫒娜自动告诉我说:“不刺脸,国民党兵见你年轻,就给拉走。刺上花,脸丑了,就不要了。那工夫,谁不害怕当兵的啊!怕死人了。看见穿黄衣服的大家都往山上跑。”

我故意问她道:“现在你还怕穿黄衣服的么?”

嫒娜指着自己的前胸反问道:“你说我么?”便用手背一掩嘴,笑出声说:“我还要相赶着找穿黄衣服的呢。”

嫒娜找的自然是解放军。在云南边疆上,我们解放军的战士跟少数民族烧一座山上的柴,喝一条河里的水,多少年来在各民族间造成的隔阂和冤仇逐渐消失,互相建立起手足般的感情。这种感情是从生死斗争里发展起来的。

我想告诉大家一件事情。有一班战士驻扎在边境上一个景颇族的寨子里,隔一条河便是缅甸,那边深山密林里藏着些亡命的蒋军,有时偷过境来打劫人民。这一班战士就为保护人民来的。有一晚上,三百多个匪徒溜过来,突然把寨子围住,天一破亮,开火了。我们只有十几个战士,当时分散开,顶住了敌人。从拂晓足足打到黄昏,战士都坚持在原地上不动,饿了,便拔眼前的野草吃。

班长亲自掌握机枪,一条腿打断,又一条腿也打断,不能动了。

匪徒们觉得这边支持不住，不停地喊："交枪！交枪！"

班长忍着痛撑起上半身喊："好，你们过来吧，我们交枪。"

匪徒们涌上来。班长叫："慌什么？你接着吧！"一阵机枪扫过去，扫倒敌人一大片。这时，又一颗子弹飞过来，打中班长的腰。班长松了机枪，歪到地上，还用两手钩着两颗手榴弹的弦，对他的战士喊："我们要保卫祖国的社会主义建设！"

最后趁着夜色，党的小组长带着人突出包围圈，占了制高点，打了排手榴弹，朝敌人直冲下去。敌人被冲垮了，乱纷纷逃出国境去。

景颇族的农民围着昏迷不醒的班长说："都是为的我们啊！"

这些兄弟民族对解放军真是爱护得很，有时成群结队敲着象脚鼓，老远来给军队送东西。譬如有一回，庄稼闹虫灾，战士们帮着打虫子，天天雨淋日晒，脊梁曝了层皮，两条腿站在水田里，蚂蟥又咬，膝盖以下咬的满是血泡，糟的不像样子。虫子打完，赶收成时，农民争着尽先把新米送给战士。按景颇族的老规矩，头一把新米应该先供祖宗，给最有德望的老人吃。战士们不肯收，说是不配先吃。农民嚷着说："不先给你们吃给谁呢？"

在昆明，我看过一次十分出色的晚会。有阿细跳月，有景颇族的长刀舞，有彝族的戽小细鱼舞，有汉族的采茶花灯，还有许多其他民族的歌舞。这些歌舞是那么有色彩，那么有风情，那么欢乐，而又那么热烈，使你永远也不能忘记。晚会演完谢幕时，所有的演员都站到台前，穿着各式各样的服装，鲜明漂亮，好看极了。

当地一位朋友拉拉我的衣袖笑着说："你不是想看看云南有名的报春花么？这不是，就在你眼前。"

眼前这样多不同民族的青年紧靠在一起，五颜六色，神采飞舞，一定很像盛开的报春花。只是报的并非自然界的春天，却是各民族生活里的春天。

只有今天，古人追求不到的圆满东西，我们可以追求到了。

也只有今天，昆明才真正出现了长年不谢的春天。

一九五五年

荔枝蜜

花鸟草虫，凡是上得画的，那原物往往也叫人喜爱。蜜蜂是画家的爱物，我却总不大喜欢。说起来可笑。孩子时候，有一回上树掐海棠花，不想叫蜜蜂螫了一下，痛得我差点儿跌下来。大人告诉我说：蜜蜂轻易不螫人，准是误以为你要伤害它，才螫。一螫，它自己耗尽生命，也活不久了。我听了，觉得那蜜蜂可怜，原谅它了。可是从此以后，每逢看见蜜蜂，感情上疙疙瘩瘩的，总不怎么舒服。

今年四月，我到广东从化温泉小住了几天。四围是山，怀里抱着一潭春水，那又浓又翠的景色，简直是一幅青绿山水画。刚去的当晚，是个阴天，偶尔倚着楼窗一望：奇怪啊，怎么楼前凭空涌起那么多黑黝黝的小山，一重一重的，起伏不断。记得楼前是一片比较平坦的园林，不是山。这到底是什么幻景呢？赶到天明一看，忍不住笑了。原来是满野的荔枝树，一棵连一棵，每棵的叶子都密得不透缝，黑夜看去，可不就像小山似的。

荔枝也许是世上最鲜最美的水果。苏东坡写过这样的诗句，“日啖荔枝三百颗，不辞长作岭南人”，可见荔枝的妙处。偏偏我来的不是时候，满树刚开着浅黄色的小花，并不出众。新发的嫩叶，颜色淡红，比花倒还中看些。从开花到果子成熟，大约得三个月，看来我是等不及在从化温泉吃鲜荔枝了。

吃鲜荔枝蜜，倒是时候。有人也许没听说这稀罕物儿吧？从化的荔枝树多得像汪洋大海，开花时节，满野嘤嘤嗡嗡，忙得那蜜蜂忘记早晚，有时趁着月色还采花酿蜜。荔枝蜜的特点是成色纯，养分大。住在温泉的人多半喜欢吃这种蜜，滋养精神。热心肠的同志为我也弄到两瓶。一开瓶子塞儿，就是那么一股甜香；调上半杯一喝，甜香里带着股清气，很有点鲜荔枝味儿。喝着这样的好蜜，你会觉得生活都是甜的呢。

我不觉动了情，想去看看自己一向不大喜欢的蜜蜂。

荔枝林深处，隐隐露出一角白屋，那是温泉公社的养蜂场，却起了个有趣的名儿，叫“蜜蜂大厦”。正当十分春色，花开得正闹。一走进“大厦”，只见成群结队的蜜蜂出出进进，飞去飞来，那沸沸扬扬的情景，会使你想：说不定蜜蜂也在赶着建设什么新生活呢。

养蜂员老梁领我走进“大厦”。叫他老梁，其实是个青年人，举动很精细。大概是老梁想叫我深入一下蜜蜂的生活，小小心心揭开一个木头蜂箱，箱里隔着一排板，每块板上满是蜜蜂，蠕蠕地爬着。蜂王是黑褐色的，身量特别细长，每只蜜蜂都愿意用采来的花精供养它。

老梁叹息似的轻轻说：“你瞧这群小东西，多听话。”

我就问道：“像这样一窝蜂，一年能割多少蜜？”

老梁说：“能割几十斤。蜜蜂这物件，最爱劳动。广东天气好，花又多，蜜蜂一年四季都不闲着。酿得蜜多，自己吃得可有限。每回割蜜，给它们留一点点糖，够它们吃的就行了。它们从来不争，也不计较什么，还是继续劳动、继续酿蜜，整日整月不辞辛苦……”

我又问道：“这样好蜜，不怕什么东西来糟害么？”

老梁说：“怎么不怕？你得提防虫子爬进来，还得提防大黄蜂。

大黄蜂这贼最恶，常常落在蜜蜂窝洞口。专干坏事。”

我不觉笑道：“噢！自然界也有侵略者。该怎么对付大黄蜂呢？”

老梁说：“赶！赶不走就打死它。要让它待在那儿，会咬死蜜蜂的。”

我想起一个问题，就问：“可是呢，一只蜜蜂能活多久？”

老梁回答说：“蜂王可以活三年，一只工蜂最多能活六个月。”

我说：“原来寿命这样短。你不是总得往蜂房外边打扫死蜜蜂么？”

老梁摇一摇头说：“从来不用。蜜蜂是很懂事的，活到限数，自己就悄悄死在外边，再也不回来了。”

我的心不禁一颤：多可爱的小生灵啊，对人无所求，给人的却是极好的东西。蜜蜂是在酿蜜，又是在酿造生活；不是为自己，而是在为人类酿造最甜的生活。蜜蜂是渺小的；蜜蜂却又多么高尚啊！

透过荔枝树林，我沉吟地望着远远的田野，那儿正有农民立在水田里，辛辛勤勤地分秧插秧。他们正用劳力建设自己的生活，实际也是在酿蜜——为自己，为别人，也为后世子孙酿造着生活的蜜。

这黑夜，我做了个奇怪的梦，梦见自己变成一只小蜜蜂。

一九六〇年

百花山

一

京西万山丛中有座最高的山，叫百花山。年年春、夏、秋三季，山头开满各色各样的野花，远远就闻到一股清香。往年在战争的年月里，我们军队从河北平原北出长城，或是从口外回师平原，时常要经过百花山。战士们走在山脚下，指点着山头，免不了要谈谈讲讲。我曾经听见有的战士这样说："哎，百花山！百花山！我们的鞋底把这条山沟都快磨平啦，可就看不见山上的花。"又有人说："看不见有什么要紧？能把山沟磨平，让后来的人顺着这条道爬上百花山，也是好事。"一直到今天，这些话还在我耳边响。今天，可以说我们的历史正在往百花山的最高头爬，回想起来，拿鞋底，甚而拿生命，为我们磨平道路的人，何止千千万万？

梁振江就是千千万万当中的一个。我头一次见到梁振江是在一九四七年初夏，当时井陉煤矿解放不多久，处置一批被俘的矿警时，愿意回家还是参加解放军，本来可以随意，梁振江却头一个参军。应该说是有觉悟吧，可又不然。在班里他跟谁都不合群，常常独自个闪在一边，斜着眼偷偷望人，好像在窥探什么。平时少开口，开班务会也默不作声，不得已才讲上几句，讲的总是嘴面上的好听话。

那个连队的指导员带点玩笑口气对我说："你们做灵魂工作的人，去摸摸他的心吧，谁知道他的心包着多少层纸，我算看不透。"

我约会梁振江在棵大柳树荫凉里见了面。一眼就看出这是个精明人，手脚麻利，走路又轻又快，机灵得像只猫儿。只有嘴钝。你问一句，他答一句；不问，便耷拉着厚眼皮，阴阴沉沉地坐着。有两三次，我无意中一抬眼，发觉他的厚眼皮下射出股冷森森的光芒，刺得我浑身都不自在。他的脸上还有种奇怪的表情。左边腮上有块飞鸟似的伤疤，有时一皱眉，印堂当中显出四条竖纹，那块疤也像鸟儿似的鼓着翅膀。从他嘴里，我不能比从指导员嘴里知道更多的东西。只能知道他是河北内丘大梁村人，祖父叫日本兵杀了，父亲做木匠活，也死了，家里只剩下母亲和妻子。他自己投亲靠友，十八岁便在井陉煤矿补上矿警的名字，直混到解放。别的嘛，他会说："我糊糊涂涂白吃了二十几年饭，懂得什么呢？"轻轻挑开你的问话，又闭住嘴。事后我对指导员说："他的心不是包着纸，明明是有什么见不得人的心病，不好猜。"

此后有一阵，我的眼前动不动便闪出梁振江的影子，心里就想：这究竟是个什么人呢？他的性格显然有两面，既机警，又透着狡猾，可以往好处想，也可以往坏处想。偶然间碰见他那个团的同志，打听起他的消息，人家多半不知道。一来二去，他的影子渐渐也就淡了。

二

一九四七年十一月间，河北平原落霜了。一个飞霜的夜晚，我们部队拿下石家庄，这是第三次国内革命战争期间，首先攻克的大城市。好大一座石家庄，说起来叫人难信，竟像纸糊的似的，一戳便破碎了。外围早在前几天突破，那晚间，市内展开巷战。当时我跟着一个指挥部活动，先在市沟沿上，一会儿往里移，一会儿又往里移，进展的那样快，电话都来不及架，到天亮，已经移到紧贴着敌人“核心工事”的火车站。敌人剩下的也就那么一小股，好像包在皮里的一丁点饺子馅，不够一口吃的了。事实上，石家庄不是纸糊的，倒是铁打的，里里外外，明碉暗堡，数不清有多少。只怪解放军来势猛，打得又巧，铁的也变成纸的了。

一位作战参谋整熬了一夜，眼都熬的发红，迎着我便说：“听见没有？昨儿晚间打来打去，打出件蹊跷事儿来。”

旁边另一个参谋蜷在一张桌子上，蒙着日本大衣想睡觉，不耐烦地说：“你嚼什么舌头？还不抓紧机会睡一会。”

先前那参谋说：“是真的呀。有个班长带着人钻到敌人肚子里去，一宿光景，汗毛没丢一根，只费一颗手榴弹，俘虏五百多人，还缴获枪、炮、坦克一大堆，你说是不是个奇迹？”

我一听，急忙问道：“班长叫什么名字？”

那参谋用食指揉着鬓角说：“你看我这个记性！等我替你打听打听。”

在当时，我很难料到这个创造奇迹的人是谁，读者看到这儿，却很容易猜到是什么人。正是梁振江。顺便补一笔，自从他参军以后，不久便在保定以北立下战功，因而提拔成班长。当天，我马不停蹄地赶去看他。部队经过一夜战斗，已经撤到城外，正在休息。我去的当儿，梁振江一个人坐在太阳地里，手里拿着件新棉衣，想必是夜来战斗里撕碎了，正在穿针引线，怪灵巧地缝着。我招呼一声，梁振江见是熟人，点点头站起来，回头朝屋里望了一眼，小声说：“同志们都在睡觉，咱们外头说话吧。”便把棉衣披到身上，引我出了大门，坐到门口一个碾盘上。

我留心端量着他。看样子他刚睡醒，厚眼皮有点浮肿，不大精神。前次见面时脸上透出的那股阴气，不见了。

我来，自然是想知道夜来的奇迹。梁振江笑笑说："也没什么奇迹的。"垂着眼皮想了一忽儿，开口说起来。说得像长江大河，滔滔不绝。先还以为他的嘴钝呢，谁知两片嘴唇皮比刀子都锋利。当天深夜，我坐在农家的小炕桌前，就着菜油灯亮写出他的故事，不多几天便登在《晋察冀日报》上，后来这家报纸和另一家报纸合并，就是《人民日报》。现在让我把那个粗略的故事附在这里：

"石家庄的战斗发展到市内时，蒋匪军做着绝望的挣扎，一面往市中心败退。巷战一开始，梁振江把他那个班分成三个组：一组自己带着，另外两个组的组长是张贵清和孟长生。这支小部队一路往前钻，时而迂回，时而包围，就像挖落花生似的，一嘟噜一串，把敌人从潜伏的角落里掏出来，这些都不必细说。单说天黑以后，又有云彩，黑糊糊的，不辨东西。梁振江私下寻思：这么大一座城市，人地生疏，又不明白敌情，要能有个向导多好！想到这儿，心一动，暗暗骂自己道：'真蠢！向导明摆着在手边，怎么会没想到？'当下叫来一个刚捉到的俘虏，细细一盘问，才知道隔壁就是敌人的师部。梁振江叫人把墙壁轻轻凿开，都爬过去，又把全班分做两路，蹑手蹑脚四处搜索。

"正搜索着，梁振江忽然听见张贵清拍了三下枪把子，急忙奔过去一看，眼前是一道横墙，墙根掏了个大窟窿，隔着墙翘起黑糊糊的大炮，还有什么玩意儿轰隆轰隆响，再一细听，是坦克。靠墙还有个防空洞，里边冒出打雷一样的鼾睡声，猜想是敌人的炮手正在好睡。可真自在！解放军都钻到你们心脏里了，还做大梦呢。

“梁振江这个人素来胆大心细，咬着嘴唇略一思谋，便做手势吩咐二组从墙窟窿钻过去，埋伏在炮后边，三组守住防空洞，他自己带着人从一个旁门绕到坦克正面，大模大样走上前去。“坦克上有人喝道：‘什么人？’

“梁振江低声喝呼说：‘敌人都过来了，你咋唬什么！’

“对方慌忙问道：‘敌人在哪儿？’

“梁振江说：‘快下来！我告诉你。’

“坦克上接连跳下三个人来，不等脚步站稳，梁振江喝一声：‘这不在这儿！’早用刺刀逼住。另外两组听见喊，也动了手，当场连人带炮都俘获了。

“不远处三岔路口有座地堡，听见声，打起枪来。梁振江弯着腰绕上去，大声说：‘别打枪！净自己人，发生误会了。’趁地堡里枪声一停，冷不防扔过去一颗手榴弹，消灭了这个火力点。

“又继续往前搜索。走不远，有个战士跑过来，指着一个大院悄悄说：‘里边有人讲话。’梁振江觑着眼望望那院子，吩咐战士卧倒，自己带着支新缴获的手枪，轻手轻脚摸上去，想先看看动静。可巧院里晃出个人影来，拿着把闪闪发亮的大砍刀，嘴里骂骂咧咧说：‘他妈的！什么地方乱打枪？’一面朝前走。

“梁振江伏到地上，等他走到跟前，一跃而起，拿手枪堵住那人的胸口，逼他直退到墙根底下，一边掏出烟说：‘抽烟吧，不用害怕。’

“那人吓得刀也掉了，哆哆嗦嗦问：‘我还有命么？’

“梁振江笑着说：‘你只管放心，解放军从来都宽待俘虏，我本人就是今年二月间才从井陉煤矿解放出来的，怕什么？’又说：‘实告诉你吧，我是营长，我们十几个团早把你们师部包围住了，你们师长也抓到了。’

“那人一听，垂头丧气说：‘事到如今，我也实说了吧。这是个

营，外头有排哨，我是出来看看情况的。'

"梁振江问道：'你愿不愿意戴罪立功？将来还能得点好处。'

"那人见大势已去，就说：'怎么会不愿意？你看我该怎么办？'

"梁振江替他出了个主意，那人便对着远远的排哨喊：'排长！排长！参谋长叫你。'

"敌人排长听见喊，赶紧跑过来，对着梁振江恭恭敬敬打了个立正说：'参谋长来了么？'

"梁振江说：'来了。'一伸手摘下他的枪，又虚张声势朝后喊道：'通讯员！叫一连向左，二连向右，三连跟我来，把机枪支好点！'

"后面几个战士一齐大声应道：'支好了。'说着跑上来。这一来，弄得敌人排长胆颤心惊。只得乖乖地叫他的排哨都缴了枪。

"院里上房听见动静，一口吹灭灯，打起手榴弹来。梁振江拿枪口使劲一戳敌人排长的肋条，那排长急得叫：'别打！别打！我是放哨的。'梁振江趁势蹿进院，几个箭步闪到上房门边，高声叫道：'缴枪不杀！'先前那个拿砍刀的俘虏也跟着喊：'人家来了十几个团，师长都活捉了，还打什么？'于是里边无可奈何地都放下武器。

"这时天色已经傍明，再向前发展就是敌人最后的核心工事，敌人的残兵败将早被各路解放大军团团围住，剩下的无非是收场的一步死棋了。……"

这一仗，梁振江表现的那样出色，因而记了特功，又入了党。记得萧克将军在一次干部会上，曾经着重谈到梁振江用小部队所创造的巧妙战术，认为这是夺取大城市的带有典范性的巷战。无怪当时有不少人赞美梁振江说："这是石家庄打出的一朵花！"我当时记下他的故事，可是谁要问我他究竟是怎样个人，我还是不清楚。头一次见到他，他是那么躲躲闪闪的，天知道藏着什么心计，忽然间会变成浑身闪光的英雄，这是容易懂的么？还记得我跟他谈这次战斗时，有几次，他说的正眉飞色舞，冷丁沉默一忽儿，露出一点类似忧愁的神情。再粗心，我也感觉得出。他的心头上到底笼着点什么阴影？直到第三次见面，他才对我掏出心来。

三

我们第三次见面正是在百花山下。那时是一九四八年春天，石家庄解放之后，部队经过一番休整，沿着恒山山脉北出长城，向原察哈尔一带进军。那天后半晌来到百花山脚，山村里许多房屋都被敌人烧毁，只好露营。我在一棵杏花树下安顿好睡处，顺着山沟往下走，看见许多战士坐在河边上洗脚，说说笑笑的，有人还大声念："铺着地，盖着天，河里洗脚枕着山！"好不热闹。

忽然有个战士蹬上鞋跳起来，叫了我一声，我一看正是梁振江。他的动作灵敏，精神也透着特别轻快，比先前大不相同，冲着我说："我老巴望着能跟你谈谈，怎么不到我们连队来？"

我也是想见他，便约他一起稍坐坐。梁振江回头对别的战士打个招呼，引我走出十来步远，指着一块石头让我坐，开口先说："我看见你的文章了，你把我写得太好了。"

我说："本来好嘛。"

梁振江一摆头说："不是那么回事。我有一段见不得人的历史，在家里杀过人，一直对党隐瞒着。不是经过这几个月的学习，现在思想还不通。"

我不免一惊。梁振江飞快地瞟我一眼，又垂下眼皮说："我们家乡一带，土匪多，大半是吸白面的。我父亲活着的时候，挣了十几亩地，日子过得还富余。不想一年当中，三月、腊月，挨了两次抢，抢得精光。我那年十八岁，性子暴，不服气，明察暗访，知道土匪跟邻村一个大财主勾着，抢了，也没人敢讲。我告到官府去，官府又跟财主勾着，睁着一个眼闭着一个眼，看见也装看不见。我气极了，几夜不能合眼，恨不能放把火，把这个世界烧个精光。后来一想：你会动枪，我就不会动武的？心一横，卖了两亩地，买了支三八盒子枪，联络上村里一帮青年，专打吸白面的黑枪。有一回，邻村那财主骑着马进城去，也没跟人。我们藏在高粱地里，一打枪，马惊了，财主掉下来，叫我们绑住，系到一眼枯井里，由我下去看着。那家伙认识我，倒骂我是土匪，还威胁我说，要不放他，有朝一日非要了我的命不可。我又急又恨，一时遏不住火，把他打死，连夜逃到煤矿去。这件事我瞒得严密，从来没人晓得，心里可结个疙瘩，特别是在石家庄战役以后，党那么器重我，我对党却不忠诚，更是苦恼得很，终于我都告诉党了。”

我听了笑道：“逼上梁山，这正是中国人民光明磊落的历史，有什么见不得人的？”

梁振江也一笑，又说：“我的思想更不对头。你记得头一次见面，我对你的态度么？我疑心你是来套我的。我就是多疑，刚解放过来，心里又有病，处处不相信革命。问我参军还是回家，我家里撇下母亲妻子，好几年没有音信，不是不想回去，可是当地有人命案子，回去不行。再说，自个儿是炮灰里清出来的，不参军，肯依我么？干脆抢个先，报了名吧。我又疑心打仗时候，会拿我挡炮眼。临到打保（定）北，一看老兵都在前边，班长倒叫我挖个坑，好好隐蔽。后来一乱，我和本连失掉联络，随着另一个连冲锋，只见连长擎着枪，跑在最前头，这下子鼓起我的决心，猛往上冲，结果立了战功。在革命队伍里受的教育越久，认识越高，赶解放石家庄，就更清楚革命力量有多强大了。”

我笑着说：“恐怕还不完全清楚吧？将来我们还要解放北京，解放全国……前途远得很呢。”

梁振江说：“你想的倒真远。”

我问道：“人都该有理想，你没有么？”

梁振江笑笑说：“我也有，想的更玄。我父亲是做木匠活的，喜欢拿树根刻玩意儿，一刻就是神仙驾着云头，缥缥缈缈的。我问他怎么专刻神仙，他说人要能成仙，上了天，什么都不愁，再快活没有了。有时我也会望着云彩痴想：几时能上天就好了。”

我笑道：“人不能上天，可能把想象的天上的生活移到地面上，甚至于更圆满。你懂得我的意思么？”

梁振江说：“懂得。”

前面一片柿子树林里吹起开饭号，一个战士喊：“梁班长！吃饭。”又用筷子敲着搪瓷碗，像唱歌似的念：“吃得饱，睡得足，明天一早好开路。”

我便握着梁振江的手笑道：“去吃饭吧。吃了饭，好好休息，明天再向我们的理想进军。”

进军的速度是惊人的。从我们这回分手后，部队沿着长城线，出出进进，走过无数路，打过许多漂亮仗。一九四八年冬天，在新保安又打了个出色的歼灭战，歼灭敌人一个军部和两个师。我本来知道梁振江那个部队也参加这次战斗，想随他们一起行动，不想临时有别的任务，不得不到别的部队去。这以后，革命部队真是一泻千里，到一九四九年初，便进入北京了。北京这个富丽堂皇的古都，谁不想瞻仰瞻仰，于是各部队的干部轮流参观。有一天，在游故宫三殿时，我遇见梁振江那个部队的一位政治工作人员，彼此在胜利中会面，自然格外兴奋，握着手谈起来：谈到一些旧事，也谈到一些熟人。

我问起梁振江，那位同志睁大眼说："你还不知道么？他已经在新保安牺牲了！"

我的心好像一下子叫人挖掉，空落落的，说不出是什么滋味。对于同志的死，我经历的不止一次，可是在这样万人欢腾的日子里，忽然听见一位同志在胜利的前夕倒下去了，我不能不难过。我极想知道他死前的情形，更想知道他死的经过，无奈一时探听不出，只听说他临牺牲前，躺在指导员怀里，眼望着天说："可惜我看不见胜利了！"

我们却能在胜利中，处处看见他。现在是一九五七年"八一"前夕，到处都在庆祝解放军建军三十周年。我写完这篇文章，已经是深夜，窗外的夹竹桃花得到风露，透出一股淡淡的清香。隔着纱窗往外一望，高空是满天星斗。我不觉想起梁振江那种缥缥缈缈的理想。今天在地面上，我们不是已经开始建立起比天上还美妙的生活？这种生活里处处都闪着梁振江的影子，也闪着千千万万人的影子。我们叫不上那千千万万人的名字，他们（包括梁振江）却有一个永世不灭的共同的名字——这就是"人民"。

一九五七年

京城漫记

北京的秋天最长，也最好。白露不到，秋风却先来了，踩着树叶一走，沙沙的，给人一种怪干爽的感觉。一位好心肠的同志笑着对我说："你久在外边，也该去看看北京，新鲜事儿多得很呢。老闷在屋里做什么，别发了霉。"

我也怕思想发霉，乐意跟他出去看看新鲜景致，就到了陶然亭。这地方在北京南城角，本来是京城有名的风景，我早从书上知道了。去了一看，果然是好一片清亮的湖水。湖的北面堆起一带精致的小山，山顶上远近点缀着几座小亭子。围着湖绿丛丛的，遍是杨柳，马樱，马尾松，银白杨……花木也多：碧桃，樱花，丁香，木槿，榆叶梅，太平花……都长的旺得很。要在春景天，花都开了，绕着湖一片锦绣，该多好看。不过秋天也有秋天的花：湖里正开着紫色的凤眼兰；沿着沙堤到处是成球的珍珠梅；还有种木本的紫色小花，一串一串挂下来，味道挺香，后来我才打听出来叫胡枝子。

我们穿过一座朱红色的凌霄架，爬上座山，山头亭子里歇着好些工人模样的游客，有的对坐着下"五子"棋，也有的瞭望着人烟繁华的北京城。看惯颐和园、北海的人，乍到这儿，觉得湖山又朴素，又秀气，另有种自然的情调。只是不知道古陶然亭在哪儿。

有位年轻的印刷工人坐在亭子栏杆上，听见我问，朝前一指说："那不是！"

原来是座古庙，看样子经过修理，倒还整齐。我觉得这地方实在不错，望着眼前的湖山，不住嘴说："好！好！到底是陶然亭，名不虚传。"

那工人含着笑问道："你以为陶然亭原先就是这样么？"

我当然不以为是这样。我知道这地方费了好大工程，挖湖堆山，栽花种树，才开辟出来。只是陶然亭既然是名胜古地，本来应该也不太坏。

那工人忍不住笑道："还不太坏？脑袋顶长疮脚心烂，坏透了！早先是一片大苇塘，死猫烂狗，要什么有什么。乱坟数都数不清，死人埋一层，又一层，上下足有三层。那工夫但凡有点活路，谁也不愿意到陶然亭来住。"

改一天，我见到位在陶然亭住了多年的妇女，是当地区人民代表大会的代表。她的性格爽爽快快的，又爱说。提起当年的陶然亭，她用两手把脸一捂，又皱着眉头笑道："哎呀，那个臭地方！死的比活的多，熏死人了！你连门都不敢敞。大门一敞，蛆排上队了，直往里爬，有时爬到水缸边上。蚊子都成了精，嗡嗡的，像筛锣一样，一走路碰你脑袋。当时我只有一个想法，几时能搬出去就好了。"

现时她可怎么也不肯搬了。夏天傍晚，附近的婶子大娘吃过晚饭，搬个小板凳坐到湖边上歇凉，常听见来往的游客说："咱们能搬来住多好，简直是住在大花园里。"

那些婶子大娘就会悄悄笑着嘀咕说："俺们能住在花园里，也是熬的。"

不是熬的，是自己动手创造的。挖湖那当儿，妇女不是也挑过土篮？老太太们曾经一天多少次替挖湖工人烧开水。

这座大花园能够修成，也不止是眼前的几千几万人，还有许许多多看不见的手，从老远老远的天涯地角伸过来。你看见成行的紫穗槐，也许容易知道这是北京的少年儿童趁着假日赶来栽的。有的小女孩种上树，怕不记得了，解下自己的红头绳绑到树枝上，做个记号，过些日子回来一看，树活了，乐得围着树跳。可是你在古陶然亭北七棵松下看见满地铺的绿草，就猜不着是哪儿来的了。这叫草原燕麦，草籽是苏联工人亲手收成的，从千万里外送到北京。

围着湖边，你还会发现一种奇怪的草，拖着长蔓，一大片一大片的，不怕踩，不怕坐，从上边一走又厚又软，多像走在地毯上一样。北京从来不见这种草。这叫狗牙根，也叫狼蓑草，是千里迢迢从汤阴运来的。汤阴当地的农民听说北京城要狗牙根铺花园，认为自己能出把力气是个光荣，争着动手采集，都把草叫做“光荣草”。谁知草打在蒲包里，运到北京，黄了，干了，一划火柴就烧起来。园艺工人打蒲包时，里面晒得火热，一不留心，手都烫起了泡。不要紧，工人们一点都不灰心。他们搭个棚子，把草晾在阴凉地方，天天往上喷水，好好保养着，一面动手栽。

湖边住着位张老大爷，七十多岁了，每天早晨到湖边上蹓跶，看见工人们把些焦黄的乱草往地上铺，心里纳闷，回来对邻居们当笑话说：“这不是白闹么？不知从哪儿弄堆乱草，还能活得了！”过了半月，这位张老大爷忽然兴冲冲地对邻居说：“你看看去，他大嫂子，草都发了绿，活了——这怪不怪？”

一点不怪。我们大家辛辛苦苦为的是什么？就为的一个心愿：要把死的变成活的；把臭的变成香的；把丑的变成美的；把痛苦变成欢乐；把生活变成座大花园。我们种的每棵草，每棵花，并不是单纯点缀风景，而是从人民生活着眼，要把生活建设得更美。

我们的北京城就是在这种美的观点上进行建设的。那位好心肠的同志带我游历陶然亭，还游历了紫竹院和龙潭。我敢说，即使“老北京’也不一定听说过这后面的两景。我不愿意把读者弄得太疲劳，领你们老远跑到西郊中央民族学院身后去游紫竹院，只想告诉大家一句，先前那儿也是一片荒凉的苇塘，谁也不会去注意它。但正是这种向来不被注意的脏地方，向来不被注意的附近居民，生活都像图画一样染上好看的颜色了。

龙潭来去方便，还是应该看看的。这地方也在城南角，紧挨着龙须沟。你去了，也许会失望的。这有什么了不起？无非又是什么乱苇塘，挑成一潭清水，里面养了些草鱼、鲢鱼等，岸上栽了点花木。对了，正是这样。可是，你要是懂得人民的生活，你就会像人民一样爱惜这块地方了。

临水盖了一片村庄，叫幸福村，住的都是劳动人民。只要天气好，黄昏一到，村里人多半要聚集到湖边的草地上，躺着的，坐着的，抽几口烟，说几句闲话，或是拉起胡琴唱两句，解解一天的乏。孩子们总是喜欢缠着老年人，叫人家讲故事听。老奶奶会让孙子坐在怀里，望着水里落满的星星，就像头顶上的银白杨叶子似的，嘁嘁喳喳说起过去悲惨的生活。这是老年人的脾气，越是高兴，越喜欢提从前的苦楚。提起来并不难过，倒更高兴。

奶奶说：“孩儿啊，你那时候太小，什么都不记得了，奶奶可什么都记得。十冬腊月大雪天，屋子漏着天，大雪片子直往屋里飘，冻得你黑夜睡不着觉，一宿哭到亮。你爹急了，想起门前臭水坑里有的是苇子，都烂到冰上了，要去砍些回来笼火烤。可是孩儿啊，苇子烂了行，你去砍，警察就说你是贼，把你爹抓去关了几天，后脊梁差点没揭去一层皮。”

孙子听着这些事，像听很远很远跟自己没关系的故事，瞪着小眼直发愣。先前的日子会是那么样？现在爹爹当建筑工人，到处盖大楼。他呢，天天背着书包到幸福村小学去念书。老师给讲大白熊的故事，还教唱歌。一有空，他就跟同伴蹲在湖边上，瞅着水里的鱼浮上来，又沉下去，心想：鱼到晚间是不是也闭上眼睡觉呢？奶奶却说早先这是片臭水坑——不会吧？

奶奶说着说着叹了口气："唉！我能活着看见这湖水，也知足了。只是我老了，但愿老天爷能多给我几年寿命，有朝一日让我看看社会主义，死了也不冤枉了。"

人活到六十，生活却刚刚才开始。其实奶奶并不老。她抱着希望，她的希望并不远，是摆在眼前。

一九五四年

戈壁滩上的春天

四月底了。要在北京，这时候正是百花盛开的好季节。但在戈壁滩上，节气还早着呢。一出嘉峪关，你望吧，满眼是无边的沙石，遍地只有一丛一丛的骆驼草，略略透出点绿意。四处有的是旋风，一股一股的，把黄沙卷起多高，像是平地冒起的大烟，打着转在沙漠上飞跑。说声变天，一起风，半空就飘起雪花来。紧靠戈壁滩的西南边是起伏不断的祁连山，三伏天，山头也披着白雪。

可是不管你走的多远，走到多么荒寒的地方，你也会看见我们人民为祖国所创造的奇迹。就在这戈壁滩上，就在这祁连山下，我们来自祖国各地的人民从地下钻出石油，在沙漠上建设起一座出色的“石油城”。这就是玉门油矿。不信，你黑夜站到个高岗上，张眼一望，戈壁滩上远远近近全是电灯，比天上的星星都密。北面天边亮起一片红光，忽闪忽闪的，是炼油厂在炼油了。你心里定会赞叹说：“多好的地方啊！哪像是在沙漠上呢？”

但我们究竟还是在沙漠上。这里的每块砖，每块石头，每滴石油，都沾着我们人民的汗，都藏着我们人民的生命。我们不能不感谢那些地质勘探队。他们为了继续替祖国寻找石油，骑着骆驼，带着蒙古包和干粮，远远地深入到荒凉的大沙漠里去，多少天见不到个人。只有沙漠上的黄羊，山里的野马，有时惊惊惶惶跟他们打个照面。我见过这样一队人，他们多半是男女青年学生，离开学校门还不久。当中有几个女同志，爱说爱笑，都是江南人。姓邓的年轻队长告诉我说，刚离开上海到西北时，女同志有时嫌饭不干净，宁肯饿一顿，也不吃。罡风吹裂了她们的脸，她们的手。这儿地势又高，空气薄，动一动，就会闷得透不过气来。一种爱祖国的热情使她们什么都忘了。她们也愁，愁的是工作。哪一天勘探成绩不好，你看吧，从野外回来时，一点声音都没有。只要稍微有点成绩，就该拿着成绩到处给人看，笑翻天了。

碰巧有这样事。勘探队的同志正拿着仪器测量地形，一个骑骆驼路过的蒙古人会跳下来问："你们照出油来没有？"就是在荒漠上，人民对他们的劳动也显得多么关心。他们明白这点，他们情愿把自己的青春献给人民的事业。多好的年轻人啊。

我们更该牢记着那成千成万的石油工人。哪儿发现了石油构造，他们就到哪儿去打井钻探。有一回，我随一个叫王登学的小队长远离开那座"石油城"，走进祁连山里。工人们早在荒山里装起机器，架好钻台，正用大钻机日夜不停地打油井。每人都戴着顶闪亮的铝盔，穿着高统牛皮靴子。样子很英武。

我笑着说："你们这不像战士一样了？"

王登学说："人家志愿军在朝鲜前线卧冰趴雪的，咱这算什么？"

其实工人们对自然界的战斗也是很艰苦的。腊月天，戈壁滩上飘风扬雪的，石头都冻崩了。通宵通夜，工人们也要在露天地里操纵着钻机。天太冷，用手一摸机器，手套都会沾上了。休息一下吧。还休息呢？志愿军在前方打仗，坦克，汽车，哪样不得汽油？再说咱也是建设祖国嘛，谁顾得上休息？

他们就不休息，就像战士作战一样顽强勇敢。钻工当中也真有战士呢。我见到一个青年，叫蔡广庆，脸红红的，眉眼很俊，一问，才知遭他参加过解放战争。现在，用他自己的话来说："毛主席叫咱到哪，咱就到哪。"在生产战线上，这个转业军人十足显出了他的战斗精神。他对我说："咱部队下来的，再困难，也没有战斗困难。什么都不怕，学就行。"一听说我是从朝鲜前线回来参观祖国建设的，蔡广庆一把抓住我的手说："你回去告诉同志们吧，我们要把祁连山打通，戈壁滩打透，叫石油像河一样流，来支援前线，来建设我们的祖国！"

这不只是英雄的豪语，我们的人民正是用这种精神来开发祖国地下的宝藏。这里不但打新井，还修复废井。有多少好油田，叫国民党反动政府给毁坏了。当时敌人只知道要油，乱打井。油忽然会从地里喷出来，一直喷几个星期，油层破坏了，井也废了。都是祖国的财产，谁能丢了不管？老工人刘公之便是修井的能手。修着修着，泥浆从井里喷出来了。喷到手上，脸上，滚烫滚烫的。皮都烧烂了。刘公之这人表面很迟钝，心眼可灵。凭他的经验，他弄明白这是地里淤气顶的泥浆喷，并不是油层。喷就喷吧，喷过去，他带着烫伤照样指挥修井。一口、两口……废井复活了，油像喷泉似的从地下涌出来了。

石油——这要经过我们人民多少劳力，从地底下探出来，炼成不同的油类，才能输送到祖国的各个角落去。一滴油一滴汗，每滴油都是我们祖国所需要的血液啊。我不能忘记一段情景。有一天晚间，我坐着油矿运油的汽车奔跑在西北大道上。一路上，只见运油的大卡车都亮着灯。来来往往，白天黑夜不间断，紧张得很。这情景，倒很像朝鲜战场上黑夜所见的。坐在我旁边的汽车司机是个蛮精干的小伙子。开着车呜呜地飞跑。我望望车外，公路两旁黑茫茫的，显得很荒远。我不禁大声说："开的好快呀！"

司机大声应道："要奔个目标呢。"

我又问道："是奔张掖么？"

司机摇摇头喊："不是，还远着呢。"

我忽然记起上车时，司机位子上放着本日记。我曾经拿起那本日记翻了翻，记得第一页上写着这样一句话："为了建设社会主义社会……"我就俯到司机的耳朵上笑着喊："你是往社会主义的目标上奔吧？"

司机咧着嘴笑了。我又望望车外，一时觉得大路两旁不再是遥远的边塞，好像满是树，满是花，满是人烟。事实上，春天已经透过骆驼草、芨芨草、红沙柳，悄悄来到戈壁滩上了。但我还看见另一种春天。这不是平常的春天。这是我们人民正在动手创造的灿烂的好光景。

一九五三年

散文　春在朝鲜

鸭绿江南北

十二月的一个月黑天，我跟着一支铁路援朝志愿大队跨过鸭绿江，到了朝鲜。有些软东西扑到脸上，掉雪花了。回头一望，江北岸已经笼罩着战争的烟火，只剩下三三两两的灯光，江南岸更是黑茫茫一片，空气里飘着煳味。只是一江之隔，南岸的朝鲜土地正经历着从古未有的灾难，没一块地方不在燃烧。

可是，谁要以为鸭绿江是条铜墙铁壁的边界，美国强盗在朝鲜所放的野火，烧不到北岸中国领土上，那才是笑话。今天，就又有一群美国飞机窜到鸭绿江北岸，反复轰炸连接中国和朝鲜两片土地的桥梁。

不过谁要以为炸弹能够炸坏中朝人民在心里所建立的血肉相关的桥梁，那才更是笑话！正是通过这座无形的桥，中国人民组成各色各样的志愿队伍，涌到朝鲜，跟朝鲜人民并肩作战。他们明白：美国今天在朝鲜所作的，就是明天要在中国所作的。援救朝鲜，就是援救自己。怎么能隔岸观火呢？

在十一月八号那天，美国飞机对南岸的新义州进行无人性的轰炸时，我们铁路医院就有十几个医生、护士穿过火焰，跑过江去，从火堆里，从弹坑边上，来往抢救那些受伤的朝鲜和平人民。尽管飞机还在头上嗡嗡的响，烟火烧伤了手脸，他们早忘记了

自己。

其实，我们的铁路援朝大队又哪个不是抱着这种忘我的精神呢？铁路是战争的输血管，敌人把朝鲜铁路沿线的车站都炸成一片焦土，有的煤堆着了火，几天几夜冒着大烟。炸尽管炸，火车却照样开。敌人急了眼，不分昼夜，无数次的来轰炸，抢修铁路就变成后方最紧张的战斗。

这里有座桥（恕我不能写出名字），敌人投下烧夷弹，起了大火。也不用招呼，抢修队拿着钩子、水桶，从各路跑去救火。他们在火里穿来穿去，扑灭火，自己的鞋却烧坏了，脚后跟烧起了泡。有的工友简直变成火人，棉衣服烧得嘭嘭的，幸亏拿水龙把火浇熄。夜晚十点一定要通车，天一黑，立时进行抢修。可是敌机又来了，炸弹一个连一个丢下来，掉到江里，水柱激起比桥都高。不少工友震昏了，有个人跌到桥头下摔伤了腿。这里，让我用最大的敬意提到一位老工人。他已经五十六岁，多年的苦难磨得他像石头一样顽强。他看见那个工友滚下桥去，跟着跑下去，把那人背到身上。头上的炸弹落的正凶，他正走在河滩上，一颗炸弹把他震倒，浑身被盖上一层浮土。他从土里钻出来，背起那人跑到岸上，一口气挣扎到比较安全地方，自己也昏倒了，一起被送到医院去。路呢，当夜十点钟，又通车了。工友们在自愿报名时的誓词是："飞江过海，抗美援朝！"现在却喊着："他能把河水炸干了，这个桥也炸不断！"

朝鲜人民本身的斗志更加可敬。一过江，我们就遇见了朝鲜的铁道部队和铁路工人。他们夜夜在敌人的轰炸下抢修线路，维持行车，尽可能往前线输送军队所需要的东西。有一天，我到定州附近去看一个山洞，那洞里原先藏着一列车汽油，美军逃跑时拉不走，一把火烧了，火车都烧坏，堵住洞子。许多朝鲜战士点起一堆一堆的木柴照着亮，紧张的叫着号子，动手往外拉那些死车。

柴火亮里，我看见一个朝鲜战士望着我笑。他是个年轻的小伙子，长得很壮，一张脸又红又圆，十分洒脱。我对他做着手势，他笑起来道：“同志，我也是从中国来的。”原来他叫朴石东，参加过中国的铁道兵团，今年才跟着一大队朝鲜同志过江回到祖国。

当时朝鲜人民军正往南追击李承晚的伪军，朴石东他们这支铁道部队也追过汉城，一路紧急抢修铁路。在堤川抢修时，一间屋子存着十五桶汽油，美机投弹，屋子着了火，有个姓吴的连长冲进火去，一个人把十五桶汽油都抢了出来，因此得到朝鲜民主主义人民共和国的国旗勋章。这不是朝鲜铁道部队和铁路工人仅有的英雄事迹，但就这一点也可以看出朝鲜人民本身为了保证前线的胜利，怎样在后方进行着战斗。说到现时，朴石东用坚定的口气说：“现在我们得到中国人民志愿军的援助，光复了平壤；后方又有中国铁路援朝大队的帮助，我们一定能早日修复铁路，把美国鬼子早日消灭干净！”他忽然笑了笑说：“你知道，朝鲜老百姓都叫你们是哑巴军呢。”

这个名词丝毫没有轻蔑的意思，倒有点不分彼此的亲昵意味。真的，自从到了朝鲜，我们简直像哑巴一样。可是不管遇见哪个朝鲜人，言语虽然不通，他们总是用热情的眼睛望着我们。只要一有能翻译的人在旁边，彼此就要表达出自己的感情了。

在宣川，一个叫玉吉的妇人披着条棉被，不停地挪动着两脚，摇着怀里的孩子说：“我丈夫原先在平壤内务省做事，一撤退，不知哪去了。要不是中国人民志愿军帮助我们，我哪有后路！今天见到你们，就像见到亲人。我也没有别的东西，只有一双袜子，送给你穿吧！”我们忍心而又感动地拒绝了她。

又有一个深夜，朝鲜抢修大队的保卫部长就地坐在席子上，轻轻说道：“想起头几个月我们撤出平壤，连夜往东北退，个个人低着脑袋，心想往哪撤呢！有一天晚上走到熙川，月亮地里，忽然望见迎面开来了一支部队，就近一看是中国人民志愿军，眼泪就掉下来了，话也不会说，抱着志愿军的脖子光是哭！”

美国强盗害怕中朝人民的友谊，不断从飞机上向地面撒下无耻的挑拨性的传单。但有什么用呢？朝鲜人民是用一阵蔑视的大笑来谈论这些屁话的。在地理条件上，虽然有条鸭绿江把中朝人民隔在南北两岸，但在保卫自己祖国和世界和平的共同意志上，这条界线是不存在的。

一九五〇年

春在朝鲜

我们并不健忘，还记得美国侵略者那句歹毒话："把朝鲜变成沙漠！"

他们这样说了，也这样做了。我曾亲眼看见大片大片熟透的稻子被敌人浇上汽油，烧在地里；整棵整棵苹果树挨上了炸弹，腿断腰斜，横在半山坡上。……但是就在昨天破坏的果树园里，东风一吹，满园子摆动着一片彩云似的花朵。

春天突破风雪的重围，来到朝鲜。一位朝鲜诗人在我的手册上写道：

春天是美好的
为了建设我们像春天一样美好的生活
我们不惜用血汗去灌溉生活！

这几句诗，正表现了朝鲜人民不可征服的意志。我曾经听过朝鲜中央农民同盟领导人的报告，讲到美贼的滔天罪恶时，他举出几个数目字说：仅仅黄海道一带，被害的农民就有十几万人，平安南道杀死的牛共是两万七千多头。全朝鲜受害的情形，可想而知。人力缺，畜力缺，朝鲜的土地不就荒了？这是敌人的愿望，事实可不如此。

平壤有个农民，叫宋景稷，穿着青袍子，大领子镶着白边，脸上的表情凝滞而刚强，一望就知道他内心隐藏着绝大的悲痛。他怎能不痛心呢？敌人占领平壤时，他撤到北地，解放后回家一看，全家连亲属二十五口，统统叫敌人杀光。他剩一个人了，他的背后却有无比的人民力量支持着他。我见到他时，他对我们恨恨地说道："敌人杀死我的家口，杀不死我的心！我要献出整个生命跟敌人斗争！"

春天一来，当金日成将军发出号召："播种就是战争！"宋景稷，以及千千万万像他这样的农民，都投进这个斗争里了。壮年男子上了前线，妇女儿童都组织起来集体下地。白天怕敌机骚扰，地头挖上防空洞；日里做不完，月亮地再去。朝朝夜夜，你时常可以看见一伙一伙的妇女，有的背上背着小孩，拉犁的拉犁，撒种的撒种，后边的妇女站成一溜，背着手，哼着歌，踏着像舞蹈的步子，用两脚培着土。太阳影里，忽然会闪出一群青年战士，一个个生龙活虎似的，浑身充满精力。这是中国人民志愿军来了。他们身上还带着弹药的气味，脸上蒙着战场的风尘，刚撤下火线，就架起枪，甘心情愿替朝鲜人民当老牛，拉着犁撒着欢跑。那些妇女没法表示她们的感谢了，少女们跑进沟去，一眨眼又跑回来，满怀抱着大把的野迎春、金达莱，格格地笑着，一把一把塞到战士手里……

有一回，我也从一位少女手里接到过一大把粉红色的金达莱花，不过不是在田野，而是在工厂里。那少女叫闵顺女，才十六岁，红袄绿裙，是一家纺织工厂的热情劳动者（积极分子）。但她前些时候曾经不大安心做事。翻译同志说："她一心一意只想参军，替父亲报仇。"原来她父亲是纺织厂的木匠，去年十一月叫美军绑去了，闵顺女母女跟一个八岁的小兄弟也绑去了。美军故意当着她们母女的面，把她父亲拖出来。那时她父亲已经被打得浑身是血，不能走路。八岁的小兄弟哭起来，她父亲说："我就要死了，记住我是怎么死的……”没等话说完，敌人就叫她们母女看着，开枪把她父亲打死，死后还用脚踢！这个仇，闵顺女记在心里，睡觉也不能忘。头些天动员参军，她带着饭，抢着去报名，可是年纪太小，不合格，急得她什么似的，天天去要求，后来允许她参加工厂武装自卫队，才算安心。现在她亲自订出生产计划，二十天完成了过去三十天的工作。有些工友上前线，送他们走时，闵顺女说："你们放心走吧，我们一定完成你们所要完成的任务！"

这就是战火里锻炼出来的朝鲜工人。他们都明白一个真理："没有前方就没有后方，没有后方就没有前方！"一座城市刚解放，纺织工厂的电力全部被敌人破坏了。首先不恢复电力，就不能恢复生产。裴东奎带着六个电工，当地弄不到粮食，天天半饥半饱，爬上二十米高的高压线，五天光景，到底修好，机器也转了。原班人马，再一个五天，农具工厂的电力也恢复起来。这些工人，就这样顽强。生产一开始，敌机不到头上，工人决不停手。白天做活，夜间还去修路。不修路，中朝人民大军如何前进？向祖国，向人民，他们又普遍展开宣誓运动："不论在任何艰苦情况下，坚决执行祖国所给的使命！"

在一次夜会上，一家谷产工厂热烈招待了我们一群从中国来的朋友。桌子上摆着酒、饼干、白糖、酱油等等。头上的飞机紧转，炸弹震的房子乱颤，工人却像山一样镇定，脸色不改。一个工人高举起酒杯说："今天招待客人的东西，非常简陋，不过这是我们工厂恢复后第一批产品，主要是为了保证前线的供给。"

我们的同志立刻擎着杯子站起身说："请喝这一杯胜利酒！这些吃食都是在敌人轰炸破坏下出的，不但表示了朝鲜人民生产的胜利，也保证了前线战争的胜利！"

春天来到朝鲜。朝鲜人民用血汗浇灌的生活，定会开出美丽的花朵。那些挂着文明幌子的食人生番不能扳着地球倒转，就永远不能毁灭人类光明灿烂的世界。还记得有一夜我乘车路过平壤，瓦砾场上忽然从播音器里传出雄壮的歌声。这是《金日成将军之歌》，也是朝鲜人民的战歌。踏着这个战歌，朝鲜人民正在走向人类永久的春天。

一九五一年

用生命建设祖国的人们

我刚从朝鲜回来。这些天,心里总是充满东西,坐不住,睡不稳,只想跳起来,全身投到什么地方去。还记得回来时刚过鸭绿江那天,我一早晨跳上火车,扑着祖国的心窝奔去。同车的有位志愿军指挥员,鬓角上露着星星点点白头发,他离开祖国有两年多了。我们尽对面坐着,谁都不言语,目不转睛地望着窗外。窗外飘过去祖国的天,祖国的山,祖国的漠漠无边的田野。火车开到本溪;窗外闪出庞大的烟筒,远近是许多复杂的工厂建筑。那位指挥员眼里露出又惊又喜的光芒,悄悄喊:"我就是想看看这些呀!"

我见到祖国人民的大建设,闻到祖国人民幸福生活的气息,我的心却飞到朝鲜——我不能不想到我们的志愿军。就在这一刻,那千千万万好同志啊,在风里,在雪里,在坑道里,在废墟上……正用他们无比的英雄气概,清除着那些破坏人类生活的暴徒。没有他们,怎么能有今天的祖国?他们是在战斗,也是在建设——他们是用整个身子,整个生命,给祖国的建设打下牢固的基础,给人类的未来铺下和平的大道。

他们是真懂得生活啊。那时候我还在前线,有一天,我到一个高射炮连队去。连队扎在山头上,战士们都住在临时新挖的掩蔽部里。掩蔽部又阴冷，又潮湿。脚下一踩一咕哧水，但是收拾得整齐的很：墙上贴着毛主席像，空罐头盒里插满大把的野菊花，土炕上摆着一排被子，叠得方方正正，一律是颜色鲜明的花布被。这些被子不是公家发的，是战士节省下自己有限的一点津贴费，托人从祖国买来的。这还不算新奇，还有更新奇的呢。就在这个阵地上，在一门大炮前，我发现一丛叫不上名的野花，红艳艳的，怪好看的。不知谁怕霜打了它，特意用松枝细心细意搭了座小棚，遮着这丛红花。这丛红花不是移来的，从根起就长在那儿。战士们挖阵地，安大炮，后来也不知用这门炮和敌人打了多少仗，始终也舍不得损坏这棵花，一直保存下来。

不要笑我们志愿军太孩子气了吧，我懂得他们的感情，他们的心。那些心是又朴素，又善良，又单纯。他们过的是紧张而艰苦的战斗生活，他们却有着高贵的理想，热烈的愿望，渴望着把生活建设得更美好。那些花布被，那丛红花，就说明了他们对生活的愿望啊。要不是这种热烈的愿望，他们怎么能献出自己，甚而献出自己的生命，去保卫祖国，保卫人类的生活呢？

在这个连队里，我就见到这样的高射炮手。这个炮手有一回跟空中敌人作战，阵地上打得烟雾弥漫，灰土罩严了，什么都看不见。耳朵边上忽然听见唰一下，炸弹从头顶落下来了，他在心里叫起来：“可别落到炮上呀！”身子急忙往前扑，一扑扑到瞄准镜上。炸弹就落到阵地前面，尘土爆起多高，炮也不响了。指导员冒着烟土跑上去一看，气浪把两个人吹下炮来，那个炮手伏在瞄准镜上，后背血淋淋的，人也昏了。指导员要去抱他，他一下子醒过来，甩着手叫：“放！放！放！”坐到炮位上又打起来。

看看这个好同志！事后他对人说：“我伤了不要紧，镜子伤了，就不能瞄准打敌人了。”当天他带着伤，就用这门炮打掉一架敌机。

这个同志姓曹。可是知不知道他的姓名又有什么关系呢？像这样的人，在我们志愿军里，上千上万，到处都是。

提起汽车司机马连昆，我不能不怀着特别的敬意。这个英雄在前线上开着车，牵引着大炮转来转去，重重地打击着敌人。有一晚上，他又拉着炮往前走，路上通过几道照明弹封锁区，不料叫敌人炸了。马连昆崩的满身是血，昏迷不醒，一醒就问："咱们的车还有么？"同志们告诉他还有。

他说："只要有车，我们的炮就能转到阵地上！"说完话，痛得牙咬的咯崩咯崩响，却不喊不叫。一会又说："我已经不行了，同志们不用留恋我，赶紧把炮拉走吧！"又喊："毛主席万岁！志愿军万岁！"言语就不清了。

我们有这样的汽车司机，也有这样的火车司机。记得是一次很急的任务，天落霜了，前线紧等着要一列车被服。一个年轻的司机连夜拉着被服往前送，天亮前后叫敌机发现了，叮住就不撒嘴。敌人左一梭子机关炮弹，右一梭子机关炮弹，打得火车前后左右爆起一溜一溜的火光。

那司机正在要求入党，对司炉喊道："这是党考验我们的时候了！"冲着前面一路飞跑。

一转眼天就明了。附近的朝鲜老乡听见火车咯噔咯噔这个响啊，打开窗门一看，大吃一惊，都跑了出来。早晨的雾散了，田野里漫着层白霜。只见地面跑着列火车，天空追着架飞机。飞机打一个盘旋，又一个盘旋，对着火车连扫带射，那火车却不理，咕咕咕咕，只管往前冲。老乡们看痴了。也忘了隐蔽，都鼓起掌来，大声喊道："哎呀，开车的志愿军真勇敢！"

是勇敢。那司机就是这样一直把火车开进大山洞去，安安全全藏好，松了口气，慢慢走到洞口，探着头望了望天：那架敌机不死心，还在转呢。

那司机望着飞机大声笑着说："劳你驾，一直送到家门口！"

这司机是谁，我想也没有提名道姓的必要。难道这样人物还是个别的么？

不过有个青年战士，直到现在我还懊悔不知道他的姓名。但在我一生中，我永远不会忘记他。一闭眼，我就想起他的样子：方方的脸，弯弯的眼睛，见人就一笑，显得又平静，又温和，又有毅力。我见到他，完全是个偶然的机会。

那时候三次战役刚结束，我有事往汉城去，走了一宿，天傍亮在一家朝鲜老百姓屋里找到个宿处。院里放着几副担架，抬担架的是些东北来的民工，正在小休息。当中一个民工年纪大点，特别爱说话，眉飞色舞地谈着前线的情形。

那民工说："仗打得可好啦！咱不知道，怎么这些同志就像是天神下界，简直天下无敌！"接着长篇大套说起来了。他说有个战士，也就是二十岁左右，从平壤追击敌人时，脚后跟冻烂了。用布包着，走起来一瘸一瘸的，谁见了都心痛。指导员想叫他留在后边，那年轻人说："指导员放心吧，我掉不了队。掉队还叫个志愿军啦！"人家孩子就不掉队，爬大山，走雪路，脚肿的穿不上鞋，用烂棉花包扎着，谁痛谁知道，可是人家就不掉队。

打汉城外围议政府时，那青年在火箭筒排里，背着炮弹跟班长到公路旁边去打坦克。敌人的重坦克有好几辆，呼隆呼隆冲上来了。射手开了两炮，打坏头一辆。第二辆坦克又绕上来，想必是发现了我们的火箭筒阵地，冲着我们直打机枪。射手倒了，班长也挂了花。那青年赶紧接手去打火箭筒，可是先前没使过，连打几发炮弹，一发也没打中，坦克倒迎面冲上来了，眼看着要压到他的头顶上。

那青年想要再打，谁知炮弹没了。他喊了声："为了祖国！……"迎着坦克站起身子，一甩手撇出颗手雷去。坦克冒了黑烟,他人也倒了。……

我听那上年纪的民工讲到这儿,从心里觉得可惜,哎呀一声问道:“他人也牺牲了吧?”

那民工笑笑说:“牺牲?这样人还能牺牲!”又用烟袋锅一指担架说,“那不是躺在那儿。”

这老汉真会弄玄虚,原来谈论的就是他抬的伤号。我很想看看那青年,那民工却把自己的老羊皮袄盖在伤员头上,盖得严严实实,不漏一点风。我掀开老羊皮袄,那青年冲着我笑了笑,虽说受了伤,脸色还是那么平静,那么开朗。我刚想和他谈几句话,问问他的姓名,那民工朝着我嚷起来:“你这个同志,真是!不怕冻坏他吗?”一把推开我,又把老羊皮袄好好盖严,抬起担架赶他们最后一段路去了。

这些人,这些人,这些人啊!从前线到后方,在整个朝鲜战场上,你怎么能数的清,记的完呢?他们离开祖国,离开家,挨冻受累,流血流汗,为的是什么呢?为的是我们的祖国啊。爱就应该是忘我的。他们爱祖国,爱人民,爱和平,谁还去计较个人的利害,个人的得失,个人的生死呢!这是种大无畏的自我牺牲的精神。他们自己却从来不认为是牺牲。这算什么牺牲?我们做的正是我们应当做的事。

冬天一来,朝鲜前线上又该是漫天风雪了。我离开朝鲜那天,同志们握着我的手,殷殷勤勤地说:“你走了,可回来呀,回来多告诉我们些祖国建设的情形。”

现在新的年代已经开始,祖国的伟大建设也开始了。不论在祖国,在朝鲜前线,我们的人民一定能在毛主席的光辉照耀下,共同创造新的历史,新的时代。

一九五三年

中国人民的心

已经是一九五三年十二月初，头一阵子落过场大雪，冬天早来了。谁知近来一变天，飘飘洒洒又下起细雨来，冰雪化了，到处化得泥汤浆水的，走路都插不下脚去。原先封得严严实实的大江小河，又化了冻，边边岸岸的冰上浮着层水，只有背阴的地方冰还比较结实，时常可以看见朝鲜小孩蹲在小爬犁上，双手撑着两根小棍，飞似的滑来滑去。

这一天，雨不下了，怪阴冷的。晚间我坐在灯下读着本叫《斯大林教养的人们》的书，正在惊叹着苏联人民那种英雄的品质，这时我接到个电话。我不清楚是谁给我的电话，但我知道这是个好心肠的人。他说：

“你知道么？今天傍晚在安州车站牺牲了个战士。他见一个朝鲜小孩滑冰掉到水里，赶紧去救，也陷下去。他把小孩救上来，自己可沉下去了。是个很好的同志啊！又是一个罗盛教！”

我去看那位烈士时，他已经装殓好，平平静静躺在那儿。他的神情很从容，像是睡觉。我定睛望着他的脸，我不认识他，但我又十分熟悉他。从黄继光身上，我熟悉他；从罗盛教身上，我熟悉他；从千千万万中国人民身上，我更熟悉他。他的面貌一点不惊人。谁要以为这样人身上准有许多惊心动魄的东西，那就错了。

他只是个顶简单的中国人，几句话就可以交代清楚他的一生。他叫史元厚，山东长清人。他像所有贫苦的农民一样，一出生过的就是苦日子；也像所有机灵的孩子一样，有时会想出很可笑的法子，对地主报个小仇。譬如说，把地主的南瓜挖个洞，往里拉粪；还有一回，把些毛毛虫的毛撒到地主被窝里，害得地主黑夜睡觉，浑身刺的又痒又痛。到后来，他长大了，流落到济南拉洋车。再到后来，就参加了部队。

史元厚家里有老父老母。这对老人像所有父母一样，不管儿子的胡子多长，还把儿子当小孩看待，总怕儿子冷了不知添衣服，饿了不知道吃。千里迢迢，也要托人捎去做娘的连宿打夜带着灯做的老山鞋，还要在信上千叮咛万叮咛，就怕儿子晚上睡觉不盖被，受了凉。

史元厚家里还有个没过门的妻子，叫绍英。这个妻子可不像早先年的妇女，只知刷锅烧饭抱孩子，她却在镇店上念书。史元厚曾经写信问她想要什么东西，心里先猜了猜，以为离不了是些花儿粉儿一类东西。过几天绍英回信了，写的比史元厚都清楚，要的却是支钢笔。

来朝鲜以前，史元厚接到父亲的信，里边说："你爹老了，生活什么不缺，就是缺个孙子，要是你肯听话，顶好早一天回家成了亲吧。"史元厚的心搅乱了。翻腾半宿睡不着，第二天起来便向上级写申请书。

他素来爱说爱闹，永远不恼，别人也爱找他开玩笑，顺着史元厚的音都叫他"史落后"。旁的战士见他写申请书，笑着四处噪："'史落后'打报告要娶媳妇了。"

史元厚应声笑着说："就是嘛，你管得着！"以后接连写了七次报告。但他要求的不是回家，却是上抗美援朝的最前线去。

一九五三年二月，正是敌人妄想从我们战线后方登陆作战时，史元厚跟着队伍到了朝鲜。队伍一到，立时打坑道，挖工事，进行反登陆作战的准备。史元厚挖战壕磨得手起了血泡，扛木头把肩膀都压破了皮，照样像匹小骡驹子，又踢脚，又撒欢。他这人话语多得出奇，旁人说话，就爱插嘴。有时说得牛头不对马嘴，惹得战士们笑他说："我看你上一辈子准是个哑巴，一肚子话，都憋到这辈子了。"他也不恼。要是旁人叫他逗恼了，他会抱住你笑着说："怨我！怨我！"

穿戴他从来不讲究好看，衣服鞋袜，总是缝缝补补的。

谁要问他："你是怎么回事啊？新发的鞋也不穿，留着烂在箱子底么？"

史元厚会笑着答应说："谁说不穿？早磨掉半边底了。"

你不必多问，准是他见谁没穿的，又给了人。他就是这么个人，和谁都处得来，手又大，只要是他的东西，你自管拿去用。在我们生活当中，我们随时随地会遇见这样人，一点没什么可注意的。可是就在这样人火热的胸口里，却藏着颗高尚的无产阶级的心。

春天的夜晚，还是森凉森凉的。史元厚站在山头的哨位上，守望着朝鲜民主主义人民共和国的国土。一听见半空中飞机响，枪就握得更紧。敌人想投伞兵呢，投了就消灭他。山风一吹，飘起股青草的香气，他忽然会想起了家。这种带点泥土气息的草味，他从小便闻惯了。一时间，仿佛他警卫着的不是朝鲜，却是他的本乡本土。他想象得出家里人正在做什么。父亲一时出现在他的脑子里。老人家披着棉袄，擎着根麻秸火，咳嗽着，正在给牛拌夜草。他娘却坐在热炕头上，呜呜摇着纺车，也不用什么灯亮，抽的线涮溜极了。还有他的爱人绍英，怎么也没睡？你看她坐在麻油灯下，歪着头，轻轻咬着下嘴唇，准是在给他写信。他怀里就揣着爱人的一封信，写些什么呢？简直像个指导员，净给人上政治课。

不用你训，我是个青年团员，懂的比你多得多了。是谁把我造就得像个人了？是谁关心我这个，关心我那个，几次三番派祖国的亲人来看我们？你放心，我会对得起党，对得起祖国人民的。

当时连里正学习邱少云的事迹，史元厚不知怎的，变得特别蔫，整天不大开口。

同志们问道："你是不是有病？"

史元厚说："哼，我一顿吃五个大馒头，还有病！"

同志们都笑起来，又问："那么你是怎么的了？"

史元厚懒洋洋地说："我怎么也不怎么的！出国的时候，咱说的什么话，现时光蹲在朝鲜吃，一点功劳没有，将来回去，怎么回答祖国人民？看人家邱少云！"

嘴里说着，他心里便下了决心，要用整个生命去做他应当做的事，就像邱少云一样。

转眼到了冬天，朝鲜前线又飘了雪花。停战协定签字几个月后，祖国的亲人又冲风冒雪来看志愿军了。有一个蒙古族文工团来到史元厚那个部队，都住在宿营车上，就停在安州车站附近。史元厚和几个战士被派去担任警戒。

车站背后是一带土山，叫龙潭岭。岭脚下有一片大水塘，叫龙潭池，夏天常有人在里边洗澡，一跳下去不露头，足有一丈多深。眼下冻了冰，像镜子一样亮，变成孩子们最留恋的滑冰好地方了。

就是那个阴化天，黄昏时候，慰问团的同志将要到别处去了。警卫战士都打好背包，下了宿营车，打算回本连去。有人见史元厚没下来，喊了他一声，大家头前先走了。走了很远，才见史元厚提着枪走下车，神情有点发闷，对着慰问团露出恋恋不舍的样子。都是重感情的人，这一分手，不知哪天才能再见到祖国的亲人，谁能不留恋呢？

先走的战士走出多远，背后忽然有人追上来喊："你们一位同志掉到水里去了！”

大家急着往回跑，只见那龙潭池塌了一大块冰，岸上丢着史元厚的枪，史元厚的衣服，人却不见了。一个十岁左右的小孩坐在水边上，浑身上下滴着冰水，哭都哭不出声。

原来这个小孩刚才蹲在爬犁上滑冰，说声不好，一下子陷下去。他的两手扒在冰上，水浸到脖颈子，眼看就要沉底了，哭着喊起来。

一个志愿军飞跑上来。这就是我们的史元厚同志。他扔下枪，脱了衣服，几步滑到小孩跟前，伸手去拉那小孩，忽隆一声，冰又塌了，两个人都落到水里去。只见史元厚在水里钻了钻，露出头来，双手托着那个小孩，一转眼又沉下去。他又钻上来，又沉下去。第三次钻上来时，他用尽力气一推，把小孩推到冰上，他自己却沉了底，再也浮不上来了。

战士们把他从水里抱上来时，他的脸青了，胸口凉了。他已经用他整个生命做完他应当做的事，离开我们悄悄走了。他临死会想到什么呢？你是不是想到党？想到你的祖国，你的亲人？他只有二十五岁。他的短短的一生就这样简单，他死得也很简单。可是，我不能不思索个问题。为什么我们的人民都这样奋不顾身呢？自从出了个黄继光，接着又是一个，又是一个。如今呢，又出来第二个罗盛教了。难道说奇怪么？这正是毛泽东教养出来的人民啊。

我去看了看那个小孩。小孩叫赵元弘，住在龙潭岭背后，村名是三龙里。爹原是劳动党员，一九五〇年秋天敌人进攻朝鲜北半部时，把他爹抓去杀了。后来他母亲也炸死了，赵元弘便靠伯父收养着。赵元弘拖着志愿军的大鞋，戴着志愿军的棉手套，见了我们一句话不说，用手套揉着眼，只是抽抽搭搭哭。他伯父已经是六十多岁的老人了，昨晚上难过得一夜没好睡，脸色显得很愁苦。一见我们,老人的下嘴唇直打颤颤,眼里含着泪,好半天擦了擦泪,指着小孩,颤着音说:“都是为这个孩子,一个志愿军死了,我永远也忘不了!”

谁又能忘得了呢?朝鲜人民用最隆重的葬礼,把烈士的遗体葬到龙潭岭上。岭下临着龙潭池,史元厚就是在这儿把他的生命最后献给了朝鲜人民。朝鲜人民又把龙潭岭改叫做“史元厚岭”,龙潭池叫“史元厚池”。千秋万代,望见这片山,这片水,朝鲜的子孙就会想起这个人来。史元厚是个战士,临下葬,朝天放了几排枪,这是一个战士应得的尊荣。史元厚被埋葬了,但我知道,他那颗伟大的心却依旧跳动着,跳动在千千万万中国人民的心坎里。好同志,我写的不只是你,我写的正是中国人民的心。

一九五三年

万古青春

这是朝鲜停战后头一个春天。去年一冬,飘风扬雪的,忽然从残冰剩雪里冒出碧绿的马醉草,接着刮上几阵东风,漫山漫坡绣满了鲜红娇艳的天主花。晚上,要是月亮好,你会听见布谷鸟用怪清脆的嗓子不断叫着:“快快播谷!快快播谷!”

正赶上这样个好春天,我出发到金城前线去看轿岩山阵地。轿岩山上原本有敌人的强固工事,去年七月停战前十几天,被我们攻下来。

汽车司机是个久经战斗的老手,人挺爽快,干起活来,手脚忽隆忽隆的,像是阵风。总好开飞车。据说有一回他带着露水出车,老远望见前面路上有只野鸡。那野鸡还来不及飞,一眨眼早碾到他车轮子底下。车子一过北汉江,司机抖擞起精神,一会告诉我这是我们的反坦克阵地,一会又说那是敌人的炮火封锁区,样样事,熟得很。他带着惊奇的口气说:“哎呀,盖了多少房子呀!原先这一带哪见个人?”

应该说原先有人,有田园,都毁了,现时人民重新建立起家业来了。房顶上盖着一色新稻草,黄笼笼的,恍惚闻得见一股类似焖饭的稻草香味。有的房子正面墙上还用云母石嵌着大字“和平万岁”,像绣花绣的一样精致。我知道,这是志愿军帮助朝鲜人民盖的。稻田都灌满水，拉上线，正准备比着线插秧。远处有个人头上戴满了红的黄的白的野花，用唱歌的调子大声吆着牛翻地。到底是青年人，喜欢风情。车子转眼赶到跟前，我回头一望，不想是个胡子花白的老人了。在一家门旁，我见到棵杏树，差不多叫炮弹打枯了，不知几时又抽出嫩枝，满枝开着白花。

司机一路不住嘴说："变了！变了！都变了样了！"

春天并不能完全改变轿岩山的面貌。山势挺陡，到处是打塌的地堡坑道。还可以清清楚楚看出敌人的环形工事：围着山是一圈壕沟、又一圈壕沟，沟顶上纠缠着打烂的铁丝网，说是盖上这些玩意，可以叫你冲锋时跳不进壕沟去。四面山坡上布满了铁丝网，紧贴着地皮，叫个蛇腹形，名字挺吓人的，可惜经不住炮火劈，都滚成球了。

我一直爬到最高主峰的石崖上，朝南一望，金城川气腾腾的，漫着好大的春雾。那就是军事分界线。川南山连着山，从望远镜里望过去，空虚荒凉，全是敌人盘踞的阵地了。

陪我同去的一位参谋指点着说："军事分界线原本顺着轿岩山以北划的，一拿下这座山把敌人平推出去十几里路，推到金城川南，分界线就划到金城川了。这一打，板门店的敌人慌了，赶紧要求签字停战。"

我听了，默默无言地望着四外的形势。山险，工事又强，这要有一定的好战士拿出自己的生命血汗，才能换到这个胜利、换得今天。

那参谋也许猜透我的心事，指着下边问："你看见那个山包么？"

那山包比起来矮多了，都是黄焦泥，稀稀落落长着点青草，开着几丛野花，飞着几只蝴蝶。当时是敌人阵地的门户，也是我们夺取主峰的起点。

那参谋接着又说："就是在那儿，我们牺牲了个挺好挺好的同志。他死的真壮烈啊！拿性命给这次胜利开辟出道路来。"

他指的是黄继光式的一级英雄李家发。这个来自安徽南陵贫苦农家的孩子只有十九岁，都说他的心是水晶做的，透明透明，一点不懂得自私，连自己的生命也不自私。心灵加上嘴巧，手脚麻利，凡是认识李家发的人都这样评论他："那孩子，真欢！一见面就逗人喜爱。"不管他走到哪儿，你听吧，四面八方总有人喊他："李家发，你唱个歌。""李家发，你跳个托辣桔（桔梗）舞。"李家发把衣服一抡，就唱歌跳舞。

他并不想故意引人笑，他那欢乐的性格却常常引的人发笑。反细菌战那当儿，有一回，班长听见李家发一个人在青枫树底下自言自语骂："你这个杜鲁门，再叫你祸害人！"跑去一看，原来李家发捉到只耗子，倒吊在树上，手里握着根藤条，抽一下，骂一句。又有一回，一个战士听见掩蔽部里有条狗呜呜嗤着鼻子，吓的一只猫没好声地叫。那战士大声吆呼说："出！出！怎么猫狗都跑到屋里去了？"一发觉是李家发装的，那战士忍不住笑："你是从哪来的鬼聪明？学龙像龙，学虎像虎。可就有一宗你不懂，你大概自小不懂得苦。"

这话错了。李家发自小也像所有劳苦人民一样，受过折磨，懂得愁苦。只有经过愁苦的人，才更懂得今天的欢乐。他自己乐，也愿意旁人乐。见到谁愁眉不展的，他就会亲亲热热抱住你，像马撒欢似的。用牙啃啃你的肩膀，又要跟人跳"青年战士"舞。人家不会，他说："不会我教你。"就搬着人家的腿，叫你先出这条，再出那条。

谁要以为李家发是个嬉皮笑脸的顽皮孩子，那又错了。别看他人小，心胸可大，做什么事都认真要强。一次，连长派他到阵地前沿去送信，正巧前沿包饺子，战士们见他来了，喜欢的非拉住他吃不可，回来晚了。连长批评他说："你准是贪玩，误了事怎么办？"李家发背着人悄悄哭了。隔一天，连长跟一位友军谈话，又派他去送信。正谈着，李家发走进来。

连长生气了："上次批评的是谁？你怎么磨磨蹭蹭的，还不去送信？"

李家发说："我回来了。"

那位友军睁大眼道："好快的腿呀！我这支烟还没抽完，你就回来了。"走后还写信来说："我就是想你们那个爱说爱笑的铁腿通讯员。……"

李家发走路一蹦一跳的，会几句朝鲜歌子，整天挂在嘴上。

有人笑他说："瞧你像个雀似的，嘴不会闲着——你变个雀得了。"

李家发笑嘻嘻地说："我不想变个雀，我想变个别的。"

人家问他："你想变个什么？"

李家发说："我想变个歌子，让你们大家都唱我。"

打轿岩山时，李家发被编到排里当联络员，管信号弹。他心里有点不舒服。人家都打完了，我从后边上去了，算个什么？

排长说："没有联络员，耳目眼睛都没有了，你别马虎大意。"

李家发脸一红，笑了，也就专心专意学信号，还把信号编成几句快板，一天到晚哼哼着，这样好记。临出发，青年团分别开小组会，李家发坐在旁边，眼望着地，一个人偷偷笑了。

小组长问道："你笑什么？"

李家发不好意思说："没什么。"实际上他心里想起件事。他记起前次开五四青年节大会，都叫穿上新衣服，戴上功臣章。李家发扣上风纪扣，前后理理军衣说："班长啊，我的衣服倒是新的，就是没有功臣章。"班长可会说："你借一个好了。"笑话，功臣章也好借么？你瞅着吧，等我自己得一个。可是他不愿意说出口。话一说到嘴巴外边就是人家的了，做不到，岂不是空话。

开完会，几个青年团员最后握了一次手，一时都露出留恋不舍的样子，手握的特别紧，嘴里说："我们到山头上，下来再见。"可总舍不得撒开手。

这天是一九五三年七月十二日。天一黑，部队便往预定的潜伏地带移动。头上下着蒙星雨，挺密的。战士们泥呀水的，走了一宿，弄得浑身净泥，天明藏到条小沟里，隔一个岭便是那个黄山包——敌人主阵地的门户。

敌人紧自打冷炮。李家发临时挖了个猫耳洞，招呼一个叫小罗的新战士躲进去，自己蹲在洞口，淋着雾毛雨。昨儿晚间半路上，敌机投弹，他的腿崩伤了。不过啃块皮去，叫卫生员缠了缠，管它呢。往常李家发的话最多，现时也不玩闹了，望见人，光是笑笑，也不说什么。他见小罗的干粮袋子带断了，摸出针线帮着缝上，又替小罗擦了擦枪。

小罗望了他半天说："你有照片没有？给我一张好不好？"

李家发悄悄笑着问道："你要我的照片做什么？"

小罗低着头说："将来几时想起你，我好看看你。你太好了，不管活到几十年后，我也不会忘了你。"

李家发小声说："可惜我没有，有就给你了。我父亲母亲也是来信要照片，说是离家两年多了，不知长的什么样了，又盼望我有工夫能回家看看。只怕将来我们回去，连家门口都不认识了。"

小罗说："那怎么会呢？闭着眼我也能摸到家去。"

李家发摆着头笑道："不对，不对。你没听说，祖国的建设一天一个样，我父亲去修淮河，还当了水利模范——也不知我们家乡建设得怎样了？"

……团的小组长踩着泥泞走过来，低声说："李家发，你饿不饿？饿就吃干粮。"

李家发掏出压缩饼干，回头问小罗道："你吃不吃？"

小罗不想吃。李家发说："我的干粮还没淋坏，你吃点吧。我也吃一点。一打起来，想吃也顾不到了。"

一时间，战士们都嚼着湿干粮，一面擦枪，又看天。

天还是飞着蒙蒙细雨，满山都是云雾。到夜晚九点钟，只听头顶像刮大风似的，忽忽忽，轿岩山上立时燃烧起来，冒起一片火光。我们的炮火开始袭击了。炮一响，战士们都讲起话来。黑糊影里，谁都听见李家发又嫩又脆的童子音在喊："眼看轿岩山就成我们的了——山顶上见哪！"

敌人打起照明弹来，一个挨一个，半天空都打严了，照得四下清清亮亮的，像白天一样。李家发跟着排长从沟底翻上了山岭。路太滑，只怕掉队，索性坐下，身子往后一仰，刺刺溜下去，转眼冲到那个黄山包根底，顺着山腿子往上挺。

一上山就是道铁丝网，有人上去炸开了。不多高又是第二道铁丝网，李家发从排长讨到爆破的任务。敌人满山埋的地雷差不多都叫炮火打翻。李家发顺着地雷窝往上爬，还对班长说："烟一起，你们就上。"

烟起了，部队冲过第二道铁丝网，一气冲上个棱坎，看看离那个黄山包顶不远了，这时一股机枪火盖头盖脑喷下来，把部队压到地面上。排长挂花了，班长代替指挥，高声喊："谁上去爆了它？"

只听见李家发的清亮的童音应道："我去！"

半空的照明弹灭了，夜晚一下子变得漆黑，四围是无边的风、雨、雾。

李家发离开了他的同志，身边带着两颗炸药手榴弹，闪开正面的枪火，纵身跳起来，蹿上去了。一溜火线从他左侧射过来，又一挺机枪开了火。谁也看不见李家发，谁也觉得出李家发跌倒了，不动弹了。他准是受了伤，也许牺牲了！蓦然间，左侧那挺机枪红光一爆，不出声了，李家发正在行动着呢？

先头那挺机枪打的更凶，枪火四外乱喷，压的战士们伏在风雨里，抬不起头，透不出气，都急的想："李家发呢？"

风雨黑夜，谁知李家发哪去了？那挺机枪却咯咯咯咯，不住嘴叫着，得意透了。大家正自焦急，只听一声爆炸，黑地里又扬起了那个熟悉的可亲可爱的童子音："同志们，跟我来呀！"

战士们跳起来，跑上去几步，那挺机枪又活了，又叫起来，把大家又按到地上去。谁都知道，李家发的弹药已经完了。战士们吼着，一上，顶回来；一上，又顶回来——就是上不去。正在这当儿，那机枪就像一个人正叫着，突然叫人塞住嘴似的，咯噔一下，一点声音没有了。

战士们冲上山包，奔着主峰打上去。……

天明，轿岩山上飘起面红旗。出征以前，李家发曾经在这面旗上签过名，对着红旗宣过誓。他跟同志们约好，要在山顶上见。他并没能来到山顶上。他躺在那个黄山包上，右胳臂向前，左胳臂向后伸着，身子斜扑在个大碉堡的射口上。他的左脚也打穿了。他是先受了伤，拖着伤脚炸掉左侧一个小地堡，才扑到大碉堡上。他的嘴张着，好像在笑。活着的时候，他爱唱，他本身就是支最美丽的歌子。

这是个多么难得的好战士啊！我们宝贵黄继光，更应该宝贵这种黄继光的精神。李家发死了，他并没死，他的生命充满了这个世界。一枝花，一棵庄稼，一个生物，都有他活在里面。是他，是数不尽像他这样的人，给了我们今天这样的生活。

在轿岩山顶上，一丛天主花开的正艳。有位同伴见了赞叹说："多美呀！"

这是烈士的血浇出来的。青春不会老,李家发也不会老。历史可以数到一万年,十万年,李家发却将永远是十九岁,永远像春天一样,万古常青——亲爱的同志啊,愿你永生!

一九五四年

英雄时代

回到祖国，我处处体会到祖国人民对志愿军的热爱和关怀。你们单好知道志愿军所有的情形，恨不得一下子把他们抱在怀里。你们爱志愿军，但我也想告诉每个祖国人民，志愿军也是爱你们的啊。是的，爱你们，很爱你们，睡里梦里也忘不了你们。

祖国人民慰问团带去的慰劳品发完了，剩下装慰劳品的破木头箱子，有什么用呢，可以劈了烧火。志愿军可不肯烧。这是祖国来的东西，怎么能烧呢？他们把木头箱子劈成许多小块，一个人分了一块，安上四条腿，做了个小板凳，学习、吃饭，或是战斗的空隙，时刻坐在小板凳上。他们说：坐在小板凳上，就像坐在祖国的土地上一样。

祖国人民写去的慰问信，比什么都珍贵。有的战士把信藏到胸口，没事就拿出来看。战斗以前，也要拿出来看一遍，看完了把信藏好，投到战斗里去。信上是祖国人民的声音，祖国人民对他们的嘱托。看见信，他们就来了力量，多激烈的炮火也要投进去。

我亲眼看见一个伤员，从前线运下来，运回祖国。当他从车上下来，第一脚踏到祖国的土地上时，他哭了。他离开国，离开家，去到朝鲜，为的是什么？他在朝鲜经受过困苦，流过汗，又流了血，现在重新踏到他最亲最爱的国土上，他怎能止住不流泪呢？

这是高贵的眼泪——多么纯洁的感情啊！

这就是我们志愿军的爱国主义。正是由于这种对祖国，对人民，对和平的热爱，我们的志愿军才能在朝鲜前线突破重重困难，取得胜利。胜利不是伸手就能拿到，弯腰就可拾得的东西。胜利永远是从艰难中创造出来的。我不能忘记一九五〇年冬天刚过鸭绿江时，漫天风雪，遍地都是燃烧的大火，我们的志愿军只穿着一身棉军装，披着一条白布单，背着一支枪，一点干粮，一把铁锹，投到激烈的战斗里去。从他们身上，我深切地体会到中国人民所具有的高贵品质。他们勇敢，坚韧，永远不向困难低头。他们那种大无畏的忘我精神更是惊人！

是的，他们是忘我的。你看吧，凡是在危急当中，在要紧关头，他们考虑的从来不是自己，而是别的同志，而是祖国，而是朝鲜人民。我在炮兵里认识个同志，十六岁参加抗日战争，现在近三十岁了。第三次国内革命战争期间，他是连长，有一回打蒋军，接连打了几天，他日夜不睡，眼鼓的有鸡蛋大，一气把敌人打垮了。他的左眼却蒙上层白膜，看不见了。医生说是火蒙眼，可以治好。解放上海后，上级叫他去治，那时因为要反对敌人的轰炸、封锁，保卫上海，他自动把治眼的事丢到一边。后来转到东北陆军医院，刚要治，抗美援朝战争爆发了，他再也顾不上治眼，参加了志愿军就到朝鲜去了。他对我说："一只眼算什么，等胜利了再讲吧。"

我还知道个高射炮手，叫赵老年，和空中敌人战斗时，受了重伤，照样打，最后牺牲了。他怎样牺牲的呢？身子伏在炮上，手还紧紧地捏着航路表示器。指挥员说：这个同志在牺牲的前一秒钟，也没考虑到自己的生死。要是他有一秒钟的迟疑，他的手就不会捏着这个机件捏的这样紧。他考虑的只是战斗，只是胜利。

是不是我们志愿军都是另外一种人，根本不知道爱惜生命？

不是的。志愿军就是和我们一样的中国人民，他们的思想感情也是可以理解的。属于我们个人的东西，什么是最宝贵的呢？生命。没有比生命更宝贵的了。那么，为什么志愿军会丝毫不计较个人的生命？

有个老铁路工人说："人就一个命，谁不愿意活着呢？可是话又说回来了，人早早晚晚总要死的，死就要死在正处。为了祖国，为了人民，死了也是光荣的。"

我相信这是他的心里话。这也是我们中国人民的真正感情。是嘛，为了祖国，为了人民，为了更高的人类理想，个人的生命又算什么？

我还想讲个女医生的故事。她姓宁，在敌人大轰炸时，炸弹落下来，气浪把她吹出去多远，昏过去了。一会醒过来。她心里想："这要是炸断胳臂，炸断腿，或是脸炸伤了，落了一个大疤拉，多么难看。"便用两手抱着头，把头藏到墙角去。这时又一批炸弹落下来，她又昏了。再苏醒过来时，眼前满是硫磺烟。她动动手脚，都还在，只是浑身没有力气，知道是受伤了。

忽然听见背后有人叫："医生！医生！"她转身一看，一个同志埋到土里，一直埋到胸口。这时，她再不想到自己会炸死了，再不想到自己会炸伤了，她想到的只是那个同志。一种高贵的阶级感情使她什么都忘了。她从躲藏的墙角跑出来，用手扒呀扒呀，想把那个同志从土里扒出来。怎么能扒的出呢？手扒破了，十个指甲都往下滴血，急得她来回跑。

炸弹还在响着，埋在土里那个同志对她说："你走吧，情况这样紧，别管我了。"

那女医生却说："我不走，要走也得先救出你来。"碰巧从旁边找到把铁锹，她拿起铁锹便挖土。她把那同志从土里挖出来，背到身上，冲着炸弹往外跑。路上又碰到另外一个同志，也受了伤，躺在山沟不能动了。她把第一个人背到山上，回头又来救第二个人。

那人流血流的太多，说话声音都小了。女医生安慰他说：“不要紧，我不会让你死的！”当时用纱布给他缠好，止住血，又背出去了。

这时另外的部队来了医生，一看那个女医生啊，头发蓬乱着，满脸大汗，脸色难看极了，就问她道：“你是不是也受伤了？”给她一检查，浑身上下四五处伤，衣服全叫血湿透。直到这一刻，那女医生一点力气都没有了，一下子倒下去了。

当时把三个人都抬下去。那两个人因为女医生救护得及时，都救过来了。女医生呢？也好了。我在前线时，又看见了她，还是像从前一样的勇敢。你看吧，什么地方弹火最激烈，不管深更半夜，她背上药包就走了，去救护她的同志。

英雄，这就是英雄！有人说这些人的胆子就是大，才能成英雄。我说这不是胆子大小问题，而是思想问题。一个人要是自私，处处专考虑个人的利害，个人的得失，个人的生死，那他就会前怕狼，后怕虎，树叶掉下来也怕砸了脑袋，永远也不会变成英雄。英雄决不会老考虑自己。他爱的是同志，是祖国，是人民，是更高的生活理想。为了这种爱，生命也可以抛出去的。在朝鲜前线，我看到许多女同志，年纪只有十七八岁，还带着孩子气。她们的胆子大呢，小呢？应该说是小的。在家里，有人还离不开妈妈，黑夜你叫她一个人到院里去，她才不敢去呢。有“鬼”呀！可是在前线上，你看吧，不管爆炸多么激烈，半边天都烧红了，她们冲着火光跑上去，从大火里往外抢救物资，抢救受伤的同志，胆子比天还大。她们是那么纯洁，那么热情，都在炮火中锻炼成英雄了。

英雄并非天神，英雄是从人民当中成长起来的。黄继光同志在成为英雄以前，跟其他志愿军战士还不是一样？有位作家在前线给黄继光等许多战士拍了张照片，当时根本没注意到当中有个人叫黄继光。每个战士都是那么年轻，那么朴实，那么勇敢，谁会去特别注意黄继光？黄继光同志成为英雄了，前方给那位作家拍来电报说：你那里有黄继光同志的照片。那位作家拿出照片来，看了又看——谁是黄继光呢？也许是这个人，也许是那个人，也许是另外第三个人。是的，照片当中每个人都可以是黄继光，每个人都可以像黄继光一样放出光彩。照片以外的人又何尝不是这样？李家发不就是黄继光式的英雄？

因为这是个英雄的时代啊。党是这个时代的灵魂，是党培养了我们的人民，发扬了我们人民所具有的好品质，使我们每个人都在开花，都在放光。志愿军本身就是个英雄的队伍。在祖国的部队里，工厂里，矿山上，农村里，机关学校里，难道说英雄的数目能数的过来么？要知道，我们是生在毛泽东的时代。毛泽东的时代就是英雄的时代。

一九五三年

上尉同志

一九五〇年底，在朝鲜战场上，有一回我趁交通方便，当夜要坐摩托车到前方去。那些战斗的日子呀，人像骑在闪电上似的，一眨眼生活就变了，过的连日子都忘记是几时。横竖那天是个坏天，阴沉沉的，我坐在屋里从破门上的纸窟窿里一望，半空零零碎碎地飘着雪花。今晚一走又要一宿，我怕精神不够，拖过棉大衣盖到身上，想睡一睡。

通讯员拉开格扇门，探进上半身说："有人来看你呢。"说完就往旁边一闪，身后现出个怪英挺的朝鲜军官，立在稻草房檐底下。

那军官有二十六七岁，高身量，细腰，穿着笔挺的绿哔叽军装，外罩一件深黄色的呢大衣。从肩章上，我看出他是个上尉。可怎么胳肢窝底下还挟着只黄母鸡？我连忙爬起来让他进屋。那军官拍拍身上沾的雪花，脱下了短统皮靴，一进门，客客气气地跪着坐在席子上，开口甩中国话说：

"同志，你辛苦了！我叫朴汉永，是朝鲜人民军××师的，上回打大邱挂了花，在本地养伤，"说着偏过头去，指指后颈上一个茶碗口大的疤，继续说道："敌人来的时候，我跟老百姓撤到山上去，眼时才养好伤。你为我们可辛苦透啦！我们朝鲜人民看见志愿军，从心眼里觉得亲。今天特意弄了只鸡，托我送来，实在拿不出手，多少总是一点心意。”

他把鸡往炕上一放，那只鸡想跑，可是腿绑住了，一下子摔倒，拼命扑着翅膀，搅起好大的灰尘。凡是到过朝鲜战场的人，见过美军洗劫的手段，就会明白这只鸡不定费过它主人多少心机，经过多少危险，才能逃开敌人的嘴，侥幸活到今天。这是怎样珍贵的东西啊！它主人却要送给我。但我不能要。既不忍心，也是志愿军的纪律。

我说明我的意思。朴汉永急的连连指着心说：“这是人家的心意呀！你怎么能不要呢？”

我强调纪律。

朴汉永忘记这是和我初次碰面，红着脸争辩起来说：“我懂，我懂，不过这是在朝鲜哪。人家都说志愿军什么都好，就是不通人情。你看，一年就一个除夕，人家给你送礼……”

我愣了一下问道：“今天是除夕么？”

他说：“可不是。中国的旧历年，朝鲜也过。端阳、八月节也是一样。要不送礼做什么？你得尊重当地的风土人情，这叫，这叫……”他一时说不清了，拿出笔写了几个朝鲜字：“风俗应。”

我笑道：“你说的也有道理，不过天一黑，我就要出发了，给我也吃不到嘴，还是请你把鸡拿回去吧，我心领就是了。”

朴汉永平静下来，望着我问道：“你年也不过就走？”

我说：“就走，就走，胜利是不能坐着等来的。”

他的脸像云收雨散似的，一下子开朗起来，就握住我的手说：“对，对，胜利是不能坐着等来的。我正打算到前线去归队呢，应该也走。”

这天傍黑，我们约好时间，在本地车站上又碰了头，准备一块坐摩托车往前赶。这是种顺着铁轨跑的小车，司机正忙着上油，我们站在露天地里等着。雪下大了，只觉得有许多湿东西扑到脸上，又轻又软。车站光剩几间炸坏的小房，临时挡上破草席子，有时一揭席子，瓦斯灯光射出来，照见又急又密的大雪片子团团飞舞着。

朴汉永穿的还像白天那样单薄，挺在风雪里，可特别耐冷。他伸出手掌试了试雪花，对我说道："下吧，飞机不会来啦。"

话音还没落，远处乒地一枪，该是防空哨的警报吧？听听却没有飞机声。大家正自奇怪，远处又是几枪，紧接着，四面八方都打起枪来。出了什么乱子呢？站上个个人都惊疑不定。黑影里，忽然有人笑道："这不简直是放鞭炮么？咱们志愿军过大年，真会玩！"大家一想，都笑了。

我们坐上车往前走，一路依旧"鞭炮"不断。摩托车飕飕的带着阵风，地面的雪粉卷起来，往脸上直扑。朴汉永一听见枪声，就悄悄发笑，好几回自言自语说："有意思，真有意思。"

他这人倒真有意思，周围指头顶大的事，也觉得挺有趣味，两眼一闪一闪的，总像追求着什么希望。

我问他道："你喜欢这种生活么？"

他用大衣领子遮着风雪说："敌人没来以前，那种生活才真叫人爱呢。就说这一带吧，每逢到夏天，你四下一望，嘿，绿油油的，净是稻田。你要是从稻田里走，扑刺刺一声，冷不防会飞出只白鹭，贴着稻穗飞远了。那种鸟啊，白得像雪团似的，你简直不忍心用手动它。——你喜欢朝鲜么？"

我说我喜欢。

朴汉永变得更热情了，滔滔不绝地说："朝鲜是招人喜欢，水好，空气也好。志愿军同志刚过来，常常奇怪：朝鲜人怎么喝凉水？你是没尝到过那滋味啊，又凉又甜，像加了糖一样，喝了也不会生病。你闭上嘴，吸两口气。怎么样？清爽吧？我们朝鲜人没有一个害肺病的，就是因为空气好。赶打完仗，你住一阵再走吧，一辈子也住不厌……”

我们正谈的高兴，摩托车开到一座桥头，忽然停下，机器的火也灭了。司机打开车门，高声说道：“这个大雪呀，不能走了。”

雪下的有半尺厚，埋住了路。车轮闸瓦当间塞紧雪，轮子转动不灵。司机用脚踢，用手扳着闸瓦摇，也弄不掉那些雪块子。我们都跳下去，乱哄哄地拿石头敲。通讯员叫起来道：“掉下人去了！”

我拿电筒一照，却见朴汉永跌到桥下去，滚的满身是雪。急的我问道：“摔坏没有？”

朴汉永仰着脸苦笑道：“没关系，没关系。我是听见桥下好像有人，想上桥看看，一脚落空，掉下来啦。”又朝前面问道：“谁在那儿？”

桥底下果真有人嘤嘤地哭，只是不应声。我插着大雪从个斜坡绕下去，看见朴汉永正蹲在个黑影跟前，头也不抬地对我说：“是个小孩，冻坏了！”

那小孩有六七岁光景，穿得破破烂烂的，卷在雪窟窿里直哆嗦。我摸摸小孩的脸，冻僵了；问他话，他的嘴唇都不会动弹，光是哭。

朴汉永小声说道：“先弄到车上暖和暖和吧！”就把小孩抱到怀里，爬上路基。

不巧车子的机器又出毛病了。副司机握着摇把拼命摇，机器也不发火。看样子一半时修不好，雪又这样大，不如趁早宿营，明天再说。可是四野白茫茫的，哪有个宿处？幸亏朴汉永地面熟，帮助大家把车子推到前面一个小站上，隐蔽起来，又领着路找到几家人家，分别住下。

通讯员背着那小孩，一进屋，先把小孩放到热炕头上。房主人是个三十岁左右的媳妇，带着个小女儿，都挤着睡在这间屋里。

那媳妇穿着件紫色的“俏缟丽”(短上衣),青裙子,擎着一盏高座油灯站在旁边,用两只愁苦的大眼望着那小孩,又望望我们。朴汉永同她谈了几句,她赶紧搁下灯,推开炕头右首另一扇小门,轻轻钻进厨房去。接着就听见厨房里水响,锅响,门缝里透进一股松树枝的香味。

朴汉永脱下黄呢大衣,给小孩严严实实盖上,不停嘴地问着些什么话。小孩还是昏昏糊糊的,沉睡着。想是太冷太乏了,乍一暖和,乱耍着小胳膊,直伸懒腰。

我摸摸小孩的天灵盖,还好,并不发烧,就问道:“他是从哪儿来的呀?”

朴汉永摇摇头苦笑道:“谁知道呢?他太小了,什么也说不明白。反正是个孤儿,父母不是炸死了,就是叫人杀了——总是死了,剩下他一个人到处流落。”

女主人又从厨房轻轻走进来,托着张圆盘,上面放着一铜碗饭,一瓷碟辣子泡萝卜,还有碗温水。

朴汉永一见饭来了,哄怂小孩道:“起来吃饭。”一面推开油灯,扶着小孩坐起来,用铜勺子挖了一勺饭,送到小孩嘴边上。小孩闻着饭香,冷丁睁开眼,急切地用嘴去找勺子。朴汉永忍不住说:“饿坏了!饿坏了!”慢慢地喂着他吃,一边同女主人说着话。那媳妇跪在灯影前,脸色很忧愁,不知诉说着什么,说着说着低下头,大眼睛里掉下几滴泪。

朴汉永朝我说道:“你听听,又是一件!她说她男人叫美国兵掳去了,死的连尸首都找不见,光撇下她母女两个。”

那小孩吃饱饭,眼里闪出亮光,显得精神点,睁着小眼望望朴汉永,又望望我,咧开嘴笑了。喜的朴汉永用指头戳着他的小鼻子说:“笑了,笑了,还会笑呢!”一面把他放倒,重新替他盖好大衣。小孩还是嘻着嘴笑,眼却闭上了,一会儿工夫,又香又甜地睡着了。朴汉永用女人一样柔和的声音说："瞧瞧他多天真，谁忍心叫他受这大罪！"说到这儿，他脸上的笑容收敛起来，一声不响地瞪着灯苗。灯苗跳跃着，他眼里有一星类似磷火的东西也在跳跃。过了半天，他才透出口粗气，对我说道：

"你不知道，我小的时候，跟这个小孩也是一样。我的中国话说的不赖吧？当然啦，我两岁上，父母就背着我到东北阿城去了。那个年月，在我们朝鲜，正是日本人的天下，喘口气都不自由，逃的人多极了。可是我父母到头还是死在日本兵手里！那些凶手就像脚跟脚追着你跑似的，'九一八'追到东北，又追到阿城，我父母要往山上跑，当场叫人开枪打死了。那时候我也就是六七岁，吃没吃，穿没穿，满街流落，赶大一点，就给人做工。一直顶到以后朝鲜独立同盟从延安来了，秘密组织人，才把我从泥窝里拉出来。二十年前，我所受的苦楚，想不到二十年后，我们的后代还要再受！这是谁的罪过呢？"

朴汉永说到这儿，嗓门提的挺高，拿拳头往炕上一捶，震的灯碗都摇了摇，捻子滑到油里，灯苗淹死了。黑影里，只听他说道："不说啦，不说啦，光说又顶什么用。"赌气似的一头倒下去。

这个人，曾经失掉祖国，失掉自由，所以才更知道爱祖国，爱自由。一旦看见他所热爱的乡土人民受到蹂躏，他的心情该是怎样翻腾呵！我贴着他躺下，翻来覆去睡不着。房主人早收拾好吃饭用具，搂着她女儿睡在炕那头。小女儿睡梦里哭了两声，那媳妇拍着她，嘴里轻轻地哼着。门外的风雪正大，门上糊的纸都映白了。我看看夜光表，将近四点，到天明，还要经历一段风雪的暗夜。

第二天，我正好睡，朴汉永扳着肩膀把我摇醒。我睁开眼一看，门上明晃晃的，满是太阳。朴汉永的脸色也像雪后的晴天，特别清朗，望着我笑道："我刚吃了点东西，准备就走啦。"

我掀开大衣坐起身，揉着眼问道："你往哪去？"

朴汉永说："到前线归队去。"

我说："你慌什么？今天是大年初一，歇歇吧，赶天黑坐车一块走。"

朴汉永立起来(总是那么英挺)，两手扣着风纪扣，摇摇头说："不行，车子今天不一定能修好，我怕误了赶路。胜利不是等来的，我们再不能让敌人制造更多的孤儿寡妇了。"说着他的眼睛转到炕的另一头。

昨晚上那个小孩变活泼了，跟房主人的小姑娘脸对脸坐着，正在嘻嘻地玩着几颗空子弹壳。女主人拿着绺红布条，要往女儿头发上结个蝴蝶扣。小姑娘不老实，头直摇晃，那母亲就轻轻地责备她。我想，这绺红布条是这家里仅有的一点新年意味了。

朴汉永走过去，摸着小孩的头说："小傻瓜，光知道玩！"

我就问道："可是呀，我们怎么安插这个小孤儿呢？"

朴汉永笑了笑说："他已经不是孤儿了，又有母亲收留他了。"便用脸朝房主人一指。那媳妇也猜出我们的话意，对我点点头，温柔地笑着。

朴汉永又叮嘱了女主人几句话，穿上大衣，朝我伸出手说："好，再见吧！"

我拉住他的手，不知怎的心里一阵温热，舍不得放，嘴里说"等一等"，赶紧披上衣裳，到门口穿上鞋，牵着他的手一齐走到外面去。

这一宿，好厚的雪呀。漫山漫野白花花的，太阳一照，直闪银星，照的人眼花。昨晚上，朴汉永带着那么大喜爱谈论的绿油油稻田的好地带，白天一望，远远近近遍是稻子堆，扔在那儿没人管。这都是朝鲜农民雨淋日晒，用自己的汗水一滴一滴浇熟的，刚刚收割，没等上场，美国兵一来，稻子全荒到野地里了。

我们扑腾扑腾踏着大雪,蹚出条路,并着肩膀往前走着,谁都不言语。我心里感到的,一定也是他感到的;我心里想的,一定也是他所想的——又何必说话呢?

不知不觉我们走到铁路边上。朴汉永停下脚,握住我的手摇晃着说:"这回可再见啦。我们虽是初会,也算有缘。在我眼里,你不是个简单的朋友——你是个志愿军。"

他忽然张开胳臂,一把抱住我。这不是东方的习俗,但我们抱起来了,抱得紧紧的。我觉得,拥在我怀里的也不是个简单的朋友,却是那整个热情而勇敢的朝鲜民族。

我们拥抱了许久,朴汉永撒开手,什么不说,掉头走了。走出十几步才转回身,眼里似乎闪着泪光,满脸是笑,挥着手叫道:"胜利后见!"说着转到一座小山后,看不见了。

这天黄昏,摩托车修好,我也上了路。一路上,我总希望能再碰见他,一路也没碰上。

一九五一年

平常的人

朝鲜的冬天,三日冷,两日暖。碰上好天,风丝都没有,太阳暖烘烘的,好像春天。头几日,美国侵略军刚从西线败下去,逃难的朝鲜农民零零星星回家来了。家哪还像家!烧的烧,炸飞的炸飞。村后满山的落叶松,烧得焦煳;村旁堆的稻草垛,变成一堆一堆的黑灰。侥幸留下的稻草房子,里边也翻得乱七八糟。农民们老的老,少的少,愁眉不展地清理着破东烂西,也有人赶着收割丢在地里的稻子,连日连夜打着连枷,打完装到草包里去。棉花裂了桃,雪团似的扔在地里,却没人顾得上去摘。

一个晴朗的冬天,我有事经过这样一个劫后的小村,井边上,一位朝鲜老大娘把我拦住。她有四十多岁,白上衣,黑裙子,脚下是一双前尖钩起的小船鞋。她竖起两根指头凑到嘴边上嗞了两声,又伸出手说着什么。我猜出她是要烟,掏出半包给她。她乐了,点着头直说谢谢,从井台拿起个草圈搁到头上,顶着一瓦罐子水要走。这当儿,对面山背后翻出三架美国飞机,歪着翅膀,打着旋转过来。急得她对我紧招着手,我就跟她跑到她家的屋檐底下去。她搁下水罐子,呼哧呼哧喘着气,朝飞远的飞机点着指头骂了一句,回身拉开那扇板门,比比划划让我进屋,一下子不知发现了什么事,张着嘴喊起来。

屋后应了一声，一瘸一瘸转出个战士来，穿着套纳成许多道长格子的棉军装，怀里抱着一大抱劈柴。朝鲜老大娘迎上去接过木柴，说的话嘀噜嘟噜串成了串。那战士平平静静笑道："不碍事，不碍事，反正我的伤眼看就好啦，劈点木头也累不坏。"

我一听他会说中国话，指着朝鲜老大娘问道："她是你母亲么？"

那战士慢慢笑道："差得远呢，足有十万八千里！"

我奇怪道："你是朝鲜同志，还是中国同志？"

他反问道："你看我不像个中国人？"

我明白了：这是个中国人民志愿军战士。当时只觉得心里热呼呼的，亲得不行，握住他的手不放。朝鲜老大娘连比带说，叫我们进屋去暖和。那战士拐到门口，脱下鞋，跪着爬进去，脚上也没穿袜子，左脚缠着白布。

朝鲜的住屋，进门就是铺地炕，铺着席子，厨房在旁屋，特别洼，烧水做饭，火通进地炕，烧的挺暖。我脱了鞋进去，朝鲜老大娘也跟进来，跪着坐到那志愿军面前，掏出刚从我这要的烟塞过去。那战士的眼亮了亮，又暗淡下去，推着对方的手说："不行，不行，怎么能叫你破费钱，买烟给我抽！"

我浑身的血苏苏的。想不到朝鲜老大娘伸着手向我讨烟，是为的这个志愿军。我把刚才井台旁的事说了一遍，那战士睁大眼望着我，听完话，低下头叹口气说："唉！咱替朝鲜老百姓做了什么事，人家待咱这样好！"一边拿起支烟。一定是多日没捞着抽了，点着火接连抽了几大口，背靠着墙默不作声。

我细细打量他几眼。他的身材中流流的，四方脸，长眉大眼，上嘴唇刚长出绒毛似的胡子。听他的口音是河南人，脖颈子上有块疤。那一天，当他听说美国土匪在朝鲜放起把火，烧到鸭绿江边，他背上一袋炒面，一个水壶，一张布单，跋山涉水，千里迢迢赶到朝鲜，全身扑到战争的烈火里去，保卫朝鲜的自由，就像保卫自己的祖国一样勇敢。可是，这个寡言寡语的中国人一点不知道他是怎样个人，一点不觉得他做了什么了不起的事，朴朴实实的，当着生人的面还有点腼腆。

我搬着他的左脚问道："你的伤要不要紧？"

他按了按脚心说："没啥！一颗子弹打穿了脚掌子，已经收了口，过两天就好了。"

我又问道："你到朝鲜打了几仗？"

他轻描淡写地说："两仗。第一仗在云山，第二仗在清川江。"

我想引他多讲些自己的战斗经验，可他丝毫不看重那些事，翻过来，覆过去，由着你问，说个三言两语便住嘴了。到头来，我只知道这次战役，他那个班的任务是炸江桥，断绝敌人逃跑的后路。那晚上，他们几个人炸坏了桥，他本人的脚却打伤了。指导员架着他到山沟里去包伤，一颗炮弹把他震昏。等醒过来，发现指导员牺牲在他身边，部队早过了江，胜利地前进了。他从背包上拔出小铁镐，埋了指导员，想去找包扎所，脚痛，站都站不起来，跪着爬了半天，头一晕，又昏过去。赶再苏醒过来，本人已经躺在个山洞里，身旁围着穿白衣裳的朝鲜老百姓，跪在最前面的就是这位老大娘。

现在这位老大娘又像当时那样望着他亲切地笑。提到旁人，也不必我问，那战士话多起来了。他说："这些老百姓都是逃难逃到山上的，把我救上去，当个宝贝一样看待。他们对我说他们的朝鲜话，我说我的中国话，谁也不懂谁的话，可是谁也能体会谁的意思。老大娘还懂点医理，天天弄些草药给我治伤，也灵，这不眼看就好啦。前几天，他们才把我背回家来。现在我顶急的是找队伍，又不知队伍开到哪去啦？"

他问我，我也说不清楚，光知道附近有所兵站，去打听打听，准

可以得到信。又怕他过分心急，劝他道："你还是好好养伤吧，养好伤，再找队伍也不迟。过两天我一定来看你，帮你找找关系。"

老大娘见我要走，拿胳膊拦着我，嘀噜嘟噜紧说，意思要留我吃饭。那战士欠着身子，眼里露出留恋的神情，嗓音变得很柔和地说："你走啦！"

我走了，心里可老记着他，第二天午后又去看他。刚进村，老远望见那位老大娘在稻草棚子里抱着碾子棍，正在推碾子。她一见我，撩下碾子棍扑上来，眼里淌着泪，擦眼抹泪地说起来，一面领我到她门口，拉开板门往里一指。屋里不见了那个战士，原先他挂在墙上的干粮袋、步枪也都不在了，我明白是出了事，可又闹不明白究竟是怎么回事。

正在焦急，一位宽袍大袖的朝鲜老先生摇摇摆摆走过来，胸前飘着花白胡子，说着半半截截的汉话道："那位同志，前边去了。伤不大好，也要去。临走，说是吃了我们的饭，给留下了钱。还说我们对他太好，要去前方多打敌人。不是我们对他好，是你们对我们太好了。"

我听了，鼻子一酸，差一点涌出泪来。当时只觉心里一阵空虚，好像忘了点什么东西。我是忘了点事——我竟没问问那位战士叫什么名字。

老先生叹了口长气，又说："他真是个好人！我们朝鲜人要记住他的名字，永远永远记住他的名字！"

我急忙问道："你知道他的名字么？"

老先生说了句话，朝鲜老大娘抹抹眼泪，赶紧从怀里摸出块布，上面是那战士亲手写的名字。

这是个最平常的名字。正是这样平常的人却代表着中国人民最伟大的性格！我翻开笔记本，第一页是毛主席的题字："为人民服务。”在毛主席的名字下边，我记下一个战士的名字。这个为保卫世界和平而战斗着的中国人民志愿军正在为全世界的人民服务呢。让他的名字永远跟毛主席联在一起吧！

一九五一年

散文　锦绣山河

黄河之水天上来

唐朝诗人李白曾经写过这样的诗句:“黄河之水天上来,奔流到海不复回。”意思是说事物一旦消逝,历史就不会再重复。但还是让我们稍稍回忆一下历史吧。千万年来,黄河波浪滔滔,孕育着中国的文化,灌溉着中国的历史,好像是母亲的奶汁。可是黄河并不驯服,从古到今,动不动便溢出河道,泛滥得一片汪洋。我们的祖先在历史的黎明期便幻想出一个神话式的人物,叫大禹。说是当年洪水泛滥,大禹本着忘我的精神,三过家门而不入,终于治好水患。河南和山西交界处有座三门峡,在这个极险的山峡中间,河水从三条峡口奔腾而出,真像千军万马似的,吼出一片杀声。传说这座三门峡就是大禹用鬼斧神工开凿的。

其实大禹并没能治好黄河,而像大禹那种神话式的人物却真正出现在今天的中国历史上了。不妨到三门峡去看看,在那本来荒荒凉凉的黄河两岸,甚而在那有名的“中流砥柱”的岩石上面,你处处可以看见工人、技术员、工程师,正在十分紧张地建设着三门峡水利枢纽工程。这是个伟大的征服黄河的计划,从一九五七年四月间便正式动工,将来水库修成,不但黄河下游可以避免洪水的灾害,还能大量发电,灌溉几千万亩庄稼,并且使黄河下游变成一条现代化的航运河流。工程是极其艰巨的,然而我们有人民。人民的力量集合一起，就能发挥出比大禹还强百倍的神力，最终征服黄河。

我们不是已经胜利地征服了长江么？长江是中国最大最长的一条河流，横贯在中国的腹部，把中国切断成南北两半，素来号称不可逾越的“天堑”。好几年前，有一回我到武汉，赶上秋雨新晴，天上出现一道彩虹。我陪着一位外国诗人爬到长江南岸的黄鹤楼旧址上，望着濛濛的长江，那位诗人忽然笑着说：“如果天上的彩虹落到江面上，我们就可以踏着彩虹过江去了。”

今天，我多么盼望着那位外国诗人能到长江看看啊。彩虹果然落到江面上来了。这就是新近刚刚架起来的长江大桥。这座桥有一千六百多公尺长，上下两层：上层是公路桥面，可以容纳六辆汽车并排通过；下层是铺设双轨的复线铁道，铁道两侧还有人行道。从大桥的艰巨性和复杂性而论，在全世界也是数得上的。有了这座桥，从此大江南北，一线贯穿，再也不存在所谓长江天堑了。你如果登上离江面三十五公尺多高的公路桥面，纵目一望，滚滚长江，尽在眼底。

我国的江河，大小千百条，却有一个规律，都往东流，最终流入大海里去——这叫做“万水朝宗”。我望着长江，想到黄河，一时间眼底涌现出更多的河流，翻腾澎湃，正像万河朝宗似的齐奔着一个方向流去——那就是我们正在建设的像大海一样深广的社会主义事业。

在祖国西北部的戈壁滩上，就有无数条石油的河流。这些河流不在地面，却在地下。只要你把耳朵贴到油管子上，就能听到石油掀起的波浪声。采油工人走进荒无人烟的祁连山深处，只有黄羊野马做伴，整年累月钻井采油。他们曾经笑着对我说：“我们要把戈壁滩打透，祁连山打通，让石油像河一样流。”石油果然就像河一样，从遥远的西北流向全国。

我也曾多次看见过钢铁的洪流。在那一刻，当炼钢炉打开，钢水喷出来时，我觉得自己的心都燃烧起来。这简直不是钢，而是火。那股火的洪流闪亮闪亮，映得每个炼钢手浑身上下红彤彤的。这时有个青年炼钢手立在我的身边，眼睛注视着火红的钢水，嘴里不知咕哝什么。我笑着问道："同志，你唧咕什么？"那青年叫我问得不好意思起来，笑着扭过脸去。对面一个老工人说："嗐，快别问啦，人家是对自己心爱的人说情话，怎么叫你偷听了去？"接着又说："这孩子，简直着迷啦，说梦话也是钢呀钢的，只想缩短炼钢的时间。"我懂得这些炼钢手的心情。他们爱钢，更爱我们的事业。他们知道每炉钢水炼出来，会变成什么。

会变成钢锭，会变成电镐，会变成各式各样的机器。……还会变成汽车。

看吧，那不是长春汽车制造厂新出的解放牌卡车？汽车正织成另一条河流，满载着五光十色的内地物资，滔滔不绝地跑在近年来刚修成的康藏公路上。凉秋九月，康藏高原上西风飒飒，寒意十足。司机们开着车子，望着秋草中间雪白的羊群，望着羊群中间飘动着彩色长袍的藏族姑娘，不禁要想起汽车头一回开到高原的情形。以往几千年，这一带山岭阻塞，十分荒寒。人民解放军冒着千辛万苦，开山辟路，最后修成这条号称"金桥"的公路。汽车来了。当地的藏族居民几时见过这种轰隆轰隆叫着的怪物？汽车半路停下，他们先是远远望着，慢慢围到跟前，前后左右摸起来。一个老牧人端量着汽车头，装作蛮内行的样子说："哎！哎！这物件，一天得吃多少草啊。"可是今天，他们对汽车早看熟了。就连羊群也司空见惯，听凭汽车呜呜叫着从旁边驶过去，照样埋着头吃草。

年轻人总是想望幸福的。一瞟见草原上飘舞着的藏族牧女的彩衣，汽车司机小李的心头难免要飘起另一件花衫子。天高气爽，在他的家乡北京，正该是秋收的季节。小李恍惚看见在一片黄笼笼的谷子地里，自己心爱的姑娘正杂在集体农民当间，飞快地割着谷子。割累了，那姑娘直起腰，掏出手绢擦着脸上的汗，笑嘻嘻地望着远方。……其实小李完全想错了。再过两天就是国庆节，他心爱的姑娘正跟几个女伴坐在院里，剪纸着色，别出心裁地扎着奇巧的花朵，准备进城去参加游行。

在国庆节那天，她擎着花朵到北京来了，许许多多人也都来了。从长江来的，从黄河来的，从全国各个角落来的，应有尽有。这数不尽的人群汇合成一条急流，真像黄河之水天上来，浩浩荡荡涌向天安门去。我觉得，每个人都可以跟传说中的神话人物大禹媲美。

一九五七年

画山绣水

自从唐人写了一句“桂林山水甲天下”的诗，多有人把它当做品评山水的论断。殊不知原诗只是出力烘衬桂林山水的妙处，并非要褒贬天下山水。本来天下山水各有各的特殊风致，桂林山水那种清奇峭拔的神态，自然是绝世少有的。

尤其是从桂林到阳朔，一百六十里漓江水路，满眼画山绣水，更是大自然的千古杰作。瞧瞧那漓水，碧绿碧绿的，绿得像最醇的青梅名酒，看一眼也叫人心醉。再瞧瞧那沿江攒聚的怪石奇峰，峰峰都是瘦骨嶙嶙的，却又那样玲珑剔透，千奇百怪，有的像大象在江边饮水，有的像天马腾空欲飞，随着你的想象，可以变幻成各种各样神奇的物件。这种奇景，古往今来，不知有多少诗人画师，想要用诗句、用彩笔描绘出来，到底谁又能描绘得出那山水的精髓？

凭着我一支钝笔，更无法替山水传神，原谅我不在这方面多费笔墨。有点东西却特别触动我的心灵。我也算游历过不少名山大川，从来却没见过一座山，这样凝结着劳动人民的生活感情；没有过一条水，这样泛滥着劳动人民的智慧的想象。只有桂林山水。

如果你不嫌烦，且请闭上眼，随我从桂林到阳朔去神游一番，看个究竟。最好是坐一只竹篷小船，正是顺水，船稳，舱里又眼亮，一路山光水色，紧围着你。假使你的眼福好，赶上天气晴朗，水面平得像玻璃，满江就会画着一片一片淡墨色的山影，晕糊糊的，使人恍惚沉进最恬静的梦境里去。

这种梦境往往要被顽皮的鱼鹰搅破的。江面上不断漂着灵巧的小竹筏子，老渔翁戴着尖顶竹笠，安闲地倚着鱼篓抽烟。竹筏子的梢上停着几只鱼鹰，神气有点迟钝，忽然间会变得异常机灵，抖着翅膀扑进水里去，山影一时都搅碎了。一转眼，鱼鹰又浮出水面，长嘴里咬着条银色细鳞的鲢子鱼，咕嘟地吞下去。这时渔翁站起身伸出竹篙，挑上鱼鹰，一捏它的长脖子，那鱼便吐进竹篓里去。你也许会想：鱼鹰真乖，竟不把鱼吞进肚子里去。不是不吞，是它脖子上套了个环儿，吞不下去。

可是你千万不能一味贪看这类有趣的事儿，怠慢了眼前的船家。他们才是漓江上生活的宝库。那船家或许是位手脚健壮的壮族妇女，或许是位两鬓花白的老人。不管是谁，心胸里都贮藏着无数迷人的故事，好似地下的一股暗水，只要戳个小洞，就要喷溅出来。

你不妨这样问一句："这一带的山真绝啊，都有个名儿没有？"那船家准会说："怎么没有？每个名儿还都有来历呢。"

这以后，横竖是下水船，比较消闲，热心肠的船家必然会指点着江山，一路告诉你那些山的来历：什么象鼻山、斗鸡山、磨米山、螺蛳山……大半是由山的形状得到名字。譬如磨米山头有块岩石，一看就是个勤劳的妇女歪着身子在磨米，十分逼真。有的山不但象形，还流传着色彩极浓的神话故事。

迎面来了另一座怪山，临江是极陡的悬崖，船家说那叫父子岩。悬崖上不见近似人的形象，为什么叫父子岩，就难懂了。你耐心点，且听船家说吧。

船家轻轻摇着橹，会告诉你说：古时候有父子二人，姓龙，手艺巧，最会造船，造的船装得多，走起来跟箭一样快。不料叫圩子上一个万员外看中了，死逼着龙家父子连夜替他赶造一条大船，准备把当地粮米都搜括起来，到合浦去换珠子，好献给皇帝买官做。粮米运空了，岂不要闹饥荒，饿死人么？龙家父子不肯干，藏到这儿的岩洞里，又缺吃的，最后饿死了。父子岩就这样得了名，到如今大家还记得他们的义气……前面再走一段水路，下几个险滩，快到寡婆桥了，也有个故事……

究竟从哪年哪代传下来这么多故事，谁也说不清。反正都说早年有这样个善心的老婆婆，多年守寡，靠着种地打草鞋，一辈子积攒几个钱。她见来往行人从江边过，山路险，艰难得很，便拿出钱，请人贴着江边修一座桥。修着修着，一发山水，冲垮了，几年也修不成。可巧歌仙刘三姐路过这儿，敬重寡婆婆心地善良，就亲自参加砌桥，一面唱歌，唱得人们忘记疲乏，一鼓气把桥修起来。刘三姐展开歌扇，扇了几扇，那桥一眨眼变成石头的，永久也不坏。

……前边那不就是寡婆桥？你看临江拱起一道石岩，下头排着几个岩洞，乍一看，真像桥呢。岩上长满绿盈盈的桉树、杉树、凤尾竹，清风一吹，萧萧飒飒的，想是刘三姐留下的袅袅的歌音吧？

船到这儿，渐渐接近阳朔境界，江上的景色越发奇丽。两岸都是悬崖峭壁，累累垂垂的石乳一直浸到江水里去，像莲花，像海棠叶儿，像一挂一挂的葡萄，也像仙人骑鹤，乐手吹箫……说不定你忘记自己是在漓江上了呢！觉得自己好像走进一座极珍贵的美术馆，到处陈列着精美无比的石头雕刻。可不是嘛，右首山顶那块石头，简直是个妙手雕成的石人，穿着长袍，正在侧着头往北瞭望。下边有个妇人，背着娃娃，叫做望夫石。不待你问，船家又该对你说了：早年闹灾荒，有一对夫妇带着小孩，背着点米，往桂林逃荒。逃到这里，米完了，孩子饿得哭，哭得夫妇心里像刀绞似的。丈夫便爬上山顶，想瞭望瞭望桂林还有多远，妻子又从下边望着丈夫。刚巧在这一刻，一家人都死了，化成石头。这是个神话，却又是多么痛苦的事实。

江山再美，谁知道曾经洒过多少劳动人民斑斑点点的血泪。假如你听见船家谈起媳妇娘（新娘）岩的事情，你更能懂得我的意思。媳妇娘岩是阳朔境内风景绝妙的一处，杂乱的岩石当中藏着个洞，黑黝黝的，洞里是一潭深水。

船家指点着山岩，往往叹息着说："多可怜的媳妇娘啊！正当好年龄，长得又俊，已经把终身许给自己心爱的情郎了，谁料想一家大财主仗势欺人，强逼着要娶她。那姑娘坐在花轿里，思前想后，赶走到岩石跟前，她叫花轿停下，要到岩石当中去拜神。一去，就跳到岩洞里了。"

到这儿，你兴许会说："这都是以往的旧事了，现在生活变了样儿，山也应该改改名儿，别尽说这类阴惨惨的故事才好。"

为什么要改名儿呢？就让这极美的江山，永久刻下千百年来我们人民艰难苦恨的生活吧，这是值得引起我们的深思的。今后呢，人民在崭新的生活里，一定会随着桂林山水千奇百怪的形态，展开他们丰富的想象，创造出新的神话，新的故事。你等着听吧。

一九六一年

黄海日出处

在那水天茫茫的黄海深处，一个马蹄形的岛子跳出滚滚滔滔的波浪。据白胡子老渔人说：这是很古很古以前，一匹天神骑的龙马腾跃飞奔，在海面上踏出的一个蹄子印儿。如今的人却不这么说。如今说这是一扇屏风，影着祖国的门户；这是一双明亮透澈的眼睛，日夜守望着祖国的海洋。

岛子的尽外头都是悬崖绝壁，险得很。年年春季，海鸭子在悬崖上产卵孵雏，算是寻到最牢靠的窠。就在这样的险地方，背山临海，藏着个小小的渔村。青石头墙，好像挂着白霜的海带草屋顶，错错落落遮掩在山洼的槐树、榆树林里，另有一番景色。

这些渔民都是老辈从山东漂洋过海，流落到这儿来安家的。算来有几百年了。你要问这渔村有多少人家，渔民会伸出双手，卷起两根指头说："八户——不多不少整八户。"

怪事就出在这上头。你看那一带山坡下，有座崭新的石头房，上下两层，大门上挂着一块匾，画着一轮红日，刚刚跳出碧蓝的海面，映照着一片苍松翠柏。匾上横写着几个字："第九户。"

不是说全村只有八户人家么，从哪儿钻出来个第九户？我们不妨透过玻璃窗，望望屋里。怪呀，怎么看不见渔家惯有的渔网渔钩，闻不到渔家惯有的海洋味儿？里边住的不是渔民，是一小群年轻的战士。原来“第九户”并非什么渔家，是岛子上最前沿的一个哨所。

哨所又为什么变成渔村的“第九户”呢？要揭开这个谜，不能不搜寻一下这几年围着哨所发生些什么故事。

第一个故事

且让我们把时针倒拨一下，回到一九六〇年夏天。那年，一春雨水缺，入了伏更旱。哨所的战士来时，满山的树叶都干得卷了边儿。战士们潦潦草草搭起营房，又挖阵地，日夜站岗巡逻，还得翻山越岭，到连部去背粮背煤，生活不是容易的。这小村子孤零零地蹲在岛子的尖上，抬头是山，低头是海，实在僻远。要不是偏远，有什么必要设这个哨所？战士们懂得他们肩上挑的是多重的担子，不发半句怨言，却有点别的埋怨情绪。村子里的乡亲们是怎么的，见了你躲躲闪闪的，把你当成外人。战士们初来乍到，人地生疏，加上村里的渔民常年远洋捕鱼，不在家，家里剩下的多半是妇女，想多接近，又觉得不方便。于是战士们的心情有点别扭。

副哨长王长华发觉这种不正常的情绪，就说：“我们是战斗队，也是工作队。你要不关心群众的痛痒，群众一辈子也不会亲近你。自从来到这里，我们这方面做了什么？”

其实没做什么。王长华又说：“不但没做，倒跟群众争水吃。”

一提起水，战士的心眼都发干。这一夏天，好旱啊。村里只有一眼井，又浅。水像油一样贵，一点一点从井底渗出来，刚够一瓢，守在井边等水的人赶紧舀走，井又干了。渔民自己吃水还不足，哨所好几条壮小伙子也伸着脖子分水吃。于是井边上总有人等水，深更半夜也有人等，个个满脸都笼罩着一层愁雾。后来不知是谁的主意，在井口扣上一个锅，贴上封条，不许任意打水，等水满了，大家再平分。现在经王长华一提，战士都寻思起来。人能不喝水么？要喝，一个人民战士，怎忍心从渔民渴得干裂的嘴边上争那么一滴半滴？眼前是大海，水有的是，能喝有多好啊。这一天，战士们足足议论到深夜。……

第二天早晨，锅揭开了，水攒了一夜，也不满井。一位老渔民出面分水。每户分几瓢，瓢沿上滴滴答答的水珠，也有人连忙用掌心接住，舔进嘴里去。乡亲们并没忘记分水给哨所，可是哨所的同志竟不在场，喊喊吧。

不用喊，来了。只见村后那座大山梁，有几个战士翻过来，每人都挑着东西，颤颤悠悠走下羊肠小道。乡亲们喊他们来取水。战士们满头冒着热汗走下山，放下担子，当头的战士笑着说："大婶大娘们，水留着你们吃吧，我们在后沟找到一条小泉水，这不是挑来啦。"说着挑起水又走。

大婶大娘们望着战士的背影，啧啧着舌头称赞着，一直拿眼睛送他们到哨所门口。却又怪，他们竟不进哨所，挑着水往邻家去了。当头那战士绕到哨所后，走进一个叫魏淑勤的媳妇家去。

魏淑勤出嫁不久，人来人往，常有外村的亲戚来道喜。这天家里又来了客，魏淑勤的妈妈要做饭给客人吃，水缸干了，正焦急，迎面见战士挑着水进来，惊得瞪大眼，说不出话。

战士说："大娘，给你送水来了。"

喜得魏妈妈逢人就说："龙王爷到俺家来了。"

第二个故事

那被称做龙王爷的战士叫黄世杰，六月的一个夜晚，正在哨位上。黄世杰生得中等身材，很精壮，眉目之间淳朴里透着俊气。两只手看起来特别坚硬。本来嘛，他是撂下电焊工的一套家伙拿起枪杆的，自小磨出一手硬茧子。论年纪，黄世杰不过二十岁，做人却是胆大心细，好样儿的。

且说黄世杰立在岩石上，机警地望着大海。夏天，亮得早，下半夜三点来钟，已经透明。大海灰沉沉的，一时儿平得像镜子面，一时儿闹得像滚了锅；一时儿飕飕跳起几尾银光闪闪的大鱼，一时儿波浪上涌起一座小山，慢慢移动着——那是黄海有名的长须鲸，大得出奇，能把船顶翻。最得警惕的是敌人的潜水艇，也曾出现在公海上，水面上露出对物镜，偷偷窥伺着。……今儿黎明，那海怪得紧，先是平平静静，一会儿从水天相连处绽开一朵朵白花，越开越快，越开越密，转眼光景，整个海洋上卷起千万堆雪浪，简直就像那刚刚裂桃的大片棉花田，白花花的，一望无边。

黄世杰看得出神，一阵狂风猛扑上岸，差一点把他吹倒。黄世杰心里喊："台风来了！"就在这一刻，一把什么东西掠过他的眼前，卷到海浪里去。只见魏春大娘家房子顶上的海带草叫大风撕下一把，又撕下一把，转眼撕开个窟窿，眼看房子要撕碎了。

黄世杰心里立刻涌起魏春大娘那张慈祥的脸，涌起她那对双生小外孙的伶俐聪俊的娇样儿，就喊着往几十步开外的哨所跑。

哨所的战士从甜梦里惊醒，穿着短裤，顶着大风跑到魏春大娘家。老大娘坐在院里，浑身发抖，怀里搂着两个哭哭啼啼的小外孙。

王长华搭上梯子，领头爬上房顶，大风呛得他喘不出气。下面的战士往房顶上递木头，左一根，右一根，拿木头压海带草，不让台风吹走。王长华压好一处，想爬到另一处，台风刮得更猛，把他只一搅，骨碌碌从房顶跌下来。

魏春大娘丢下小外孙，扶起王长华，拿手一试他的嘴，没气了。

就把王长华紧紧抱在怀里，摇着，一面哭着叫："孩子！孩子！你醒醒吧！"眼泪扑落落滴到王长华的脸上。

王长华缓过气来，睁开眼就问："房子怎么样?"挣着命站起身。

魏春大娘拉住他说："别管我的房子啦，你的命要紧。"

王长华说："不要紧。"便挣脱身，又爬上房顶。血从他的耳朵里往外流，他忘了痛。和别的战士一起，又跟台风搏斗起来。……

风是雨头。台风刮得猛，暴雨来了，连风加雨，一霎时搅得翻江倒海，天昏地暗。

黄世杰已经下了哨位，浑身湿淋淋的挨家挨户检查渔民的房子。忽然听见一阵求救的声音从魏淑勤家飞来。黄世杰只当又是屋顶的草被风吹走了，喊来几个战士一齐去救。刚迈进院，只听见哗啦啦一阵响，魏家的一面山墙倒了，狂风暴雨灌进屋去。

魏妈妈站在院里，两手拍着膝盖喊："老天爷呀！……"

屋里，魏淑勤伏在红漆箱子上，哭得像个泪人儿。

黄世杰冲进屋喊："房子要塌了，快出去吧！"连说带劝把魏淑勤拖出去，接着紧忙往外搬东西。有箱子、大柜，有衣服被窝、锅碗瓢盆。黄世杰等人跑出跑进，抢粮食，搬箱子，抬柜子。那破房子在台风暴雨中摇摇晃晃，像纸扎的。

魏妈妈拦住黄世杰说："可不能再进去啦，房子要压死人的。"

黄世杰摆摆手，又冲进屋去。当他抱着魏淑勤的梳妆匣子，一条腿刚跨出门坎，又一阵暴风雨猛然袭来，房子忽隆隆塌下来了。

魏家母女失声叫起来。赶一定神，却见黄世杰立在眼前，脸上挂着笑，神色十分镇定。

魏淑勤不觉拉住他说："你什么都帮着抢出来了，真是比亲兄弟还亲啊！"

黄世杰抹去满脸的泥水，微微笑着说："只差房子抢不出来。不过不用愁，天一晴，我们帮你另盖新房。"

风势煞下去，雨也变得零零落落。但在这场大风雨的搏斗当中，哨所的战士跟渔民风雨同舟，结下了生死的感情。

奇　迹

这样，无怪乎哨所加修营房阵地时，出现了奇迹。

你看，修阵地用的是洋灰水泥，得使淡水合，用的水又多，战士们挑水累得头昏眼花，还是供应不上，眼看要停工，群众一齐涌来了，有壮年妇女，也有扎着两根小辫的十来岁的小姑娘，人人从战士手里抢扁担，夺筲，帮着挑水。你说不用，她们说："只许你给俺们送水，不许俺们给你挑水，太不平等。"

可是水用得多，用得急，再多一些人挑水，也不顶事。大家正焦急，忽然看见一条小船转过山嘴，从海上远远荡来了。

船头上站着个姑娘，两手拢着嘴，拖着长音喊："送水来了……"

那姑娘生得高鼻梁，大眼睛，身材高高的，壮健得很。不用说，是她知道哨所急着用水，才从远处装满一舱水，运来了。那姑娘摇着船，刚想靠岸，忽然刮来一阵风，把船刮得横过来。岸上的战士和群众急了，纷纷跳下海，往岸上推船。魏淑勤怀着五个月的身孕，也跳下海。一个浪头卷起来，把魏淑勤打倒，船也被打得歪歪斜斜，眼看要翻。

那姑娘高声叫："往海里推！"

战士们一愣：怎么倒往海里推？那姑娘又叫："快往海里推啊！"大家就依着她的话把船推进海里，浪倒平了。

那姑娘横拿着橹，观察一下潮水，驾着风势，只几摇，船便平平稳稳靠了岸。要问那姑娘是谁，她就是黄海上有名的神炮手张凤英。

你再看，修营房得用砖，上级给运来好几万块，不能靠岸，卸不下来。群众又来了，驾着六条小渔船，像海燕穿梭似的，不消一天光景，砖都卸到岸上。

到第二天，战士正要把砖运到哨所，一看，从海岸到哨所，一条上百米长的路，穿过险礁，爬过巉岩，一路站满了人，老人、妇女、小学生、光着屁股的小孩；有在本村住的，也有远村来的。一个挨一个，织成一条人的传送带。砖头一手传一手，不消半天都堆到哨所跟前。

战士们也曾说："乡亲们啊，生产正忙，别误了你们的活。"

群众嘻嘻哈哈笑："俺们是志愿军，又不是请来的，你磨破嘴唇，也动员不回去。俺也不是替你干的，建设海岛，人人有份。"

你听听这些话，好像平常，却含着多么耐人深思的味儿。

又一个奇迹

村子里原有民兵，都是女的，张凤英要算出色的一个。父亲母亲，生来就在海浪里滚，就张凤英一个女儿，自然疼爱。张凤英却没一点儿娇气。穷人家的女儿，风里生，雨里长，磨得泼泼辣辣，敢说敢为。乍当上民兵，张凤英心眼儿灵，瞄准找靶子，学得特别快。见人有枪，从心里羡慕，只想：几时发枪，拿手摸摸，多好啊。终于发给她一支枪，不知怎的，她忽然变得胆虚起来，拿着枪心直跳，只怕响了。头一次打靶，她心慌意乱。枪后膛不会冒出火来吧？闭着两眼打完三发子弹。子弹飞得不见影儿。不过这都是废话，现在她已经练成一把蛮好的射击手。

哨所修起阵地，运来两门炮。战士们天天练炮，女民兵总爱凑在一边看热闹，交头接耳说着悄悄话。

战士们问："你们也想学炮么？"

张凤英笑着回答说："敢情想。"心里痒痒的，恨不能去摸摸那溜光锃亮的大炮。别的女民兵也掩着嘴笑。

隔不几天，哨长曾国强来说："成立个女炮兵班好不好？两门炮可以拨一门给你们。"

张凤英先以为是说笑话，一看哨长那严肃认真的样子，赶紧去跟女伴商量。女民兵原觉得大炮怪好玩的，真让她们学，又有些迟疑。炮那么重，壮小伙子去摆弄，还累得满头大汗，一群媳妇姑娘哪里调理得动？既然让学，试试看吧。

一试更觉得难。女炮长叫王玉香，学着喊口令，什么"瞄准手注意，正前方敌舰！"又是什么"榴弹全装药，瞬发引信！"尽是些莫名其妙的怪口令，记也记不住。张凤英是瞄准手，战士把着手教她，半天看不见标尺，看见了也不懂，更别说什么"测提前量"呀等等，直搅得她晕头转向。装填手魏淑勤个子矮，搬不动炮弹，搬起来又装不上膛，气得索性坐下去。

张凤英说："别坐在大腿上呀。"

魏淑勤说："谁坐了你的大腿？"

张凤英说："这不是大腿是什么？"便指一指魏淑勤坐的炮架子。

魏淑勤伸出脚说："大腿把俺的新鞋都碰破了，坐它一坐怕什么？"

哨长见大家撅着嘴，心情不好，对魏淑勤说："唉！新鞋破了，真可惜。要是'一只脚穿三只鞋'，破了倒不算什么。"

哨长点的是张凤英她母亲的故事。早年张凤英的父亲给渔霸出海打鱼，干了一年，到年底，她母亲去算工钱。渔霸不给钱，放出恶狗咬伤她母亲的脚后跟，把鞋也咬丢了。这只鞋是把三只破鞋拼到一起缝起来的。这一下，不觉勾起魏淑勤、王玉香等人的苦楚，你一言，我一语，说起当年国民党反动派占领岛子时，封锁粮食，饿死她们家好几口人。

张凤英性子爽快，听了哨长的话，说："哨长，你放心，俺们不是那种好了伤疤忘了痛的人。蒋介石仗着他美国老子，吹牛说要窜犯大陆。再怎么雪，怎么风，怎么水烫火烧，俺也得练好武艺，来了好揍他。"

几句话激起女炮手的劲儿，在阵地上练，在家里也练。孩子们淘气，听见王玉香在屋里喊口令，从门缝一望，原来她正做饭，对着灶火口喊。张凤英学瞄准，一遍不会，学两遍；十遍不会，学二十遍。魏淑勤的小孩生下来，不满周岁，练炮时放在阵地上。小孩哭了，魏淑勤抱起喂奶，一面哼着："孩子孩子你别哭，妈妈为你来练武。"张凤英等人接着哼："练好本领保祖国，使你将来更幸福。"哼完大家又笑着一齐再哼。

一个连阴天，落着绵绵雨。张凤英在家替老父亲缝新褂子，听见哨所哨子响，吹得挺急，赶忙撂下针线往阵地跑。别的女炮手也顶着雨赶来，转眼都各就各自的炮位。一看那另一门炮，战士们早已集合齐全。

雨落得急，女炮手们穿得单薄，又淋着雨，有点发抖，但也许是初次上阵的缘故。战士们把仅有的一件雨衣赶紧送过来给她们穿。

张凤英说："俺不穿，你们穿吧。"把雨衣又送回去。

送来送去，两边推了好几回。

忽然听见王玉香喊："正前方发现敌舰！"……

从瞄准镜里，张凤英望见那烟雨蒙蒙的大海上，隐隐现出几条敌船，也说不清是哪类船，悄悄往近处滑，是想趁着雨雾天偷袭。

这当儿，战士那门炮先响了，一条船中了弹，烧起一团火。张凤英急切间瞄好距离，接着听见王玉香一声口令，轰隆一声，一股烤人的气浪把张凤英推了个筋斗，耳朵震得嗡嗡响。她的心里却异常镇定，忘了自己，爬起来又扑到炮位上，接连又打出一炮、两炮……

海面上冒起一团团烈火，乌黑的浓烟旋卷着，冲上天空。不知几时，村里人都围上来，拍手叫好。哨所的战士一齐跑过来，争着跟女炮手们握手，不住嘴地说："你们打得好啊！首发命中，发发命中。"

张凤英兴奋地问道："敌舰怎么样啦？"

战士们笑着说："你问那些靶船嘛，烧不坏，玉皇大帝正拿水龙帮咱灭火呢。"

这时候，战士才发觉女民兵个个淋得湿透，好像刚从水里爬出来，可一点不打哆嗦。

"给你们雨衣，为什么不穿呢？"

张凤英笑着说："你们为什么也不穿？"

两边都没穿，雨衣叫谁穿了？给场地穿了。

第九户

"第九户"的谜到此应该揭开了。

正是播种的季节，潇潇洒洒落着一场春雨。细雨里，有两个人抬着东西，翻山越岭来到哨所。

战士们探头往窗外一望，是当地生产大队的支部书记夫妇，抬着棵叶大枝肥的柏树。

支部书记迎着战士说:“你看,同志,这是俺祖父当年在老坟上栽的一棵柏树,有年数了。俺是想,你们正修整哨所,不如给你们移来。今天下雨,正好移树栽花,俺又有空,就送来了。”说着,也不去多听战士的感激话,亲自把柏树栽上。那柏树披着丝丝的细雨,翠绿鲜活,散出一股淡淡的清香。

又过些日子,村里人敲锣打鼓,给哨所送来两样礼品:一样是那块写着“第九户”的横匾,另一样是幅对联,题着:

秋霜难落高山松

千难不分一家人

一九六五年新秋,我有机会来到“第九户”。原来的正副哨长都调走,黄世杰提拔做哨长。战士们个个生龙活虎似的,使我一到哨所,仿佛晚凉新浴,深深浸到一种新鲜而又清爽的气息里。哨所也真洁净,院子里种着各色花木,堆着像昆明石林一样奇丽的山子石,门口左右分写着两行字:

依靠群众

同守共建

八个字十足显出海岛部队的特色。可是我总觉得哨所别有一种亲切的乡土味儿,这是乡亲们带来的。一走上岛子,迎接我们的不只战士,还有当村的婶子大娘,当中就有魏春大娘。我渴望能见见女炮兵班,特别是得到“神炮手”称号的张凤英。不巧她们到大陆上去参加民兵表演。其实我早已见到她们。我看了那次表演,她们四发四中,摧毁了四辆坦克靶,武艺可算练到火候。

在哨所勾留一天一宿,我发觉“第九户”的故事多得很呢。张凤英的妈妈走来，说："小黄啊，给你钥匙，等你大叔回来给他，俺到合作社去了。"就把家门的钥匙丢给黄世杰。一会，又一个什么大娘在窗外招呼说："谁在家啊？给俺看看门，俺一会就回来。"

到夜晚，哨所别有一番特殊情景。全村的老老少少，流水似的汇集到哨所，每每有从远村披着星星赶来的，大家学歌子，听北京广播，更多的时候是由黄世杰领着读毛主席著作。看看每人脸上那种如饥似渴探索真理的神情，我的心不觉一震：这些战士和渔民啊，怀着深刻的阶级感情，浑身浸透了毛泽东思想，看起来极其简单平凡，他们的一言一行，却闪着多么耀眼的光彩！"第九户"的灵魂正藏在这儿。

这一夜，我宿在哨所，枕上听着潮音，心境是又舒畅，又酣甜。天刚放亮，走出哨所，一股新鲜得发甜的清气灌满我的心肺。在那蓝蔚蔚的晨光里，一个哨兵挺然而立，面对着波浪滚滚的大海。

我说："夜里冷吧？你辛苦了。"

战士回答说："做祖国的眼睛，是个光荣。"

如果说这海岛是祖国的眼睛，哨所就该是那亮晶晶的眸子。

这时，东方水天极处，染上一片橙红色，一会染成橘红色。一会又暗下去，暗成浅灰色。就在这片浅灰色里，慢慢烘出一个半圆形的浅红色轮光，轮光下面骨突地冒出半边鲜红鲜红的太阳，越冒越高，转眼跳出水面，于是一轮又红又大的太阳稳稳当当搁在海面上。再往上升，太阳便射出万道光芒，照耀着金浪滔滔的汪洋大海——这是一片包涵着中国人民的肝胆和智慧的汪洋大海，足以吞没任何吃人的长鲸恶鲨。

一九六五年写于霜叶红透的北京西山

秋风萧瑟

夜来枕上隐隐听见渤海湾的潮声，清晨一开门，一阵风从西吹来，吹得人通体新鲜干爽。楼下有人说："啊，立秋了。"怪不得西风透着新凉，不声不响闯到人间来了。

才是昨儿，本是万里无云的晴天，可是那天，那山，那海，处处都像漫着层热雾，粘粘渍渍的，不大干净。四野的蝉也作怪，越是热，越爱噪闹，噪得人又热又烦。秋风一起，瞧啊：天上有云，云是透明的；山上海上明明罩着层雾，那雾也显得干燥而清爽。我不觉想起曹孟德的诗来。当年曹孟德东临碣石，望见沧海，写过这样悲壮的诗句："秋风萧瑟，洪波涌起……"如今正当新秋好景，恰巧我又在碣石山旁，怎会不想望着去领略一番那壮观的山海，搜寻搜寻古人遗失的诗句？

我们便结伴去游山海关。一路上，看不尽的风光景色，很像王昌龄在《塞上曲》里写的："蝉鸣空桑林，八月萧关道。"自然另有一种幽燕的情调。

山海关是万里长城尽东头的重镇，人烟不算少，街市也齐整，只是年深日久，面貌显得有点儿苍老。关上迎面矗起一座两层高的箭楼，恶森森地压在古长城上，那块写着"天下第一关"著名的横匾就挂在箭楼高头，每个字都比笸箩还大，把这座关塞烘染得越发雄壮。根据记载，明朝以前，这里没有城廓，只有一道城墙。明朝初年大将徐达才创建山海关，并且派重兵把守。登上箭楼，但见北边莽莽苍苍的，那燕山就像波浪似的起伏翻滚；南边紧临渤海，海浪遇上大风，就会山崩地裂一般震动起来。我曾经上过长城极西的嘉峪关，关前是一片浩浩无边的戈壁大沙漠，现在又立在山海关上，我的想象里一时幻出一道绵亘万里的长城，也跳出一些悲歌慷慨的古代游侠儿，心情就变得飞扬激荡，不知不觉念出陈琳的诗句："饮马长城窟，水寒伤马骨……"

身后好像有人在看我，一回头，近处果然站着个人，二十六七年纪，穿着件茧绸衬衫。他生得骨骼结实，面貌敦厚，眉目间透出股英飒的俊气。从他那举动神态里，一眼就辨别出他是个什么人。他的眼神里含着笑意问："是头一回来吧？"

我说："是啊。你呢？"

"来过不知几回了。"

"那么你该熟得很，讲点长城的故事好不好？"

那青年人稳稳重重一笑说："故事多得很，可惜我的嘴笨，不会讲。"

我说："实在可惜。要是长城也懂人事，每块砖，每粒沙土，都能告诉我们一段惊心动魄的故事。"

那青年人的脸色一下子开朗起来，笑着说："你以为长城不懂人事么？懂的。听一位老人家说，每逢春秋两季，月圆的时候，你要是心细，有时会听见长城上发出很低很低的声音，像吟诗一样。老人说：这是长城在唱歌，唱的是古往今来的英雄好汉。"

我听了笑起来："有意思。叫你这一讲，长城还真懂感情呢。"

青年人也笑着说："感情还挺丰富。有时也发怒。遇上月黑风高的晚上，飞沙走石，满地乱滚，长城就在咬牙切齿骂人了。"

"骂谁呢？"

“骂的是吴三桂那类卖身投靠的奴才，当年把清兵引进山海关，双手把江山捧给别人。”

我就说：“长城自然也会哭了。”

青年人带着笑答道：“长城倒不会哭，另有人哭。夜静更深，你要是听见海浪哗啦哗啦拍着长城脚，据说那是孟姜女又哭了。”

关于孟姜女，这儿有不少牵强附会的事迹。近海露出两块礁石，高的像碑，矮的像坟，说是孟姜女坟。出关不远有座庙，内里塑着面色悲愁的孟姜女像。庙后有块大石头，上面刻着“望夫石”三个字。据说孟姜女本姓许，因为是长女，才叫她孟姜女。她丈夫范郎被征去修长城，孟姜女受尽折磨，万里寻夫。范郎死了，她坐在长城根下，哭啊哭啊，哭倒了万里长城，自己也跳海自尽了。古代有关长城的故事或是诗文，多半是描叙筑城戍边撇妻离家的痛苦，孟姜女是其中流传最广的一个故事。文天祥题孟姜女庙的楹联里也有这样一句：“万里长城筑怨。”

今天我们登上长城，感情却全是另一样：多雄伟壮丽的奇迹啊。这是我们祖先用智慧、勇敢、毅力，积年累代修起来的。这不仅是捍卫过我们民族的古垒，也是人类历史上绝世的创造之一。我们为自己祖先所付出的生命血汗感到无上光彩。

我跟那青年正谈着，一个结伴来的女孩子跑过来，红领巾像片火云似的飘拂着。她欢蹦乱跳问：“你们谈什么？这样有趣。”

我说：“谈长城。你看了长城有什么感想？”

女孩子用右手食指按着脸腮，歪着头想了想笑道：“我也不知道，反正有意思。不过我想，现在咱们再不必修什么长城了，没有半点用处。”

我说：“修这样长城，是没用处。不过还是得修。应该用我们的思想信仰修另一种长城。这道长城不修在山海关，不修在嘉峪关，修在你的肩上，我的肩上，特别是在他的肩膀上。”说着我指了指那眉目英飒的青年。

那青年望着我笑问道："为什么特别在我肩上呢？"

我说："因为我知道你是个什么人。"

"你说我是个什么人？"

"你讲话很有浪漫主义的诗意，像个诗人，可是你的举动神态告诉我你是个军人——对不对？"说得那青年含蓄而亲热地笑了。

正当中午，太阳有点毒。一阵风斜着从关外吹来，凉爽的紧。我不觉吟咏着毛主席的词："萧瑟秋风今又是……"

那青年军人和女孩子一齐应声念道："换了人间。"

一九六一年

海罗杉——井冈山写怀之一

大井深藏在井冈山的腹心地带，四面紧围着层层叠叠的高山，朝上望去，那一片明净的天，确有些儿像井口。一九二七年十月，寒霜打红了枫叶，毛泽东同志率领着湖南秋收起义的健儿，上了井冈山，建立起孕育着中国革命的摇篮——井冈山根据地，当时毛泽东同志就落脚在大井，这里变成开展武装斗争的神经中枢。事隔三十多年了，我有幸能踏着红军的脚印，登上井冈山，来到大井，依旧感觉得到一股沉郁磅礴的气息，冲洗着我的心灵。

时当初夏，山地的节气晚，稻田水冷，刚插上秧，细得像钢针一样。桐花正在盛开，飘着雪，点染在苍松翠柏中间，煞是惹眼。毛泽东同志的旧居靠着山根，一片青瓦房，白粉墙，是江西的格局。看管房子的是位六十多岁的老人，叫邹文楷，身材矮小，模样儿寻常。他领我们满室看，指指点点讲着些旧事，还带我们绕到后墙根，指着两棵树说："好好看一看吧，可是两棵稀奇物儿。"

一棵是海罗杉，另一棵是凿树，并排长着，树皮结着老疤，挂满苍苔，论年龄，都在百年以上，枝叶却极茂盛。特别是那棵海罗杉，针叶铺展着，像是凤尾，疏疏落落的，别有一种潇洒的风情。但我看不出究竟有什么稀奇之处。

邹文楷似乎识透我的意思，说："嗐，这叫常青树，经历的世情变故比人都多。可惜树不会说话，要会说话，也该讲一讲这几十年来它们心头上酸甜苦辣的滋味……”

树不会说话，人会说。且听听邹文楷老人家是怎样说的吧：

唉，日子过得好快，比飞还快，多少事摆在眼前，好像昨天刚发生似的，一看自己，头发却白了。想当年毛泽东同志乍上井冈山，山也发出欢呼。你想想，无数年来，劳苦人民踩在别人脚下，跟路边的野草一样，是死是活，人家眼皮儿眨都不眨，谁管你呢。忽然有一天，这个人来了，红旗一招，人民齐崭崭地挺起腰板，成立暴动队、赤卫队，建立起自己的政权，跟红军一道，干着轰轰烈烈的革命。天开始打转，地也打旋，蒋介石觉出他脚下的地面有点摇晃，睡不稳了，就接二连三派出大军攻打井冈山。

井冈山属于罗霄山脉，当着江西、湖南两省的要冲，山势险恶，四周有五大哨口：黄洋界，双马石，桐木岭，八面山，朱砂冲。朱砂冲更是险绝。当地农民自古编成歌唱道：“一天养一个，也不要从朱砂冲过。”要过，一失脚，会从悬崖峭壁上滚下去的。红军凭着天险，仰仗着人民的支持，接二连三把进攻的敌人收拾个干净。最著名的是永新七溪岭战斗。进犯的敌人两个师，师长都姓杨，一战而在龙源口大桥被消灭净尽。井冈山军民作歌道：“不费红军两分力，消灭江西两只羊。”仗一结束，战士一色换上精良的武器，原来用的梭镖插满山头。现在三元人民币票面上的花纹正是龙源口大桥，特意纪念这次历史性的战斗。

革命的声势一天天翻腾汹涌，山周围多少县的农民纷纷暴动起来，打土豪，分田地，好一番炽烈气象。红军也不断壮大，上山时不足一千人，一年多中间超过了七千。一九二九年一月，毛泽东同志亲率主力向赣南进军，终于在瑞金建立起第一个红色首都。这是后话，回头再说井冈山。

敌人见红军主力转移，山里空虚，便调集江西、湖南、广东三省反革命武装，从四面八方再一度围攻井冈山。单说八面山前，敌人连营六十里，兵力不算不厚，我们却只有一个团把守五个哨口。结果呢，整整打了七天七夜，敌人寸步难前。山里的妇女都忙着做“米果”，送到阵地上去。红军守着哨口，吃着“米果”，朝山下喊：“赶快过来吧，给米果吃。”一面又笑。

一天拂晓前，八面山哨口上的红军听见山半腰草响，看又看不清。山里是有老虎、山牛、猴子一类野兽，兵火正急，决不肯闯进是非之地来的。准是敌人摸上来了。且等一等瞧，自有巧计安排。这当儿，山坡上忽然发出一片哀叫，乱哄哄的。果然是敌人偷袭。红军这才开了枪。偷袭的一连敌人更加慌乱，扭头就跑。风急月黑，山下边的敌人又误以为红军冲下山，也开了火，两面夹击，那一连敌人自相践踏，活着回去的不剩几个。你猜是怎么回事？原来红军先在山腰险地的乱草堆里布满竹钉，尖尖刺刺，好像刀山。敌人踩着竹钉，痛得叫，才有这一场好杀。

不幸打到第八天，黄洋界哨口失守。是出了叛徒。这是最可恨的。那条狗本来是侦察员，被敌人捉住。敌人在他面前摆着雪花花的二百元光洋，问道：“你要钱还是要死，由你自己挑。”叛徒最怕死，能保住自己的命，还管什么革命不革命呢。那癞狗原不是什么务正的农民，曾经沿着黄洋界山后一条小河沟捉田鸡，知道这条小河直通到山顶。那天，满山漫着白茫茫的大雾，几步以外看不见人。叛徒领着敌人，顺着小河沟偷上山，绕到黄洋界哨口背后。哨口的工事一失灵，黄洋界便失守，其他的哨口也只得跟着撤退。当时红军立忙采取紧急措施，掩护着人民撤往深山密林里去。

敌人一进井冈山，见一个杀一个，见一村烧一村。茨坪住着一百多伤病员，来不及转移，都遭到屠杀。今天在茨坪，不是有一座革命先烈纪念塔么？就为他们修的。那一年也怪，井冈山大雪纷飞，连下四十天，山岭树木，一片白色，都为死难的革命人民挂孝。

敌人还叫嚷什么："山石要过刀，茅草要过火，人要换种！"妄想扑灭革命的火种。扑得灭么？是井冈山点起的火种，蔓延成燎原大火，烧到瑞金，烧到延安，烧到北平，最终烧红了整个中国。

大井的毛泽东同志旧居，原也烧了，仅仅剩下一段焦煳的断墙。井冈山的人民朝夕怀念他，怀念得心痛，拿树皮盖住墙头，不让风吹霜打，雨淋日晒，总算保存下来。解放后，房子按原样重修起来，断墙也原封不动修在原处。你瞧，就是这儿。人们每逢一抚摸那墙，觉得像抚摸自己身上的伤疤似的，就要想起许许多多往日的旧事，想起今天……

这段史实，邹文楷老人家说得那么清晰，那么动心，听了，使人沉吟回味，久久不能忘怀。但我还是不懂，两棵常青树究竟奇在哪儿。

邹文楷咧开略微发瘪的嘴，笑着说："听我讲下去啊。两棵树当年都烧得半枯，像是死了，其实没死。这几十年来，每年树枝上总挂着零零落落几片叶儿，活得有点憔悴，可总硬挺着活下去，不肯低头。赶一解放，井冈山的人民重见天日，两棵树一下子抖擞起精神，抽枝发芽，一天比一天长得茂盛起来，到今天，你看，简直变成两条年轻轻的壮汉，肩膀抱着肩膀，好不威风。"

听到这儿，我不觉凝视着邹文楷问道："当年你老人家干什么呢？"

邹文楷答道："我是大井乡苏维埃的暴动队长，管修路，送粮，闹土地革命。还亲自参加过八面山战斗，那一仗打得真激烈呀。"

"经过那场大烧杀以后，井冈山变成什么样儿啦？"

"人民还不是照样坚持斗争。"

"你哪儿去啦？"

邹文楷摸摸下巴说："我啊，敌人搜捕得紧，就翻山到了湖南，在外头活动将近二十年，临解放才回来。我儿子的胡子也长得多长，家里人都不认识我了，只当我死了。我活得蛮好呢，敌人能把我怎的？”说着老人家笑起来，两只手交插在袖口里，挺着腰板站在海罗杉树下。我亲切地望着他。他的脸上刻着又粗又深的皱纹，跟海罗杉的老树皮相仿佛；他的眼睛闪着锐光，使我想象得出当年英武的暴动队长。

山风飒飒吹来，那棵海罗杉迎着风，嘁嘁喳喳响起来。我觉得，树是会说话的。它不正像树下的老人一样，絮絮叨叨在谈着自己的身世，谈着井冈山的今昔。

一九六三年

西江月——井冈山写怀之二

山下旌旗在望，
山头鼓角相闻。
敌军围困万千重，
我自岿然不动。
早已森严壁垒，
更加众志成城。
黄洋界上炮声隆，
报道敌军宵遁。

毛泽东同志这首词，横写在一座朱红色的木碑上，竖在井冈山的黄洋界哨口高头，常年云雾漫漫，风雷纵横。一九六三年初夏，当我爬上黄洋界，拂开云雾，念着这首词，我觉得，这不是写在碑上，而是写在天上，从那雄伟豪放的诗情里，我又觉得，词人的胸襟是可以把五百里井冈山都装进去的。

黄洋界坐落在井冈山的西北角上，经常漫着浓雾，白茫茫的，像海一样，所以又叫汪洋界。那形势，真是气象万千。透过漠漠的烟雾，朝前望去，一片缭乱的云山，厮缠在一起：浓云重得像山，远山又淡得像云，是云是山，分辨不清。有时风吹云散，满山满岭的松杉、毛竹和千百种杂树便起伏摇摆，卷起一阵滚滚滔滔的黑浪，拍击着黄洋界前的断崖绝壁。

一根细线从断崖绝壁挂下去，风一急，好像会吹断的。其实不是线，是一条羊肠小道。当年谁要想越过黄洋界，这是独一无二的绝路。谁知道曾经有多少红军战士，下山上山，来来往往，踏着这条小路，脚底的汗水差不多把石磴都渍透了。

红军从黄洋界下山，多次是到宁冈去挑米，替根据地储备粮食。天不亮下山，回来时，每人挑着两谷箩米，一百多斤重，颤颤悠悠挑上山，已经是暮色苍然了。上山以后，每次总有人要在哨口附近一棵大槲树下卸了担子，歇歇脚儿。当中常有一个中年人，看来是位忠厚长者。如果你认不出他是谁，不妨去看看他的扁担，扁担当腰写着"朱德的"三个墨笔字。红军战士作歌唱道：

朱德挑粮上坳，
粮食绝对可靠，
大家齐心合力，
粉碎敌人"围剿"。

到今天，那槲树依旧无恙地挺立在山顶上，枝干显得有点苍老，生机却是茁壮得很。

毛泽东同志那首西江月词，描写的正是井冈山军民齐心合力，打垮敌人进攻，保卫根据地的一场恶战。可是，要不是我在当日战场上听人谈起当年的战绩，讲解着那首词，真猜想不到里头还那样富有喜剧色彩呢。

我们正站在黄洋界哨口最前沿的悬崖上，风云撩拨着衣襟和鬓发。井冈山管理局的一位老金同志指点着山上山下残存着的壕堑说：

“现在让我领你们回到一九二八年间去，那时候，毛主席带着主力到湖南打茶陵去了。只留下一个连守山。敌人得到这个信儿，以为有机可乘，自然不肯放松，就连夜调来两个团，把黄洋界围得里三层，外三层，水泄不通。敌人的前哨部队就扎在半山腰那一带红树林里，看得清清楚楚，气焰可高啦。山上呢，一个连还得分兵把守几个哨口，实在空虚，真有点唱空城计呢。不要紧，得想个法儿。兵少，老百姓不有的是？于是乎许多老百姓都上了山，分散在各个山头上，这个山头敲锣，那个山头打鼓，另一个山头又吹号。只见满山都是红旗，搅得敌人也摸不清虚实。这不能不让人想到西江月的起首两句：‘山下旌旗在望，山头鼓角相闻。’

“老百姓还给红军送茶送饭，帮着修工事，运子弹。年纪大的，不能上战场，就削竹钉，好让年轻人趁着黑夜布置到工事外头，敌人踏上去，脚心都给它扎烂。军民那种劲头，真是众志成城。

“像这样壁垒森严，敌人要攻黄洋界，是得拿出点本钱来的。红军凭着天险，个个斗志昂扬，以一当十，以十当百，接连打退敌人好多次进攻。半山坡摆满敌人的尸体，横躺竖卧，下决心赖着不走了。

“整整打了一天一夜，黄洋界还是黄洋界，岿然不动。敌人攻吧，攻不上来；退吧，又不甘心。正在进退两难的当儿，我们帮他下了决心。

“山上只有一门迫击炮，何不试试炮的本领呢？就把那门炮拉到阵地上，对准敌人集中的红树林那一带，轰隆一声……这下子不要紧，敌人当晚上就偃旗息鼓，逃得无影无踪。事后才弄清楚，敌人挨了那一炮，伤亡很大，以为红军主力回山，一刻也不敢多停了。”

老金同志说完这段有趣的故事，我忍不住笑着念道：“黄洋界上炮声隆，报道敌军宵遁。”

老金说："你也是诗人，也想写一首么？"

面对着这样壮丽的山川，沉浸在这样激昂的历史斗争里，我怎敢下笔？诗的幻想却在我心里奔腾着。我一时觉得，黄洋界前那条小路不只通往山脚，而是通往瑞金，通往延安，通往北京。井冈山的主峰海拔只有一千八百米，我却又觉得，这是中国历史上的高峰，不愧称作"天下第一山"。站在这高峰上，我清清楚楚望得见中国红军沿着黄洋界前的小路，迈着大步，走向更远更宽的道路，一直走进北京。走在这个行列里的无数英雄是在进军，在战斗，也在写诗。他们是用自己整个的生命在创造一部空前壮丽的史诗。这部史诗有开篇，西江月便是伟大的序曲之一，但却永远不会有尾声。人民永久不停地在斗争，在创造，也就永不停地在写着这部空前雄伟的诗篇……

一九六三年

雪浪花

凉秋八月，天气分外清爽。我有时爱坐在海边礁石上，望着潮涨潮落，云起云飞。月亮圆的时候，正涨大潮。瞧那茫茫无边的大海上，滚滚滔滔，一浪高似一浪，撞到礁石上，唰地卷起几丈高的雪浪花，猛力冲激着海边的礁石。那礁石满身都是深沟浅窝，坑坑坎坎的，倒像是块柔软的面团，不知叫谁捏弄成这种怪模怪样。

几个年轻的姑娘赤着脚，提着裙子，嘻嘻哈哈追着浪花玩。想必是初次认识海，一只海鸥，两片贝壳，她们也感到新奇有趣。奇形怪状的礁石自然逃不出她们好奇的眼睛，你听她们议论起来了：礁石硬得跟铁差不多，怎么会变成这样子？是天生的，还是錾子凿的，还是怎的？

"是叫浪花咬的。"一个欢乐的声音从背后插进来。说话的人是个上年纪的渔民，从刚拢岸的渔船跨下来，脱下黄油布衣裤，从从容容晾到礁石上。

有个姑娘听了笑起来："浪花也没有牙，还会咬？怎么溅到我身上，痛都不痛？咬我一口多有趣。"

老渔民慢条斯理说："咬你一口就该哭了。别看浪花小，无数浪花集到一起，心齐，又有耐性，就是这样咬啊咬的，咬上几百年，几千年，几万年，哪怕是铁打的江山，也能叫它变个样儿。姑娘们，你们信不信？”

说得妙，里面又含着多么深的人情世故。我不禁对那老渔民望了几眼。老渔民长得高大结实，留着一把花白胡子。瞧他那眉目神气，就像秋天的高空一样，又清朗，又深沉。老渔民说完话，不等姑娘们搭言，早回到船上，大声说笑着，动手收拾着满船烂银也似的新鲜鱼儿。

我向就近一个渔民打听老人是谁，那渔民笑着说：“你问他呀，那是我们的老泰山。老人家就有这个脾性，一辈子没养女儿，偏爱拿人当女婿看待。不信你叫他一声老泰山，他不但不生气，反倒摸着胡子乐呢。不过我们叫他老泰山，还有别的缘故。人家从小走南闯北，经的多，见的广，生产队里大事小事，一有难处，都得找他指点，日久天长，老人家就变成大伙依靠的泰山了。”

此后一连几日，变了天，飘飘洒洒落着凉雨，不能出门。这一天晴了，后半晌，我披着一片火红的霞光，从海边散步回来，瞟见休养所院里的苹果树前停着辆独轮小车，小车旁边有个人俯在磨刀石上磨剪刀。那背影有点儿眼熟。走到跟前一看，可不正是老泰山。

我招呼说：“老人家，没出海打鱼么？”

老泰山望了望我笑着说：“嗐，同志，天不好，队里不让咱出海，叫咱歇着。”

我说：“像你这样年纪，多歇歇也是应该的。”

老泰山听了说：“人家都不歇，为什么我就应该多歇着？我一不瘫，二不瞎，叫我坐着吃闲饭，等于骂我。好吧，不让咱出海，咱服从；留在家里，这双手可得服从我。我就织鱼网，磨鱼钩，照顾照顾生产队里的果木树，再不就推着小车出来走走，帮人磨磨刀，钻钻磨眼儿，反正能做多少活就做多少活，总得尽我的一份力气。”

“看样子你有六十了吧？”

“哈哈！六十？这辈子别再想那个好时候了——这个年纪啦。”说着老泰山捏起右手的三根指头。

我不禁惊疑说：“你有七十了么？看不出。身板骨还是挺硬朗。”

老泰山说：“嗐，硬朗什么？头四年，秋收扬场，我一连气还能扬它一两千斤谷子。如今不行了，胳臂害过风湿痛病，抬不起来。磨刀、磨剪子，胳臂往下使力气，这类活儿还能做。不是胳臂拖累我，前年咱准要求到北京去油漆人民大会堂。”

“你会的手艺可真不少呢。”

“苦人哪，自小东奔西跑的，什么不得干。干的营生多，经历的也古怪。不瞒同志说，三十年前，我还赶过脚呢。”说到这儿，老泰山把剪刀往水罐里蘸了蘸，继续磨着，一面不紧不慢地说，“那时候，北戴河跟今天可不一样。一到三伏天，来歇伏的差不多净是蓝眼珠的外国人。有一回，一个外国人看上我的驴。提起我那驴，可是百里挑一：浑身乌黑乌黑，没一根杂毛，四只蹄子可是白的。这有个讲究，叫四蹄踏雪，跑起来，极好的马也追不上。那外国人想雇我的驴去逛东山。我要五块钱。他嫌贵。你嫌贵，我还嫌你胖呢。胖的像条大白熊，别压坏我的驴。讲来讲去，大白熊答应我的价钱，骑着驴逛了半天，欢欢喜喜照数付了脚钱。谁料想隔不几天，警察局来传我，说是有人把我告下了，告我是红胡子，硬抢人家五块钱。”

老泰山说的有点气促，喘嘘嘘的，就缓了口气，又磨着剪子说：“我一听气炸了肺。我的驴，你的屁股，爱骑不骑，怎么能诬赖人家是红胡子？赶到警察局一看，大白熊倒轻松，望着我乐得合不拢嘴。你猜他说什么？他说：你的驴快，我要再雇一趟去秦皇岛，到处找不着你。我就告你。一告，这不是，就把红胡子抓来了。”

我忍不住说：“瞧他多聪明！”

老泰山说：“聪明的还在后头呢，你听着啊。这回倒省事，也不用争，一张口他就给我十五块钱。骑上驴，他拿着根荆条，抽着驴紧跑。我叫他慢着点，他直夸奖我的驴有几步好走，答应回头再加点脚钱。到秦皇岛一个来回，整整一天，累得我那驴浑身湿淋淋的，顺着毛往下滴汗珠——你说叫人心疼不心疼？”

我插问道：“脚钱加了没有？”

老泰山直起腰，狠狠吐了口唾沫说：“见他的鬼！他连一个铜子儿也不给，说是上回你讹诈我五块钱，都包括在内啦，再闹，送你到警察局去。红胡子！红胡子！直骂我是红胡子。”

我气得问：“这个流氓，他是哪国人？”

老泰山说：“不讲你也猜得着。前几天听广播，美国飞机又偷着闯进咱们家里。三十年前，我亲身吃过他们的亏，这笔账还没算清。要是倒退五十年，我身强力壮，今天我呀——”

休养所的窗口有个妇女探出脸问：“剪子磨好没有？”

老泰山应声说：“好了。”就用大拇指试试剪子刃，大声对我笑着说：“瞧我磨的剪子，多快。你想剪天上的云霞，做一床天大的被，也剪得动。”

西天上正铺着一片金光灿烂的晚霞，把老泰山的脸映得红通通的。老人收起磨刀石，放到独轮车上，跟我道了别，推起小车走了几步，又停下，弯腰从路边掐了枝野菊花，插到车上，才又推着车慢慢走了，一直走进火红的霞光里去。他走了，他在海边对几个姑娘讲的话却回到我的心上。我觉得，老泰山恰似一点浪花，跟无数浪花集到一起，形成这个时代的大浪潮，激扬飞溅，早已把旧日的江山变了个样儿，正在勤勤恳恳塑造着人民的江山。

老泰山姓任。问他叫什么名字，他笑笑说："山野之人，值不得留名字。"竟不肯告诉我。

一九六一年

泰山极顶

泰山极顶看日出历来被描绘成十分壮观的奇景。有人说:登泰山而看不到日出,就像一出大戏没有戏眼,味儿终究有点寡淡。

我去爬山那天,正赶上个难得的好天,万里长空,云彩丝儿都不见,素常烟雾腾腾的山头,显得眉目分明。同伴们都喜得说:“明儿早晨准可以看见日出了。”我也是抱着这种想头,爬上山去。

一路从山脚往上爬,细看山景,我觉得挂在眼前的不是五岳独尊的泰山,却像一幅规模惊人的青绿山水画,从下面倒展开来。最先露出在画卷的是山根底那座明朝建筑岱宗坊,慢慢地便现出王母池、斗母宫、经石峪……山是一层比一层深,一叠比一叠奇,层层叠叠,不知还会有多深多奇。万山丛中,时而点染着极其工细的人物。王母池旁边吕祖殿里有不少尊明塑,塑着吕洞宾等一些人,姿态神情是那样有生气,你看了,不禁会脱口赞叹说:“活啦。”

画卷继续展开,绿荫森森的柏洞露面不太久,便来到对松山。两面奇峰对峙着,满山峰都是奇形怪状的老松,年纪怕不有个千儿八百年,颜色竟那么浓,浓得好像要流下来似的。来到这儿,你不妨权当一次画里的写意人物,坐在路旁的对松亭里,看看山色,听听流水和松涛。也许你会同意乾隆题的“岱宗最佳处”的句子。

且慢，不如继续往上看的为是……

一时间，我又觉得自己不仅是在看画卷，却又像是在零零乱乱翻着一卷历史稿本。在山下岱庙里，我曾经抚摸过秦朝李斯小篆的残碑。上得山来，又在“孔子登临处”立过脚，秦始皇封的五大夫松下喝过茶，还看过汉枚乘称道的“泰山穿雷石”，相传是晋朝王羲之或者陶渊明写的斗大的楷书金刚经的石刻。将要看见的唐代在大观峰峭壁上刻的《纪泰山铭》自然是珍品，宋元明清历代的遗迹更像奇花异草一样，到处点缀着这座名山。一恍惚，我觉得中国历史的影子仿佛从我眼前飘忽而过。你如果想捉住点历史的影子，尽可以在朝阳洞那家茶店里挑选几件泰山石刻的拓片。除此而外，还可以买到泰山出产的杏叶参、何首乌、黄精、紫草一类名贵药材。我们在这里泡了壶山茶喝，坐着歇乏，看见一堆孩子围着群小鸡，正喂蚂蚱给小鸡吃。小鸡的毛色都发灰，不像平时看见的那样。一问，卖茶的妇女搭言说：“是俺孩子他爹上山挖药材，拣回来的一窝小山鸡。”怪不得呢。有两只小山鸡争着饮水，蹬翻了水碗，往青石板上一跑，满石板印着许多小小的“个”字。我不觉望着深山里这户孤零零的人家想：“山下正闹大集体，他们还过着这种单个的生活，未免太与世隔绝了吧？”

从朝阳洞再往上爬，渐渐接近十八盘，山路越来越险，累得人发喘。这时我既无心思看画，又无心思翻历史，只觉得像在登天。历来人们也确实把爬泰山看做登天。不信你回头看看来路，就有云步桥、一天门、中天门一类上天的云路。现时悬在我头顶上的正是南天门。幸好还有石磴造成的天梯。顺着天梯慢慢爬，爬几步，歇一歇，累的腰酸腿软，浑身冒汗。忽然有一阵仙风从空中吹来，扑到脸上，顿时觉得浑身上下清爽异常。原来我已经爬上南天门，走上天街。

黄昏早已落到天街上，处处飘散着不知名儿的花草香味。风一吹，朵朵白云从我身边飘浮过去，眼前的景物渐渐都躲到夜色里去。我们在青帝宫寻到个宿处，早早睡下，但愿明天早晨能看到日出。可是急人得很，山头上忽然漫起好大的云雾，又浓又湿，悄悄挤进门缝来，落到枕头边上，我还听见零零星星几滴雨声。我有点焦虑，一位同伴说："不要紧。山上的气候一时晴，一时阴，变化大得很，说不定明儿早晨是个好天，你等着看日出吧。"

等到明儿早晨，山头上的云雾果然消散，只是天空阴沉沉的，谁知道会不会忽然间晴朗起来呢？不管怎样，我们还是冒着早凉，一直爬到玉皇顶，这儿便是泰山的极顶。

一位须髯飘飘的老道人陪我们立在泰山极顶上，指点着远近风景给我们看，最后带着惋惜的口气说："可惜天气不佳，恐怕你们看不见日出了。"

我的心却变得异常晴朗，一点都没有惋惜的情绪。我沉思地望着极远极远的地方，我望见一幅无比壮丽的奇景。瞧那莽莽苍苍的齐鲁大原野，多有气魄。过去，农民各自摆弄着一小块地，弄得祖国的原野像是老和尚的百衲衣，零零碎碎的，不知有多少小方块拼织到一起。眼前呢，好一片大田野，全联到一起，就像公社农民联的一样密切。麦子刚刚熟，南风吹动处，麦浪一起一伏，仿佛大地也漾起绸缎一般的锦纹。再瞧那渺渺茫茫的天边，扬起一带烟尘。那不是什么"齐烟九点"，同伴告诉我说那也许是炼铁厂。铁厂也好，钢厂也好，或者是别的什么工厂也好，反正那里有千千万万只精巧坚强的手，正配合着全国人民一致的节奏，用钢铁铸造着祖国的江山。

你再瞧，那在天边隐约闪亮的不就是黄河，那在山脚缠绕不断的自然是汶河。那拱卫在泰山膝盖下的无数小馒头却是徂徕山等许多著名的山岭。那黄河和汶河又恰似两条飘舞的彩绸，正有两只看不见的大手在耍着；那连绵不断的大小山岭却又像许多条龙灯，一齐滚舞——整个山河都在欢腾着啊。

如果说泰山是一大幅徐徐展开的青绿山水画，那么这幅画到现在才完全展开，露出画卷最精彩的部分。

如果说我在泰山路上是翻着什么历史稿本，那么现在我才算翻到我们民族真正宏伟的创业史。

我正在静观默想，那个老道人客气地赔着不是，说是别的道士都下山割麦子去了，剩他自己，也顾不上烧水给我们喝。我问他给谁割麦子，老道人说："公社啊。你别看山上东一户，西一户，也都组织到公社里去了。"我记起自己对朝阳洞那家茶店的想法，不觉有点内愧。

有的同伴认为没能看见日出，始终有点美中不足。同志，你还有什么不满意的？其实我们分明看见另一场更加辉煌的日出。这轮晓日从我们民族历史的地平线上一跃而出，闪射着万道红光，照临到这个世界上。

伟大而光明的祖国啊，愿你永远"如日之升"！

一九五九年

小说　风暴

征尘

我久久地踯躅在临汾车站附近，孤独、焦烦，不时把行李卷从一只手转到另一只手。我刚下火车，要到城里去找八路军总部，可是天还不亮，不能进城，想先找地方歇歇。敲过几家店门，房间全满了，不是旅客，而是队伍，这儿的栈房差不多临时完全变成军营。现在是什么时候呢？我的表偏偏不走了。我望望星空，觉得自己装模作样怪可笑的，因为我根本不是老于夜行的人，能够从星斗的位置辨出夜色的深浅。没有一丝儿风，然而冷得出奇，远近的鸡叫也似乎掺进一点荒寒的意味。多谢鸡的报告，我知道黎明是离我不远了。

当我第二次转来，车站更加冷静。十来个候车的旅客坐在各人的行李上，抄着手，缩着头颈，疲倦地打着呵欠。电灯，因着电力的不足而散射着黄橙橙的光线，很像在无叶的树梢僵卧着的月亮。其实月亮已经残缺，它的本身更像一颗虫蚀而腐烂的枇杷。

原始的蠢笨的牛车聚集在站外。车夫们围着一架卖甜酒的担子，蹲着，抽着旱烟。他们是在趋就炉眼的蓝色的火苗，没有人肯花两枚铜板喝这么一碗。

我还在踌躇是不是应该立刻进城，一个车夫走近我，双手抱着鞭子说：

“上哪去呀，先生？我送你去吧？”

“进城。现在城门能不能开？”

“还得一歇哪。你不如先到栈房歇歇脚，等天亮了我再送你去。”他看我有点迟疑，指一指前边的苍灰的夜色说：“那儿就有小店，我带你去。”

这样善良的农民在北方的旅途上时常可以遇见。他们总是那样率真，质朴，存着点古代游侠的豪爽的味儿。

我们来到一所简陋的土房前，伸一伸手，我准可以摸到屋檐。车夫拍着板门喊道：

“赵大哥，赵大哥，有客人来啦。”

火光一闪，小小的纸窗映上层浅黄的灯影。一个带痰的嗓音在里面含糊地答应着，过后，有人趿着鞋走来打开门。

穿过一间漆黑的小屋，我踏进另外一间，壁上挂的油灯袅着青烟，两张跛脚的八仙桌子摆在地上。这其实是家小饭馆，外间是炉灶，这儿卖座，还有个里间，黑得像洞，从内里飘出一个人的咳嗽、吐痰、摸索着穿衣服的声音。

开门的堂倌掩着怀，揉着眵眼，把外间的灯火也点上。

车夫同赵大哥招呼几句，钻出黑洞对我说：

“一会就生火啦。你先烤烤火，暖和暖和，爱吃东西就吃点馍啦、面啦，爱睡觉里边有铺，天亮我来接你。”

我倒真想睡觉。一夜火车，仅仅打了几个盹，眼皮沉重得撑不开。我伏在桌上，昏昏沉沉睡去，又昏昏沉沉醒来。短短的间隔，外边忽然变天了。北风打着呼哨，像是大伙的马队，飞快地驰过原野。尘土被卷到半空，又洒到窗上，沙，沙，一阵松，一阵紧。

不知几时，屋里来了两位新客，占据着另外一张右桌，每人眼前放着一只酒盅，一双木筷。他们木然地静默着，如同堆在墙根的皮箱和网篮（他们的行李）一样的静默。我移动板凳，坐到炭盆前，两脚踩着盆边，木炭的火苗小蛇似的飞舞着。

“好冷呀，快下雪了。”

一团肥大的影子摆动在墙壁上。影子的主人似乎努力想打破沉闷的空气，开始同我攀谈。但是在继续说话之前，他擤了一把鼻涕，又用青呢马褂的袖口擦一擦他的滚圆的鼻头。坐在他对面的客人是一个三十来岁的商人，湖色线春棉袍，尖顶瓜皮帽，胡须许久不曾修剃，脸色很灰败，然而这是怎样的一双眼睛呵：冰冷、僵直，只有宰杀后的死羊眼才这样可怕。那肥胖的商人觉察到我在注意他的同伴，就说：“他是个痴子，不要理他——你不是山西人吧？从哪儿来的呀？……噢，西安。西安真是个好地方。我在汉口做买卖……别客气啦，这个年月，混口饭吃就知足了，哪有财发？”

铁勺子敲在锅沿上乱响。堂倌从外间端进两盘菜——葱爆羊肉和炒肉丝——连同一壶汾酒，一起摆在肥胖的商人前。

“吃点吧，不要客气。”胖子谦让着。但我自己叫了一碗烩馍，这是种含有十足的西北风味的饭食。

堂倌打来一盆热水，白毛巾早变成深灰色。我拧一把手巾，轻轻擦着脸，几点水珠溅到炭盆里，木炭吱吱地叫起来。

“火，火！”痴子的眼睛充满恐怖，从炭盆移到我的脸上。我是怎样惊扰了他呢！

“老实点！”其实不用胖子威吓，痴子也会自动地平静下来。他的神情又是那么冰冷，宛如泥塑似的。他的盅里斟满酒，眼前放着菜，可是他不吃不喝，眼珠直瞪着前方，并不理会胖子的一再诱劝：“吃吧，到家啦。喝完酒，吃点饭，我们就雇脚回家。你妈妈和老婆都等着你呢。”

不耐烦的表情挂在胖家伙的厚脸上。他摇摇头，啧啧了两声，意思是说毫无办法。

"他是怎么痴的?"我猜想其间一定藏着一个谜。

"唉，这个人心眼儿太窄，遇事想不开。"胖子一刻都不停止吃喝，菜屑伴随着唾沫星子从他的嘴里喷吐出来，又飞进菜盘里。"他原先在上海做买卖，后来打仗，统统烧光了！这件事落到我们明白人身上，也不会怎么样。可是他太看不开，整天坐着发愁，日子多了，就变成这个痴样子！嗳，我们是乡亲，还沾着点亲戚，旁人把他带到汉口交给我，我哪好意思不管呢?没办法，只有送他回家，这一道可真累死我了。"

我问道："你府上是哪里?"

胖子说："好说，小地方浮山，还得从临汾起早走，天一亮我们就得找大车。"

堂倌吹熄壁上的油灯，屋里人的眉目已经可以清楚地分辨出来。天阴着。北风吹来远处士兵上早操的"一、二、三、四"的呼喊声。

胖子忽然不安地说："你看日本鬼子能不能打到浮山?"

这个脑满肠肥的市侩忽然引起我极大的憎恶，我是在故意同他捣乱：

"谁知道呢?前线又开火了，你怎么敢回来?"

"我特意回来搬家眷，"他忘记方才说是送痴子了，"就是房子和地没有办法。他们说日本怕地震，房子都能推来推去，早知道打仗，我们盖房子真应该安上车轮。"他为自己的高明的诙谐而裂开肥厚的嘴唇，他是在替自己喝彩。

门口走进一个穿短棉袄的中年汉子，粗眉大眼，我似乎认识他：

"是你送我来的吧?"

"对，对，城门开了，可以走啦。"

我推开剩余的半碗烩馍。大概因为过分的陈旧，馍里散发着一股霉味。赵大哥——饭馆掌柜的兼厨师，抢先提着我的行李，把我送上牛车。

屋外的世界完全被风占领着。

天上是黄云，地下是黄土，风把黄土卷到半空，于是天地搅成一片愁惨的黄色。我坐在粗糙的牛车上，翻起大衣的领子，俯着身，依旧不能抵御风沙的侵袭。我的眼眶、鼻孔，埋葬着多量的细尘。我闭紧嘴，风却像是一只有力的手，窒息着我的呼吸，逼迫我不时地张一张嘴。就在这一刹那，它也会往我的口腔里扬一把土，类似一个恶作剧的坏孩子。

“Ja! Ja!”车夫用一方蓝布包着嘴脸，齐到眼下。不管他怎样挥动皮鞭，车子仍然蜗牛似的向前爬行。

尘头回旋着、滚转着，十步以外便是模糊一片了。我疑心这是战场，弥漫着枪炮的硝烟；我几乎相信我的猜疑是对的，那儿不正有大队的行军战士么？他们从我相对的方向走来，背着军毯、步枪、手榴弹……挣扎在吼叫的北风里。

车夫暂时把牛车停在路旁，侧着头，对我大声喊道：

“这又是往北开的，都是八路军。”

队伍通过我们身旁，长长的一列，最后是辎重队。两辆满载军火的大车后跟随着一小队辎重兵，每人挑着一担子弹，那么重，扁担被压得微微弯曲着，战士的脚步也显得摇晃不定，似乎随时都有被大风吹倒的可能。

这儿离临汾车站足有一里多路，那里停着北上的兵车。距离虽然很短，然而这是多么艰苦的行军啊。

车夫跳下车沿，出乎意料地朝我高声说：

“我不拉你啦，先生。”

“为什么？”

“我得帮他们送送东西，”他用鞭梢指一指步履蹒跚的辎重队。

“你爱给钱就给几个，不给就算了。”

只是一秒钟的犹豫，我便立在黄土松厚的地面上。我掏出两角钱递给他，不知应该说什么。假如习惯允许的话，我真想拥抱他。我到底记起自己的事了：

“可是我还不认识进城的路呢。”

“沿着大道走，没有多远啦。”说着，车夫拉着牛车追上军队的尾巴。一阵风，一阵土，等我再勉强睁开眼，前面是一片滚滚的黄尘，我似乎跌进上古的洪荒时代。

我又孤独了，然而并不焦烦。我的心是活泼而轻快的，虽然我是那样吃力地踯躅在风暴里。

一九三八年

风暴

上

十一月初头，北风从长城外吹来，河北大平原卷起旋转的黄尘，这是结冰的季节了。夏秋两季，辽阔的田野遍是葱绿的庄稼和草木，密丛丛地遮蔽着远近的村庄。现在，庄稼倒了，草木凋零了，每个村庄都赤裸裸地暴露出来。风变成没遮拦的小霸王，打着响亮的呼哨，狂放地到处奔跑，跑过荒寒无边的野地，跑过空虚的村街，无理地摇撼着人家闭紧的窗门，时时还扬起大把的沙土，洒向谁家的纸窗。风驱逐开人类，暂时霸占了这个世界。夜晚，当细细的霜花开始洒落时，人类的踪迹几乎更灭绝了。

可是，就在这样一个恶劣的风夜，一个人却顶着风在快走。那人向前躬着粗壮的身躯，右手压住棉袍的大襟，不时侧转头，避开急遽的风势，但是迎头风依旧呛得他喘不过气来。他走的路是一条五尺来深的道沟。在平原上，这样的道沟纵横交织着，可以阻止日本机械化部队的活动，八路军却可以自由自在地移动在道沟里，地面上不露一丝痕迹。

道沟蜿蜒地伸向苍茫的黑夜,最后到达终点。那个夜行人跨上地面,不觉感到些微的空虚。现在,他已经离开自家的根据地,来到斗争更残酷的游击区。他收住脚,望了望夜空的北极星,辨清方向,然后掏出腰间悬挂的“大机头”枪,把脚步放紧,摇摇晃晃地继续赶路。

前边有狗在叫,村庄近了。他离开大路,把腰弯得更低,插着野地摸向前去,蹲到一座孤坟后。村头上坐落着一间黑虎玄坛庙,庙前竖立一根旗杆。在旗杆的上端,他恍恍惚惚看见一面日章小旗翻卷在夜风里。在这一带,每逢日本军队到来,老百姓便挂起小旗,表面似乎是谄媚敌人,实际却在向各方面告警:鬼子在这里呢!他熟悉这个记号,心不觉一沉,但是决不肯随便相信自己的眼力,于是又爬前几步,蹙起眉头,集中精神望过去。这次,他看清了,旗杆光光的,一丝布条都没有。小庙前一团黑影动了动,有人发出沙声的咳嗽。他辨认出那是游击小组在放哨,才放心地松了口气。

他完全熟悉这村的地形,悄悄地从侧边绕进街,停在一家板门前,用结实的拳头慢慢地敲了两下,略一停逗,又急敲三下。他依照这预定的暗号连敲了四五次,院里才有人轻手轻脚地走出来,小声问道:“谁呀?”

“我。谢三财么?”

“嗯——赵区长回来啦?”

板门轻轻地打开又关上,两个人也轻轻地说着话。等到跨进房屋,赵区长收起枪,低声问道:“你们怎么还没转移?”

谢三财在黑暗里摸索着灯火,抑制着时时都会爆裂的咳嗽,一边答道:“这两天没有什么敌情,你又该回来了,就没转移。”

谢三财在桌子边上划亮一根火柴,点起粗磁烧成的煤油灯;跳跃的火光使赵区长感到昏晕,眯缝起眼睛来。

灯影流泻到门外，一块长方形的薄光映照到院落里。赵区长赶紧吩咐谢三财掩上房门，转身从炕上拿起一条紫花布棉被，掩蔽着纸窗，埋怨道：“你太粗心了！深更半夜里，叫汉奸看见灯光不就讨厌啦。”

赵区长解下腰间的布带子，朝两肩扑打一阵，又打了打两只脚背上的尘土，一边问道：“还有东西吃么？”

谢三财掩着嘴，干咳几声，脸色苍白得如同一张纸，半晌才说：“就剩冷窝窝头了，我给你弄去。”

窗外，一阵急风掠过，呼呼地吹到远处。在这寂静的空隙间，谢三财的声音从隔壁一间小屋里模糊地传来：“拴儿，拴儿，起来！区长回来啦，快给他烧水喝，把窝窝头也蒸一蒸。”

等谢三财再转回来，赵区长开口便问：“喂，沧石路是不是有铺轨道的信？”

谢三财垂着眼皮答道：“没听见说，只知道路基修好了。这回修路的工程师是个台湾货，把泥里铺了好些麦秸、稻秸，还有柳树条，说是顶结实，再也不怕咱们破坏了。”

赵区长嘿嘿地笑出声来：“哼，走着瞧吧！”

他闭紧大嘴，双手使力地对搓着，随后严肃地说：“你写个紧急命令，这就写，传给每个村，叫他们把乡亲们统统动员出来，带上家伙，明日黑夜到这里集合——二更天以前集合，好破路去。这回要来个大破坏，县里召集咱们开会去就为的这个。好几个县要一齐动手，瞧着吧，顶少也有十万人。”

拴儿端进开水和热窝窝头，舌尖抿着嘴唇，滚圆的嫩脸还带着困倦的睡容。他连连地打着呵欠，一边用袖口揉着带眵的眼睛。赵区长抓起窝窝头，大口地吞食，语音含混地说：“拴儿，这有件顶要紧的公事，你得立时传去，明天吃晌午饭前都得传到。听懂没有？赶紧去收拾收拾。”

在环境紧张的游击区，工作人员永远在夜间活动。万一白天必须露面，他们便得化装。拴儿戴上一顶褐色的破毡帽头，半根麻绳扎紧短棉袄，肩头挑起一个破粪筐子，里边是半筐粪。他把谢三财写好的公事和手枪小心地藏进筐子里，冒着夜色跨出门去。

谢三财跟出去闩上门，转来，两手放到嘴边呵了呵气，然后交插进袖口，弯着腰伏到桌子上，尖尖的嘴巴紧压着腕臂。在昏暗的灯影里，他的眼窝显得铁青。

赵区长关心地问："你的病怎样了？"

谢三财的眼睛直望着煤油灯，颤声答道："更坏，天天黑夜都咳嗽得睡不着觉。"

赵区长摇摇头说："糟糕，你得到后边养养去，这样子不成。"

赵区长记得谢三财初到区里当助理员时，虽然出身是个乡村的小学教员，力气倒不弱。春天敌人大"扫荡"，搜索太紧，他们藏到坟圈子里，饿了就吃田里的麦苗，渴了喝沟里的脏水，八天八夜不敢露头，就这样，谢三财失去他的健康。

一阵更加狂暴的大风猛然从远处扑来，剧烈地袭击着门窗。门砰地开了，油灯一下子熄灭，黑暗伴随着狂风同时闯进房间……

中

第二天夜晚，上灯不久，各村的老百姓便陆续地集合来了。他们多半是年轻力壮的庄稼汉子，间或也有上点年纪的老头儿。镐、锄、锹、土造的"独一撅"火枪，晃摇在星光下，闪着金属的薄光。村里村外，到处波动着一片闹嚷的人声。尽管有人严厉地吩咐："不要嚷，叫鬼子汉奸听见可不是玩的！"可是寂静一刻，语声又起了，不过压得很低，嗡嗡地，像是大群的蜜蜂在叫。

赵区长把各村的村长召集到屋里开会，发觉几个临近据点的村庄不曾到。他怀疑是不是命令未传到，也许传得太迟，一时赶不来。是的，拴儿不是也没回来？但是更梆子响了，他们必须动身，让来迟的人后追来吧。

谢三财沉默地跟随众人跨出房屋，霜夜的寒气侵袭着他的胸脯，不禁咳呛起来。赵区长用手推开他说："你不用来啦。"

一阵热血向上猛冲，谢三财的脸火辣辣地燃烧起来。他虽然有病，可是永远默默地忍受着痛苦，不肯向人示弱。他最怕人提起他的病，更怕人因此轻视他。他定定地站在黑影里，嘴唇抖颤着，昏眩地凝望着大门外庞杂的人影。

庞杂的人影踏着庞杂的步子，冲着寒夜离开村庄。他们如同一道溪流，弯弯曲曲地流向前去，终于和巨大的洪流汇合起来。这洪流泛滥在沧石路的周围，不见头，不见尾，黑糊糊的一大片，数不清有多少万人。

沧石路横卧在大平原上，就像根刺，插入平原游击根据地的腹部。敌人急欲扩大占领区，缩小八路军的根据地；八路军却要扩大根据地，缩小敌占区。因此，沧石路就变成平原游击战的焦点。修一破；破一修。修是强拉老百姓，破是经过简单的动员。所以，破总比修容易。最后，敌人急了，用武装保护修路，果然把路基修成。但是今夜，八路军也要用武装掩护破路。

这是一次总的大破坏。事前有计划地把路分成若干段，每段指定一区的群众负责，只破半面。假定是左半面，那么下一段的群众就破右半面，再下一段又破左半面……

风落了，星空弥漫着一层薄气：在下霜。冷气侵入人的肌肉，像针刺一样。在高高的路基上，大群先来的农民早已经动手破坏起来。赵区长领导大家爬上预先指定的一段路基，悄悄地吩咐道："赶快动手！"

农民纷纷地挽起棉袍的大襟，扎紧腰带，或者向掌心吐两口唾沫，又对搓一番，然后操起锄头和镐等，一起一落地挥动起来。地壳冻了，铁器落下去，敲出干硬的钝响。这时没有人再敢出声，偶尔，铁锹撞上一块石头，当的一声，平地跳出几星火花。

苍苍茫茫的平原仿佛已经沉睡，千万人齐声发出的粗重气息使人疑心是大地的呼吸。沧石路不再像刺，却像一条死曲蟮，浑身都是烂洞。

泥土里确实铺着柳条一类的东西，带点弹性，破起来比较费力。赵区长混在众人当中，挥了一气锄，热了，把毡帽头推到脑后，用粗糙的手掌抹了抹前额的大汗，深长地松了口气。旁边，一个老头拉拉他的袄袖，把嘴贴近他的耳朵边，乱蓬蓬的硬胡子刺得他发痒。他听见老头沙声问："不是说有队伍保护么？怎么连个影子也看不见？"

赵区长拍拍老头的肩膀，忍着笑说："不用担心，咱们队伍早把据点统统包围了。"

老头噢了一声，提高嗓音说："我说是啊，人家队伍总不能叫咱吃亏！"

老头蹒跚到一边，就地坐下，从身边摸出旱烟管，插到嘴里，嚓地一声划亮根火柴，送到烟袋锅边。

赵区长回身拔过他的旱烟管说："你做什么？"

老头理直气壮地辩驳道："怕什么？反正有队伍呀。"

"有队伍也不好抽。"

老头用不满意的声调说："唉，唉，不抽就不抽。"

忽然，不远的地方放出一道雪白的光芒，直射进夜空，转动两下，便朝沧石路平射过来，缓缓地横扫过原野，扫过来又扫过去。

路基周遭的夜色转成灰苍苍的，就像黎明前的景色，人的眉眼可以依稀地辨认出来。

全路的人群立时四处散开，转眼间沧石路上见不到一个人影。据点里的探照灯收敛起光芒，黑暗重新来临。赵区长压低喉音呼唤他的人，一会便又重新集合。就在这时，远处枪声响了，开头很稀落，后来渐渐地繁密，终于掷弹筒的巨响爆炸起来，沉重地震动着田野。群众知道自家的队伍近在周围，再抓到本身携带的"独一撅"，信心很坚定，情绪像潮水似的向上高涨。一些气粗的汉子摇着拳头，跳着脚，气呼呼地叫道："咱们游击小组还不开上去，杀他一场！"

然而，枪声又从许多方面震荡开来，这里，那里，交织成一片。从前一段的群众当中，一句话迅速地传递给赵区长："赶紧撤退！敌人到处出动，一定有汉奸报告消息了。"

于是，泛滥在沧石路上的人流立刻分成许多支流，各自朝来时的道路奔去，抛在人流背后的是繁密的枪声。渐渐地，枪声从繁密转到稀落，终于完全停息。八路军也撤走了。时候才三更多天，霜在细细地落。

下

觉着刚打个盹，赵区长便被狗叫扰醒，心里不耐烦地骂："真讨厌，怎么还不打死这些癞狗！"他曾经劝导农民把狗完全杀死，像根据地那里，夜晚行军，没有一声狗咬暴露队伍的行动。起头，农民不大肯听，后来有些人便先后把自家的狗在树上吊死。老太婆心眼窄，还替狗捏些饺子，眼看着它吃，一边哭，一边数落："吃吧，吃了好死！这不怪我心狠，都是鬼子逼得你没有活路！"

但是打狗运动并未能圆满地展开，敌人对百姓的虐杀使狗得救了。狗仍然搅闹着游击区的环境，白天黑夜乱叫，叫得赵区长心烦。他爬下炕，趿着鞋出去解手，看看天色将近拂晓，回来推醒谢三财说："起来，敌情太紧，咱们转移吧。"

他们经常在这个时间转移，转到另外村庄时天恰巧放亮，百姓起身了，可以立时寻到房子，免得深更半夜到达宿营地，敲打百姓的门，惹起惊慌。他们夜晚从来不脱衣服，睡觉前，东西又都收拾妥帖，所以起身不久，两个人便背上包袱，踏上夜路，手里的枪张着机头。

刚一出村，谢三财突然扯了扯赵区长的棉袍。

前边不远，一星火光正在跳动。谁在抽烟。他们弯下腰，急速转到另一个方向，想避开正路，插着田地走出去。但是走了不远，就听到模糊的话语。从音调上，他们辨出是日本话。他们紧张地对望一眼，两颗心几乎都提到口腔。

敌人把村子团团围住了。

拂晓，这可怕的消息传遍全村。每家都紧紧地关上门，全家人口聚到一起。天色转白，转亮。大群的日本骑兵从四面八方驰进村庄，望空放了一阵枪，然后跳下马背，把马拴到一边，用牛皮靴子到处乱踢人家的街门，恶声叫唤全村的人到村头旷场上去集合。村人无可奈何地去了，赵区长和谢三财也混在人群当中。骑兵乱哄哄地闯进每家搜索。他们搜到驴栏、厕所、草堆，又翻箱倒柜，把银钱首饰不客气地塞进衣袋，连女人的绣花红鞋也变成互相争夺的宝贝。

旷场上，翻译官"丧门神"带着死的阴影出现。他是这一带乡民最恨的人。驴脸，八字眉，棒锤鼻子，眼皮又厚又重，永远耷拉着。他很少笑，脸色阴沉得可怕。他的整个神态活像个吊死鬼，因此得到"丧门神"的绰号。

丧门神遵从一个络腮胡须日本军官的指挥，把村人分成男人、女人和小孩三队，绕着每队转了一圈，细心地观察每人的脸色，最后停在男人队前，冷冰冰地说："昨晚上你们可辛苦了！大冷天，跑出十来里地去破路，真真难得！可惜有人告了密。想知道是谁么？拴儿——一个叫拴儿的孩子。"

他的厚眼皮往上一翻，眼光迅速地扫过众人，冷冷地停逗在赵区长的脸上一刻。这张多纹的粗脸生起轻微的痉挛。丧门神继续说："拴儿报告了破路的诡计，还说区公所就在这村。今天咱们专来拜访区长。你们说出区长是谁，就可以回家。"

百姓都不作声，眼睛直盯着丧门神，面部凝滞着不可捉摸的表情：恐怖？愤怒？仇恨？

丧门神用手一指地，对一个十六七岁的青年说："过来！"

青年怯生生地走过去，垂着手，两腿微微地颤抖。

丧门神黑着驴脸问："谁是区长？"

没有答话。再问，还没有。丧门神的眼骤然一瞪，大声喝道："怎么，你不说！他妈的，给我脱下衣服来！听见么？脱——下——衣——服——来！"

青年倒退两步，慌乱地脱光膀子。早晨的寒气侮弄着他褐色的肌肉，大粒的鸡皮疙瘩一时涌出来。丧门神却又喝道："裤子也脱下来！"

青年不肯听从了。丧门神把嘴一噘，一个日本兵便抢上去强剥。青年抱紧裤腰，死命地抵抗，日本兵大笑着向下乱扯，结果把裤子撕下来，一个差不多完全赤裸的躯体暴露在风中，瑟瑟地发抖。羞耻，气愤，同时煎迫着那青年。他用两臂掩着脸，呜呜地哭泣。这引得日本兵和络腮胡须军官高兴地大笑，连丧门神的嘴边也弯起两道弧纹。另一个日本兵兴趣更浓，从井边提来一桶冷水，朝着青年兜头泼去。青年叫了一声，四肢痉挛地缩做一团，牙齿大声地互相击撞，叫着骂道：

“操你祖宗！我操你八辈祖宗……”

骂声未完，一把刺刀插入他的肚子。清冷的朝气里泛起一阵难闻的血腥味。青年的肌肉生起疼痛的颤栗，全场的空气也在颤栗。丧门神不经意地翻了翻白眼，厚眼皮子重新耷拉下去。他掏出洁白的汗巾擤了擤鼻涕，又对一个中年的农民冷冰冰地问：“你说谁是区长？”

那农民决绝地答道：“我不知道！”

丧门神揉起刺刀，刀尖抵住农民的咽喉，吼道：“快说，谁是区长？”

人丛中，一个激动的颤音叫：“放开他，坏种！我是区长！”

谢三财笔直地站到人群的前边。他咬紧牙，苍白的脸色具有不可侵犯的严肃，眼睛直望着东方天边，那儿，太阳一团火似的升上来，胭脂色的光彩射过平原，映红他的半边脸。

丧门神慢慢地踱到谢三财面前，端量他一番，缓缓地点着头说：“你倒是条汉子！好汉做事好汉当，这才算得起英雄——这里还有什么人呢？”

“什么人也没有。”

丧门神不信任地瘪起嘴来，阴沉的鬼脸再转向大家，装出和缓的声调说：“区长自首啦，再有什么人也自己出来吧，别让咱们费事。咱们待人向来客气，决不难为你们。”

这次，如果他的眼光从人缝中捉到赵区长，定会看出可疑的破绽。赵区长这个爽快的大汉，此刻低着头，竟像酒醉似的无力。当他听见谢三财勇敢地自认是区长时，他几乎要抢到前边，大声喊道：“他不是区长，我是区长！别人不怕死，我就怕死么？”但是，一只无形的手却把他拉住。这只有力的手便属于谢三财。今天拂晓，在他们发现敌情后，谢三财一边急迫地埋枪和文件，一边咳呛着说:“想不到,想不到,可别叫敌人把咱一网打尽!”

赵区长粗声问道:“你怕死么?”

谢三财沉痛地一笑:“怕死有什么用?早死晚死不是一样!我担心的是你。这区里工作不大好坚持,没有你,一定麻烦。我知道你顶不怕死,不过顶好不死。少死一个人,就多一份抗日力量。”

而现在,他为了保存革命的力量,更为了解救人民的性命,竟把自己献做牺牲。赵区长受到感动,鼻子酸溜溜的,急忙用手揉了揉。

络腮胡须军官走近丧门神,两个人咕哝一会,丧门神点点头,扬声对百姓说:“好啦,土匪捉到了,没有你们的事,都回家吃早饭吧——慢点!自家要认自家人一道走,不要乱了。”

于是,妈妈寻找儿子,丈夫招呼女人,一家一家人陆陆续续地走了。丧门神打开一具银质刻花的烟盒,拿起一支香烟,在盒盖上蹾了蹾纸烟的一头,送进嘴里,从容地用自来火点燃,尖锐的眼睛却一直从厚眼皮下望着村人,好像是一只捕食的野狼。他深信在百姓各自认走自家人后,旷场上定会留下几个无人认领的野汉子——八路军的工作人员。

赵区长停留在旷场上,四处转动着眼睛,不时搔搔头。他想趁着人乱时溜走,可是总找不到机会。

人渐渐地稀少,只剩十来个,八九个,四五个,末了,男人队里竟孤零零地剩下赵区长了。丧门神把烟尾朝地下一摔,快步跨上前去。就在这同一刻,一个女人扭着腰走到赵区长前,把怀里的小孩递过去,双手挽着松散的发髻说:“走吧,孩子他爹,咱们也回家吧。”

赵区长饥渴似的抱过小孩,猛烈地亲了几嘴,热切地说:“好孩子,你真是妈妈的好孩子!”然后跟随那女人一直走去。将要人村，他掉转头望见几个日本兵把谢三财五花大绑地捆起，赶着他走上不可知的道路。

从北边，从荒漠的古长城外，亚细亚的风暴又吹来了。黄色的尘头沿着原野滚来，带着呼呼的吼声，像是驰突的兽群。尘头越近越响，树木摇晃了，房屋震颤了，天色暗淡了，风暴的领域是更开拓、更辽阔，直扫过遍体创伤的沧石路，吹到遥远遥远的南边。整个大平原翻滚起来了。

临近据点，在一片风暴吹袭的梨树林里，一具尸体僵直地暴露着。从那件麻绳捆扎的短棉袄，从那顶褐色的破毡帽头，人们可以容易地辨认出这是拴儿。昨天近午，当他走向这一带传递命令时，他遭到两个武装汉奸的盘问，搜查，杀害。他们从粪筐里劫去他的枪，更劫去那件重要的公事。告密的不是拴儿，正是那张薄薄的纸。

霜天

十月的天气，又是后半夜，冷得刺骨。冯卯子躺在炕上，冻得发抖，再加上心里有事，一直就没有阖眼。自从叫敌人抓住那一刻起，他无时无刻不想逃跑。他并不怕死，只是万一他死了，更多的同志便会受到敌人的算计，哪能不焦心？

夜静当中，他听见监房门外的哨兵不停地走动，还常跺跺脚，大约冻得脚冷。他仗着人熟地熟，又能随机应变，两年以来，常常在据点里穿来穿去，探听消息，向来没闹什么差错。日子久了，难免有点轻敌。今天傍晚，他探听到敌人新从石家庄调来一部分兵力，还四处抓民伕，要牲口，准备来一次“扫荡”，于是急匆匆地走出城，连夜要赶回部队去送信。他走出二里地，风刮得紧起来，恰巧来到一座熟悉的村庄，便想到金大娘小铺里喝几两酒，暖暖气，然后赶路。

金大娘的小铺坐落在村边上，离村口约摸五六丈远。冯卯子来来往往，有时打她家经过，从话味里，听出她对敌人很气愤。金大娘住在敌占区，眼睛看的，耳朵听的，甚至于亲身受的，哪一样不是敌人的肮脏气，心里自然就生气。冯卯子摸着她的心情，一遭两遭，便和她拉上关系，把她家变成个可靠的隐蔽地方。金大娘每次见到他，就像见到亲人一样欢喜，总盼望八路军早一天赶走敌人，让她能过几天好日子。这时，屋里漆黑了，还没掌灯。金大娘盘着腿坐在灶前，正在烧饭，火光映红她那张像是发肿的大脸。五十多岁的人了，头发梳得又光又亮，浑身上下，还是修饰得头紧脚紧。

冯卯子一进门，就搓着手说："啊，好冷的天！怎么还不点灯？"

金大娘也没留心是谁，顺口答道："灯在小炕桌上，你点着吧。"

可是一抬头，她看见棉籽油灯前显出冯卯子的面影，高鼻梁骨，细眼睛，不觉一愣，紧接着悄声说道："哟，是你呀！你从哪来？要喝水，我拿氽子给你烫！"

冯卯子跳上炕，摘下帽子，摇摇那一头又长又厚的分发，笑着说道："不喝水——喝酒。给我烫四两。"

金大娘打满一小壶酒，又坐到灶下，把酒壶放到灶门里烫着，一边用火棍搅着火，一边悄悄说道："不是我赶你，喝完酒，就快走吧。城里那些治安军新近搬到城外一座新营盘里，从这就能望见，三日两头来闹。我这里更成他们的站脚地了，一来就胡说八道，满嘴下三烂。"

酒烫热了，她替他放到小炕桌上，又从一个玻璃罐里抓给他一把花生米，算是酒菜。煮熟饭，金大娘扫干净地，拍拍衣裳，又摸摸绾头的铜簪子，这才歪着身子坐到炕沿上，咕噜咕噜地抽了一阵水烟，然后喷出一口白烟，叹着气说："嗳，这年月，真够熬的！一天卖不几个钱，那些死治安军可常来白吃白喝，一点不称心，还变脸骂人。日子紧得没办法，前几天俺妞子到城里一家饭馆当女招待，好歹赚几个钱，凑付着过……"

说话的当儿，就听见外边有人推开大门，又插上闩。一会，一个十七八岁的姑娘跨进房子，拿手巾捂着脸，哭着跑进里间去。

她的身材瘦伶伶的,穿着一身水红色的旗袍,散出一股喷鼻子的酒气。

冯卯子认得这是妞子。她的生身父死了没几个月,金大娘没有吃的,逼得脱去浑身热孝,带着她嫁给这家小铺的掌柜的,过了十几年,掌柜的又死了,撇下她们娘俩,支撑着过。金大娘疼女儿,可是有时心不顺,又会拿女儿撒气。她把水烟袋朝炕桌上一蹾,扭着腰往里屋走去,一面高声问道:“你哭的什么?也不说清楚,一进门就哭,哭死我就遂心了!”

冯卯子在敌人眼睛底下串惯了,有人动动眉毛也要留心对方的动静。他不再喝酒,偏着头,只听见金大娘再三地问,妞子哭着数落道:“我再也不到饭馆去了!一遇见那些死鬼,不是捏,就是挖!今天后晌来了三个日本人,喝醉了,硬逼着人家脱光衣裳跳秧歌舞!我不脱,就拿酒往我身上泼,还把桌子掀倒,惹得掌柜的骂我不会招待!”

好半晌,只听见金大娘叹口气说:“你到底年轻,一点冤屈都受不了……像你妈妈这大年纪,受的气三天三夜也说不完。都怪咱们没好命,要是你爹爹活着,哪能叫你清清白白的黄花女,受这个搓弄!”

不知谁在大门外叫门,声音挺凶。金大娘丢下女儿跑出来,眼睛直盯着冯卯子,一听出这是个伪军的声音,大脸一下子变得煞白。

冯卯子咬着下唇,眼睛一时变得雪亮。他对金大娘摆摆手,把壶里的剩酒倒进酒盅,一仰脖子喝干,然后拔出枪,扳开机头,小声吩咐金大娘几句话,先溜到院子去。

大门外叫得更急。金大娘把小炕桌收拾干净,理理头发,让气喘得匀些,才一边往外走,一边高声笑道:“追命鬼,连我上茅厕也不叫安生!天这么晚,你们打哪来的?”

她嚷着院子黑，看不见路，来到门边，又假装找不到闩，摸索好久才打开门。几个治安军一窝蜂似的拥进来，叫着要吃烧饼。金大娘嘴里可有说有笑，尽是好话。她让他们到屋里暖暖手脚，却不再关上大门，心想冯卯子一定觑空溜到街上跑了。

但是，过了一会，街上忽然响了一枪，吵闹起来。原来冯卯子刚一出门，不巧和另外几个伪军碰个对头，仓促打了一枪，撂倒个伪军，自己也叫人抓住了。他被囚的地方便是敌人的那座新营盘，离金大娘的庄子不过一里多路。他懊悔自己太大意，心里更焦急，生怕敌人明天就"扫荡"，自己的部队没有准备，会吃个大亏。他一定要想法当夜逃走。

不知什么地方驴叫：快半夜了。冯卯子反绑着的两手，先得挣开。可是敌人故意敞着监房的门，又在锅台上点着支蜡烛，只要一不小心，门外的哨兵就会发觉。绳子绑得并不牢。他慢慢地挣，不上半顿饭工夫，就挣开了。

哨兵仍然不停地走来走去，大约很困，时常懒声懒气地打着呵欠。冯卯子稍微抬起头，刚想望望，哨兵的脚步突然冲着他的耳朵响过来，越过门口，就听见隔壁房间的门吱吱呀呀响了几下，那个哨兵沙声叫道："喂，伙计，该你换班了。"

另一个人半睡半醒，含糊地答应着。先前那个哨兵便催促道："快起来呀，我可要睡啦。"

第二个人就又唔唔地答应几声，可是并不听见他起来。冯卯子翻个身，肚皮朝下趴在炕上，伸手从锅台上拿起个碗，从锅里舀了半碗水，慢慢地喝，寻思外边要是有人，一定要跳进来骂他一顿。可是没有。他的心定了，把碗朝蜡烛上一扣，灭了火，轻手轻脚爬下炕，摸到门边，探出头去望了望，院里果然不见哨兵。

他知道营门口有个岗，不好通过，必得跳墙。可是墙有一丈多高，上边齐崭崭地插着碎玻璃，哪能爬上？他的眼尖，望见墙边有棵树，便蹑手蹑脚溜过去，用舌头舔了舔两只手掌，又对搓一阵，轻轻地往树上爬。他怕弄出声响，偏偏就爬得沙沙地响。快到树杈枒时，营门口的哨兵就发觉了，远远喝道："谁？"

冯卯子急了，三把两把爬上去，把树震得乱摇起来。哨兵连问两声，朝着黑影开了一枪，大步跑过来。冯卯子觉得左膀子一阵滚热，手一软，差一点摔下树来。他赶紧抓住树枝，咬紧牙，身子一纵，扑上墙头，转眼间跳到墙外去。

他的双手叫碎玻璃刺得稀烂，火辣辣的，可并不觉得痛。他要逃命，更要保全许多同志的性命，也不顺着正道，只管穿过田野，朝着自己部队的方向乱跑。在他背后，一些治安军亮着电筒，分几路追赶上来，一边闹嚷嚷地大吵大叫。地面一脚高一脚低，夜又黑，冯卯子跌跌撞撞地跑了一段路，腿发软了。他的左膀伤了动脉，血像泉水似的往外涌，流完了他的气力。他的身子软绵绵的，好像没了骨头，简直抬不起脚步。背后吵叫的人越来越近，一道电光冲着他照过来。他要找地方躲躲，抬头望见眼前就是座黑魆魆的村庄，十分熟悉，急切间顾不得许多，便鼓足仅剩的一点气力，奔到村边一家熟悉的房子前，死命地爬上墙，头可一阵昏晕，扑咚地摔下去了。

昏昏沉沉中，他觉得有人拖他、抬他，又脱他的棉袄。他使尽全身气力，想要抵挡，却只能睁开两只失神的细眼。金大娘和她的女儿出现在他的眼前。

妞子站在炕前，拿着灯，一张瓜子脸又苍白，又严肃，像是挂着一层霜。她的短发很乱，粉红色的旗袍只扣上夹肘窝下的钮扣，看神气是刚从睡梦里爬起来。金大娘前身系了条沾满白面的围裙，跪在冯卯子旁边，正拿刀创药替他擦伤口。看见他睁开眼，金大娘松口气道："阿弥陀佛，你可醒了！我只道你还不过来啦。"

她一面替他绑伤，一面不住嘴地唠叨说："老天爷，你这是怎么

啦？我正在家里带夜子打烧饼，听见院里扑咚一声，还当哪个没长眼的小贼来偷我，想用擀面棍打他出去，不想倒是你昏在地上……”

好几个伪军在村口乱叫，声音一会近，一会远。全村的狗都咬起来，不知哪棵树上的老鸦受了惊，呱呱地叫着飞过金大娘的屋顶。金大娘吃惊地眨着眼，像是流星，一时说不出话。

冯卯子抬起头，吃力地说：“不行，我还得跑！他们会来搜我的……”

金大娘连忙按住他的胸脯，打定主意说：“你往哪跑？外面大呼小叫的，正在找人，你出去送死不成！来搜再讲，我不能眼睁睁见死不救。像你这样年纪，出生入死，还不是为的咱们？我活了半辈子，还怕什么死？有我就有你，放心好了。”

冯卯子推开她的手，焦急地说：“你不知道！你死我死都是小事，我有要紧的情报要报告上级。”

金大娘见他这样倔强，便沉着脸，心里又生气，又感动。妞子一直不声不响地站在旁边，这时放下油灯，轻声问道：“你们上级离这多远？”

冯卯子已经支撑着坐起身，穿着衣服，含混地答：“不远——最多不过四十里地。”

金大娘忍不住埋怨道：“四十里地还说不远，我看你怎么跑得到？就是天大的事，派个人去不是一样。”

冯卯子勉强笑着摇摇头。他的伤口痛得彻骨，两手刺进许多碎玻璃，这时也痛得烧心。他忍着痛站到地上，才走了几步，不禁脱口叫了一声，沉重地跌倒，再也不能动弹了……

几个治安军的吵嚷声又隐隐地可以听见，惹得狗咬得更急。刚才在路上，他们亮着电筒，隐隐约约地望见个人影在跑，便加快脚步追上来，进村后却不见了。他们追出村，跑了一段路，不见影子，料定躲在村里，便转回头，分散开搜索。

一个伪军转弯抹角，搜索好半天，来到金大娘的房前，隔着矮墙了见房里还点着灯，纸窗上晃着个又大又黑的人影，心里犯起疑惑来。他翻过矮墙，轻手轻脚走到窗下，闭上一只眼，从窗孔一望，不觉高兴地叫："老物件，你做什么？"一面踢开门，像阵风似的闯进去。

屋里就金大娘一个人。她正拿着铁夹子，坐在烤炉前烤烧饼，听见人声，吓得掉转身，用手掩着心窝，一会才指着那个熟悉的伪军笑骂道："死鬼，你怎么不学学好，半夜三更来捉弄人！看你冻得那个鬼样子，快过来烤烤火吧。这有新出炉的烧饼，又热又香，要吃就拿着吃，不用不好意思。"

伪军是个矮汉子，嗓门可高，进来正想吃东西，抓起烧饼就吞。金大娘从眼梢瞟着里间屋子，站起身，拍拍自己坐的凳子，又笑道："坐着吃吧，这里坐着暖和——看你的鼻子尖，都冻红啦。大冷天，不在家里睡觉，跑出来干什么？"

伪军坐下抱怨道："没有差事，谁愿意出来受冻！村里刚跑进个土匪，你看没看见？"

金大娘按着鬓角，尖着嗓子说："暧哟哟，瞧你问得多怪！我坐在家里，听见外边狗又咬，人又叫，吓得房门都不敢出，怎么会看见？别看傍黑在我家里抓了个土匪，就当我这是贼窝！我早对那些老总说了，一个开小铺的，家里人来人往，哪能保险没坏人来买东西。"

伪军摇着手，咽下一口烧饼笑道："得啦，得啦，别啰嗦了！谁不知道你是好人……不过说不定土匪会溜进来，躲在什么地方，连你都不知道，我就是为的这个才进来看看。"

他把剩下的一口烧饼填进嘴里，站起身，屋里屋外搜了一遍，末后一直往里屋闯去。金大娘一把拉住他笑道："你往哪瞎撞啊？”

伪军瞪着眼问：“你怎么虚怯怯的，难道家里真窝藏着土匪？”

金大娘的脸色一变，急忙陪着笑说：“我的老天爷，可别这么说，你还叫我活不叫我活啦！是妞子睡在里边……她不大精神，翻腾半夜，这会子刚安生……我求你修修好，别进去瞧啦。”

伪军越发疑心，愣着眼说：“我偏要瞧！”

金大娘的脸一冷，应声说道：“好，你瞧！你瞧！”一面掌着灯，一下子撩起门帘。

除了妞子，里屋再没有第二个人。妞子脸朝着墙壁睡在炕上，头上包着一条羊肚子手巾，前额的乱发遮住眉眼，齐肩搭着一床旧棉被，被头露出那身粉红色棉旗袍的高领。地上空落落地放着几口缸，盖着箅子。伪军挨着个揭开看了看，又满屋扫了几眼，搭讪着说：“这事你别不高兴，可不能怪我。俗语说：吃谁的饭，做谁的事——人家叫搜，我哪敢不搜？”

金大娘听了，小声笑道：“我的老天爷，这是公事，谁敢见怪！走吧，咱们到外屋说话去，别吵醒她，又要哼哼好半天……”就指指妞子，又拉拉伪军的袖口。

伪军走到外间，又往腰里揣了几个烧饼，也不给钱，往外就走。金大娘点亮一根麻秸，把伪军送到大门口，关上门，听听脚步声远了，才呸了一口，忙叨叨地转回屋子，拿脚踏灭麻秸，擎着灯走进里屋。她盘着腿坐上炕，松了口气，用手捏着脚尖，悄悄对着炕头说：

“可急坏我啦！我胸口的一块大石头这才落下去了！你这会觉得怎样？我真担心那个王八羔子会来动你。”

妞子吃力地翻过身来，慢慢地掠开脸上披散着的乱发，露出一个高鼻子，两只细眼——这不真是妞子，却是冯卯子。

他望着金大娘微微一笑，哑着喉咙说：“我这条命……都是你给的！”

金大娘把脸一掉，又转过来说：“这算什么！救人就是救自己，还分什么你呀我呀的！只不知道妞子这时候怎么样啦？”

这时候，在一条往八路军防地去的夜路上，妞子披着妈妈的羊皮袄，冒着风霜，正在孤零零地赶路。她带着冯卯子的紧急情报，溜出村庄，连夜代替他去送信。夜色像是一片汪洋大海，黑漆漆的没有边岸，但她毫不畏怯，坚定地迈着脚步。霜落得更重了，天空好像罩着一层纱，每颗星星又冷又亮，就像是霜花结成的……

渔笛

起　　调

我有一种癖好，见了新奇花草，喜欢掐一枝半朵，夹在书页里，觉得这样可以在自己身边多留住一分春光，两分秋色。来到渤海湾不久，就发觉满野深绿浅翠的树木丛里，远远摇摆着一棵树，满树开着粉红色的花。说是马缨吧，马缨花早已谢了；有点像海棠，更不是开海棠的时候。究竟是什么花儿，得到跟前去看看。

隔一天黄昏，我扑着那棵红树走去，走近一个疏疏落落的渔村。村边上有一户人家，蛮整洁的砖房，围着道石头短墙，板门虚掩着，门外晾着几张蟹网。那棵红树遮遮掩掩地从小院里探出身来。院里忽然飘出一阵笛子的声音，我不觉站着脚。乍起先，笛子的音调飞扬而清亮，使你眼前幻出一片镜儿海，许多渔船满载着活鲜鲜的鱼儿，扬起白帆，像一群一群白蝴蝶似的飞回岸来。不知怎的，笛音一下子变了，变得哀怨而幽愤，呜呜咽咽的，想是吹笛子的人偶然间想起什么痛心的旧事，心血化成泪水，顺着笛子流出来，笛音里就溅着点点的泪花。这是个什么人，吹得这样一口好笛子？也许是个不知名的乡村老艺人，一生经历过无数忧患，在这秋天的黄昏里，正用笛子吹着他今天的欢乐，也吹出他早日不能忘记的苦痛。我极想见见这位乐师，便去叩那两扇板门。

笛音断了，门打开，站在我眼前的是个二十来岁的女子，手里拿着支古旧的横笛。

笛子吹出的故事

十四年前，这支横笛是一个叫宋福的渔民心爱的物件。别的渔民从大风大浪里一回到岸，不知明儿是死是活，常常是喝酒赌钱，醉心地贪恋着眼前的欢乐。宋福独独不然。宋福最迷的是丝竹弹唱，一支笛子吹得更出色。正月新春，元宵灯节，哪儿有热闹，你叫他走几十里路，赶去扮演上一出戏文，或是吹着笛子替人托腔，他从来没有不肯的。出海打鱼，笛子也不离身。风平浪静的日子，如果海上飘来一阵悠扬的笛音，人们准知道这是宋福扬帆回来了。宋福就是这样一个心境开朗的人。他生得方面大耳，心肠又热，伙伴们谁都喜爱他。

不幸的是正当宋福壮年时候，妻子死了，跟前只剩下个十多岁的小女儿。

女儿叫翠娥，生得很秀气，是个灵巧孩子，长年受到她爹爹的熏染，也爱摆弄笛子。耳韵极强，悟性又好，春天听见鸟啸，秋天促织唱，或是海潮的声音，翠娥都能吹进笛子里去。正是贪玩的年龄，生活却把孩子磨炼得很懂人事。妈妈一死，做饭，做针线，样样都得翠娥动手。幸亏邻舍家有个夏大嫂，常来帮着她缝缝洗洗，料理家务。这个中年寡妇来得脚步儿勤，宋福一有空也去帮着她推磨压碾子，做些力气活，这就不免要惹起一些风言风语。

有一回翠娥到井边去打水，一个妇女笑着说："小娥呀，你爹是不是要给你寻个后娘呀？"

另一个妇女接口说："你瞧着吧，不烧火的冰炕后娘的心，都是冷的。后老婆一进门，翠娥就该遭罪啦。"

第三个妇女就说："依我看，夏家的倒不是那种歪辣货，只怕船主刘敬斋不甘心。你没见，那老色鬼就是那偷腥的猫儿，整天跟在夏家的后头，恨不能扑上去，一下子把人吞到肚子里去。宋福跟夏家的相好，那老东西就掉到醋坛子里，酸溜溜的不是滋味。"

翠娥听在心里，又是高兴，又是担忧。夏家大婶心肠好，人又精明利落，她早盼望着能跟她常住在一起，省得她爹五更半夜出海去，丢下她孤孤零零一个人，听见耗子啃锅盖，也害怕。只是又管刘敬斋什么事？这个船主养着十几条渔船，她爹跟别人合伙租的就是他的船。要是船主一翻脸，可怎么好？

吃午饭的时候，宋福捡了一盘子新蒸的红薯，对翠娥说："给你夏大婶送去吧。昨儿吃了人家煮的花生，也该送人家点东西。"

翠娥端着那盘子红薯刚走到夏大嫂门口，听见院里正吵嘴。从门缝一望，只见夏大嫂站在房檐下，满脸怒气，指着刘敬斋高声说："你给我滚出去！我一不租你的船，二不欠你的债，你凭什么欺负人？"

刘敬斋的几根老鼠胡子都翘起来，恶狠狠地骂："臭娘们，你装什么假正经？让你再泼，刀把握在我手里，也跳不出我的手心。姓宋的那穷鬼敢沾你一沾，我不给你们点颜色看才怪。"

翠娥吓得连忙跑回家去。宋福问是怎么回事，翠娥红着脸讲不出口，吞吞吐吐半天，才把自己听见的都告诉了她爹爹。

宋福听了冷笑一声，沉默了一会说："小孩儿家，少听这类闲话。"也不再说别的，接过那盘子红薯，亲自给夏大嫂送去。

村里传开了流言蜚语，说什么夏家的寡妇不正派，伤风败俗，有人亲眼看见宋福半夜从她家里跳墙出来。夏大嫂性子刚强，气得哭。宋福一想：你姓刘的无非利用我和夏大嫂常来常往，就背后造谣，索性挑明我们两人的感情，看你还有什么花招。于是请人作媒，要娶夏大嫂。

事情并不像宋福想的那样轻而易举。夏大嫂的婆家人不知叫谁挑唆的，非先要四十块现洋的彩礼，不准媳妇改嫁。一个卖力气挣饭吃的渔民，一时哪里掏得出？刘敬斋又三番两次到宋福家来，说是明年开春要把租给宋福的渔船收回去，自己用，不过看在乡里乡亲的面上，事情还可以商量。

宋福气呼呼地对渔船上的伙伴儿说："要收船随他收去，这口怨气我吞不下去。我宋福生平走得直，坐得正，大天白日见得人，怕他什么？"便趁着落雪以前，不管好天坏天，差不多天天出海捕鱼，指望多分几个钱，再借点债，早早成全他和夏大嫂的心愿。

深秋晚景，海上风浪特别大。这一天后半夜，翠娥起来，扒着窗户眼一望，一颗星星都不见，恐怕要变天，怯生生地问道："爹，你还出海不？"

宋福走到门外望望天，迟疑一下，还是穿上老棉袄，带着应用的东西走了。翠娥关上门，吹灭小煤油灯，又躺下，可睡不着。一颗心悬空挂着，摇摇晃晃不能安定。这一阵子，爹的性情好像有点改变，常常一个人坐着发愣，笛子挂在墙上，蒙着层灰尘，也不爱吹了。翠娥是大海喂养起来的孩子，爱海，也懂得大海的脾气最暴躁，翻脸无情，什么悲惨的事都做得出来。这样天气爹还出海，谁料得到会发生什么事呢？

翠娥最忧虑的事情终于来了。天亮不久，刮起狂风来，平地卷起滚滚的黄沙，一直卷到半天空去。大海变了脸，黑沉沉的，波浪像无数山峰似的忽而立起来，忽而又倒下去。全村凡是能动的人都跑到海边上，有的站到山头上，望着大海哭啊，叫啊，烧纸啊，磕头啊……海上出现一只渔船的影子，四面八方都叫起来：叫儿的，叫丈夫的，叫爹的……一片凄凄惨惨的声音——但愿是自己的亲人回来吧！翠娥跪在海滩上，也哭着叫，叫的嗓音都哑了。

那条船到底从狂风大浪里逃出来，停到岸上。原来是宋福的渔船。翠娥乐的满脸是泪，喊着爹爹冲上去，又看见了那几个跟爹合伙的叔叔大爷，可是她爹在哪儿呢？

一个渔民拧着湿淋淋的衣裳冲着翠娥就问："你爹是怎么回事？害得我们白等了他大半夜，也不上船。算他走运，少受这一场惊。"

翠娥睁大眼说："我爹四更天就离开家，怎么会没上船来？"

那渔民瓮声瓮气说："就是没来嘛。你回家找找吧，说不定在哪儿睡香觉呢。"

翠娥一口气奔回家，又奔到夏大嫂家去，到处不见爹的影儿。有人揣测：也许他进城借债去了。翠娥放下点心来，只得等着。赶过晌，一位大爷走来说："你爹找到啦。"

翠娥喜的问："在哪儿？"

那位大爷低着眼说："跟我来吧。"就把翠娥领到海滩上。

沙滩上躺着宋福的尸体，两手反绑着，嘴里塞满乱棉花，脖子上结着根绳子，脖颈子叫绳子磨得稀烂。显然，他是叫人在脖子上坠了个什么东西，丢到海里淹死的。这一阵大风大浪把那东西冲掉了，尸体便潮上岸来。

翠娥一见，昏过去了……

尾　音

不用说，我遇见的那个吹横笛的女子正是翠娥。事情已经过去十四年，她心上受的伤也已结疤。可是，每当秋风海浪，一吹笛子，又会触痛她旧日的伤口，不知不觉便吹出呜呜咽咽的音调。

这件凶案的内情究竟怎样？翠娥告诉我说，当时大家就看得清清楚楚。不久，刘敬斋家里果然有人泄露出一个秘密：他后院原本有一盘磨，有一晚间，上半扇磨不知怎的忽然不见了。又不久，夏大嫂的婆家人逼着她改嫁给刘敬斋当小老婆，逼得她无路可走，投井死了。

翠娥的故事很悲惨，却也平常。旧时候，这类惨事还不是到处发生？她爹的案情明明像雪一样白，却又跟无数旧日的冤仇一样，凭你喊冤告状，也得不到昭雪。直到一九四八年冬天，翠娥一睁眼，在她生命的海平线上忽然泛起红光，一轮红日腾空跳出生活的海洋，于是上天下地闪射着一片光明。这是翠娥生命史上的一次日出，也是中国人民历史上的一次光辉灿烂的日出。坏人都得到应有的惩罚，好人也踏上幸福的道路。翠娥的生活怎样？有些话我不便多问，但从她屋里那种布置看来，她不再是孤孤零零一个人，而是生活在有别于父亲的男性抚爱中。

至于我探索的那棵红树，是木槿。花色有粉的、红的、紫的、白的，初秋就开，一朵连着一朵，好像永久也开不尽。朝鲜的无穷花，正是它。

一九六一年

大旗

这是一九三八年冀东人民抗日斗争的一个侧影。斗争从七月八号起，到十月间才稍稍平息。全冀东二十二县，除了昌平、临榆，没有一处不曾卷起暴动。参加的人数约计十几万。当时的领袖是李运昌，后来他在抗日期间一直是坚持冀东游击战的司令员。

一九三八年四月，清明节前后。

北宁路上，一列客车从天津开来，离滦县不远时，停在一个小站里上水。站台十分冷清，只见一个商人模样的旅客，从三等车走下来，右肩扛着个被卷，左手提着个蓝布包袱，蹒蹒跚跚地朝站外走去。他是个矮胖子，黝黑的圆脸泛着油光，两只小眼闪射着针尖似的光芒。

路警拦住他问："包里什么东西？打开来看看！"

旅客赶紧放下行李，撩起青线呢长袍，蹲下身，急忙地解开包袱，满脸陪着笑说：

"看吧，看吧，不过是些不值钱的湖笔，刚从天津贩来，打算到这一带小学堂做做生意。"

路警弯下腰，伸手把一封一封的笔翻了翻，又吩咐旅客打开行李卷，草草地看过一遍，这才把手一挥，昂着头走去。笔贩子耐着心性，重新把行李收拾停当，斜瞟了路警一眼，迎着一阵风沙走出车站。

风从东南吹来，漫野浮荡着青草的气味，还夹杂着肥料的气息。几天前落过一场好雨，泥土又松又软，正是耩谷子的时候。粪早送过了，一簇一簇地堆在田里，可是奇怪，到处竟不见一个犁地的农民。庄稼人向来最怕误了节气，如今放着地不种，却集合一起，拖成长长的一条线，离车站约摸半里路，忙忙碌碌地闹什么呢？笔贩子一边寻思，一边顺着道路朝前走去，近了，才看清楚大群的农民正在修筑一条公路。他们的气色都很阴沉，不大作声，只是机械地忙着铲土，把路基垫高。公路贯穿过肥沃的田野，占去大片的麦地。麦苗已经长到七八寸高，颜色变成碧绿，每一铁锨铲下去，便被翻掘起来，连泥带土抛上路基。

笔贩子走拢近一堆人，觉得累了，把行李搁到地头上，坐到被卷上去，想要歇歇脚。离他不远，一个庄稼人坐着抽烟，臀底下垫着自己的鞋，身旁插着一张锨。这个人，看上去将近四十来岁，前额横刻着几道很深的皱纹，眼眉和胡须又粗又黑，像是刷子，鼻孔的黑毛特别长，笔尖似的伸到外边。他用两手抱着膝盖，嘴里含着烟袋，眼睛直瞪瞪地望着地面，神色十分呆滞，仿佛和谁怄气。

一个塌鼻头的汉子掘着掘着土就停下手，对他劝道："快来做活吧，殷老大，别尽自发呆，叫监工的看见，又是一顿打骂！"

殷老大叹了口怨气，却不动弹，也不说话。笔贩子从旁边瞅得明白，便从腰里掏出一支香烟，凑到殷老大身前，躬着腰说："借光，老乡，让我点个火。"

那笔贩子把纸烟对到庄稼人的烟袋锅上，吸着了，撩起大襟蹲在旁边，拉起话来：

"今年的年景不坏吧？旧年冬天缺雪，这一春雨水不断，麦子长得还蛮旺盛。不过这是谁家的地，糟蹋这样子，叫人看见都心痛！”

殷老大的声音带点抖颤，不觉接嘴叹道：

“眼前这三亩地都是我的，祖上辛辛苦苦，留下几亩命根子，日本人说声修路，就不管三七二十一，硬给占去，口头虽说给地价，还不是骗人的话！麦子算完蛋了。再有几亩谷子，到如今还没耩下种籽，你看这日子怎么过？”

笔贩子很快地睐了几睐眼说：“嗳呀，谷雨都快过了，再不耩地，不就晚啦？”

殷老大耸起两道眉毛，恨恨地答道：“谁说不是晚啦！眼前这些人，哪个心里不急得像一团火？日本人可不管那一套，只顾修路，凡是村里能动的人都赶出来，从早到黑，累得要死，一个大钱也不给……”

他蓦然停住嘴，不安地干咳几声，敲净烟锅的灰，把烟袋插到脖子后，又忙着从臀下抽出鞋来，往脚上穿。笔贩子一抬眼，望见远处走来一个监工的日本人，脚上穿着马靴，两手反背在身后，横拿着一根木棍。一个庄稼人做得稍微慢点，监工的便跨上前去，大声地吆喝，又举起短棍，做出要打的手势。殷老大穿上鞋，急忙站起身，拿着铁锨走入修路的人群中，动手挖起泥来。沿着这条未完成的公路，随着无数锨铲的挥动，多少庄稼破坏成烂泥，多少田地改变了原来的形态——这是一片被蹂躏的土地。

生活在这片土地上的殷老大，一颗心也被蹂躏得遍是创伤，差不多碎了。从他记事那一天起，向来就没度过好日子。他是个很守本分的庄稼人，父亲死得早，母亲把他拉扯大，十四岁那年就给他讨了个将近二十岁的女人，指望家里添人口，添份力气，可以支撑庄稼营生。女人结实得像头驴子，过不几年，替他生了个孩子，名字叫犁头。这时殷老大长成个强壮的小伙子，一年到头，埋着头做活，只想守家在业，把庄稼日子扶植起来。可是直奉战争爆发了。他的家离铁路三二里路，兵荒马乱的，卷进漩涡当中。他领着母亲和家小，跟随村里人逃荒，不幸半路上遇到大队的败兵，一家冲散了。他背着犁头，好不容易才寻到母亲，女人却失落得不见踪影。有人说看见她叫败兵掳去，又有人说看见她披散着头发，朝一个方向跑去。总之，以后根本听不到她的消息，多半死了。殷老大变得十分阴沉，整天紧闭着嘴，有时喝点酒，醉了，便指着天骂道：

“老天爷不睁眼，怎么专和穷人做死对头！”

他的心情像是连阴的天气，多年以来，总不见开朗的日子。犁头渐渐地长大，殷老大把希望全寄托在儿子身上，盼望赚几个钱，给儿子娶房媳妇，可以传宗接代，将来自己死了，也可以有儿孙替他祭扫坟墓。他母亲有时劝他再讨个女人，他却一口回绝道：

“讨个老婆就得花几百，咱们哪来的钱？再说，犁头这么大了，我不愿意给他弄个后娘，叫他埋怨我一辈子。”

殷老大的愿望却不容易实现。一天，村里传说日本人占领东三省了。殷老大以为东三省在山海关外，距离他家很远，不碍他的事，所以漠不关心。又一天，传说长城边爆发战事了，他才有些慌张，心里记起旧日的创伤，生怕战事再蔓延到滦县。

战事不久便停止，他似乎用不着慌张了。可是，一件梦想不到的事突然发生了。村长走来对他说道：

“老大，世界变了，你知道么？听说中国和日本定了什么协定，把咱们冀东划成停战区，不准驻兵；又有个叫殷汝耕的人出面成立自治政府，愣逼着每村出枪练自卫军，办联庄会，还得先派两个人到城里保安队受训，以后好回来教本村人。犁头年轻力壮，正好算一个，村里打算派他到城里去受训。”

殷老大的前额仿佛挨了一棒，脑壳似乎炸裂，失去思想的能

力。他只有犁头一个儿子，夺去犁头，就等于夺去他的命根子。他百般地哀求，但是没用。村长在村里便是小皇帝，谁敢违拗他的话？殷老大的生活陷入更深的泥坑，他眼前的世界也的确变了。捐税越发加重，压得他直不起腰，骨髓差不多都被压榨出来。日本浪人如同些蠹虫，带着白面和鸦片，到村里开设起“洋行”，把朴素的农村弄糜烂了。这以后，情势转变得更快：冀察政委会仿佛昨天才成立，永定河上又起了战事，冀东便像一张荷叶饼，囫囫囵囵地吞进日本刽子手的嘴里。殷老大感到绝望，寻思再没有翻身的日子，只好等死。

犁头的行事更加使他忧愁。最初，殷老大以为儿子当了保安队，早晚必定叫枪子打死，不会活着回家。但经过一个时期的训练，犁头居然回来了，不过不再是原来的犁头，却沾染着一身坏习气。他的头上留起头发，学会抽纸烟，还时常斜着斗眼，含着香烟，对女人调调情。犁头本来就愣头愣脑的，带点傻气，如今简直变成流氓。这还不要紧，最叫殷老大痛心的是，儿子竟受了日本浪人的勾引，常往白面馆跑，没钱抽时，便从家里偷东西变卖。联庄会看犁头太不务正，把他开除，他却瞪着一对斗眼，脸红脖子粗地骂道：

“不用和老子为难，等我告诉日本人，叫你们知道个厉害！”

殷老大气得抓起一条长板凳，赶上去骂：

“小兔崽子，老殷家缺了几辈子德，养出你这个东西！你张口日本人，闭口日本人，都是日本人把你毒害坏了，到死也不知道反悔，等我打死你再讲！”

犁头却扮了个鬼脸，撒开腿朝白面馆跑去。

就在殷老大遇见笔贩子那天，雀迷眼的时候，修路的农民才散工。殷老大怀着一颗沉重的心，走向家去，天色已经苍黑。犁头的奶奶张着两手，嘴里喊着啾——哑，啾——哑，正在院里赶一群鸡进窠。一只小公鸡很调皮，怎么也不肯听话，几次来到窠口，侧着小头望望老奶奶，拍拍翅膀又跑到一边去，累得老奶奶转来转去地赶，嘴里嘟嘟囔囔抱怨道：

“小死物件，我看你往哪跑？我看你往哪跑……唉，唉，我六十多岁的人啦，看也看不见，听也听不见，老天爷不睁眼，叫我怎么过！”

她的声音像哭，又像叹息。每逢她遇到一点不如意事，便会伤起心来，自言自语地抱怨天，抱怨人，抱怨自己的命苦。殷老大把锨倚到墙上，沉着脸走到灶边，揭开锅盖，锅里冒起一阵热腾腾的蒸气。他盛了一大碗熬得稀烂的白薯稀饭，坐到门槛上，左手托着碗，右手便用筷子往嘴里唿噜唿噜地扒饭，眼睛望着碗，一声也不响。

犁头的奶奶关好鸡窠，重新结了结包头的手巾，又摇摆着两手走到牲口栏旁，解开缰绳，牵出那头白眼圈白鼻子的小黑驴。小毛驴蹙起鼻头，在地上闻了一阵，然后跪下前腿，后身随着也卧下，快活地打起滚来。什么地方有驴叫，小黑驴陡然爬起身子，舒长脖子，声音一伸一缩地也大叫起来。老太婆使劲地扯了几下缰绳抱怨道：

“叫什么？说你也不肯听，说你也不肯听！唉，唉，谁都惹我生气！几时我两眼一闭，心里才干净。”

月色很好，阴历大约是十二三。全村笼着一层苍苍茫茫的烟雾，春天的黄昏显得又深沉、又寂静。殷老大触动心事，抬起脸问：

“犁头呢？”

奶奶用叹息的声音说：

“先你一脚就回来啦，又躺在炕头上怄气……唉，这些孽种！”

殷老大把头转向屋子，高声说道：

“起来，吃完饭跟我到地里去！大月亮地，正好耩谷子。”又对自己说：“白天得修路，地又不能荒了，眼睁睁等着饿死！只好卖命，带着月亮做吧，活一天是一天！”

里屋炕头上冒出几句恼人的话：

“我病啦，不能动。”

殷老大的脸色立刻变得通红，伸长脖子骂道：

“你装的什么病！成天价不干人事，临到做活就装病，装死也不行！”

只有奶奶心里明白，犁头不是装病，确实是闹不自在。今天傍晚散工回家，犁头浑身打着冷颤，好像发疟子，一进门便问奶奶要钱，不给，立刻噘起嘴，乱摔东西，还四处乱翻，想寻点值钱的物件变卖。可是奶奶陪嫁时的一点铜首饰早被盗光，箱笼里只剩些破破烂烂的补丁衣裳，散发着霉气。奶奶用哭似的声音咒骂，犁头却横着眉毛，全不理睬。只在爹爹眼前，他才略略有些惧怕。奶奶从小抚养他，宠着他，如今长大，他把奶奶气得掉泪，恨他不叫雷打死。但在殷老大前，奶奶又常常替他遮掩，怕殷老大教训他。她常对邻家的婆婆奶奶们说，自己的孙子原来很憨厚，都怪日本人心毒，故意开些白面馆，花会局，年轻人不懂事，把持不定，怎么会不上钩，不被拖下陷阱呢？

老太婆牵着毛驴饮过水，重新把它拴在牲口栏里，嘴里念念叨叨地走进屋子，点亮一盏小煤油灯。她害着很重的沙眼，乍一见亮光，急忙把手搭上眼眉，又红又烂的眼睛眯成细缝，又自怨自艾起来：

“唉，唉，老不死的罪过，吃也吃不动，做也做不得，眼痛得也不行！”

犁头本来脸朝外躺着，一赌气转向里边，全身仍然不停地抖，还连连地打着喷嚏。老太婆不耐烦地悄声说：

“起来吧，不知哪世的冤家，你爸不是叫你？他这些天正没好气，看他揍你！”

犁头倒发起脾气，抖颤着嗓音喊：

“揍就揍，我偏不动！”

只听见殷老大把饭碗往锅台上使力一蹾，骂着从外间闯进来，粗黑的头发直竖竖地站着，像是猪鬃：

“小杂种，你害的什么病？明明是犯了白面瘾，还来骗我！要死给我滚出去，别死在家里，费我一张芦席！”

一边就握住犁头的脚脖子，像拉小鸡似的把儿子扯下炕来。犁头的脸色铁青，不自主地打着喷嚏，眼泪鼻涕全流出来，两手哆嗦着抱住头，朝外便跑，可是后脊梁上早挨了一拳。犁头的两条腿绞扭着，跌跌撞撞地奔到院外，嘶哑着声音恨恨地叫：

“等着吧，不用逼我，早晚有你们反悔的日子！”

殷老大把儿子追出大门，饭也不想再吃，气虎虎地坐到炕沿上，神色显得十分沮丧：寻思自己活了大半辈子，整天像是栏里那头黑驴，劳累得腰酸背痛，过的可总是苦日子，还得受官家的勒索、军队的糟蹋，如今更落到日本人手里，弄得家业破落，儿子又不成器……想到这，他的脖子似乎被人捏住，心头闷得要死，透不过半口气来。

但一转念，殷老大想到那几亩荒芜的谷子地，再听到犁头的奶奶在灶下哭似的抱怨老天，便蹙起眉头，无可奈何地喘了口粗气，带上种籽，牵出驴，把缰绳盘到驴脖子上，然后扛起犁，吆喝一声，赶着牲口往地里去了。

春天夜短，月光早移到向西一带人家的墙头上，冷清清的，像是落着满地的霜。庄户人家吃完夜饭，这该是睡觉的时候。如今可不同了。沿街可以看见许多农妇忙着推磨。筛箩的声音，吆喝驴子的声音，朦朦胧胧地好像睡梦里传来的动静。

快到五月端午，麦子长得齐到人的大腿深，从根到梢变成黄色，不久该收割了。一春雨水很厚，农民们只苦的是劳役太繁，不能及时上粪锄草；人手缺的就根本照顾不到庄稼，地里的青草一尺多高，庄稼反倒像害肺痨的孩子，又瘦又矮，长不起来。殷老大的麦子就更无望了。大路已经修好，拦腰斩断他的田地，所剩的边边角角，最多能打一升半斗粮食。幸喜谷子很肥，还有点指望。那些天，殷老大白天修路，早晚抽空到地里做活，几亩谷子才算没荒。他一家人的性命全寄托在这几亩地上，但愿鬼子别再霸占去，便不愁饿死。殷老大最有个硬劲，外表不声不响，似乎蛮容易欺负，心里可有主意，向来不肯叫饶。熟悉他的人说他是棉里针，其实，他这根针不刺人，只刺自己。不管生活怎样绝望，针尖大的事也能激起他模模糊糊的希望，从绝望中拖他出来。这些年，他不断地遇到挫折，不断地挣扎，心里常常叨念那两句俗语："熬得苦中苦，方为人上人！"

犁头却是个败家子，地里活不做，总避着不见爸爸的面，四处鬼混；奇怪的是他居然很有神通，手边尽管穷，随时可有白面抽。

端午的头一天，殷老大收拾一口袋年前自种的黄烟叶子，赶着毛驴到附近一个镇店去赶集。他刚在街旁摆出货色，一个警防队便来刁难他，骂他不该把驴子拴在集市中心。殷老大陪着苦笑，送给警防队七八片烟叶，才打发那家伙走开，免得搅扰生意。傍晌，他卖完烟，买了三个黄米粽子，预备点缀点缀明天的节气。天怪热的，尘土又大，赶到家时，他的小褂差不多叫汗湿透，浑身都是风尘的颜色。虽然赶着驴，殷老大却舍不得骑，怕压累了它；又怕费鞋，一路都用手提着鞋后跟，赤着脚走回来，这也给他一种舒服滋味。

殷老大把粽子挂到门栓上，脱光膀子，露出一身紫红色的肉，才又走出房来，看见小毛驴站在大毒日头底下，踮起一只后蹄，垂着头，眯着眼，静静地在打瞌睡。他走上去，随意吆喝一声，替它解开盘绳，卸下驮鞍。驴背上满是汗，毛都鬈了，殷老大就用两手很响地拍着驴背，防备它受风。这当儿，门外有人高声问：

“犁头在家么？”

随着走进一个又白又胖的汉子，光脑袋，高颧骨，戴着一副墨镜，满脸都是横肉，身上穿着一件长衫。这人看起来像个屠户，殷老大却认识他叫赵海楼，是当地的流氓，帮助一个日本浪人在本村开“洋行”。他来做什么呢？殷老大不明白，心里预感到一种祸事，不觉愣在那儿。赵海楼看见殷老大，劈头就说：

“你是犁头他爹吧？到节下了，欠的钱怎么还不给送去？还得叫我冒着汗跑来要。”

殷老大惶惑地问：

“谁欠你的钱？”

赵海楼有点不耐烦，冷冰冰地绷着脸说：

“除了犁头还有谁？这些天，要不是我们供他白面抽，你儿子早瘾死了！”

殷老大听见这事，知道儿子给他惹下了麻烦，气得冒火，又有些害怕，一时变得没有主张，支支吾吾地道：

“家里坐吧，家里坐吧……”

殷老大把来人让进屋子，脸色冷落落的，十分不安，仿佛要哭的样子，又忙着叫犁头的奶奶给客人剥粽子，烧开水。老太婆先前坐在堂屋的门槛上，卷起裤脚，在小腿上搓麻绳，嘴里不知嘟嘟囔囔地埋怨什么，如今不响了，胆怯地走出走进，时时从烂眼角旁偷看来人的气色。

赵海楼的肥脸显得又圆滑，又刁横。他用左手撩开长衫的大襟，拿扇子朝着胸口嗯嗒嗯嗒地扇着风，紧逼着殷老大问：

“犁头的债，你到底打不打算还？”

殷老大垂头丧气地反问道：

“他到底欠你们多少钱？”

赵海楼张开左手，屈起大拇指头说：

“扣去零数，整整四百块。”

这个数目，在殷老大听来，确实吓人。他一时闷住声，半晌才说：

“先生，你看我家这份穷日子，穷得都快穿不起裤子了，哪来的钱还这笔账？”

赵海楼却冷笑一声说：

“你没有钱还没有地？人家洋人不是傻瓜，不会白拿着钱往水里扔。犁头早把你家那几亩谷地押给洋行了，还不起钱，地就归我们。”

殷老大耳边仿佛响了一个焦雷，震得他的眼睛冒出金星，耳朵嗡嗡地乱叫，脚下的地好像也摇晃起来，就要塌陷下去。那几亩地是他仅存的命根子，人家还要抢去！他的眼皮耷拉下来，刷子似的胡须轻轻地发颤，一时变老了，嘴里呐呐地说：

“要我的命行，地可不能给！”

赵海楼把扇子往桌子上使力一拍，叫道：

“我们要的就是地，谁稀罕你那条狗命！”

“地里还有庄稼呢，求你秋收以后再讲吧！”

“不行，一时一刻不能拖延。如今地价稀贱，连上庄稼，也顶不了账。你那头驴也押给洋行了，今天就得牵走。”

赵海楼一边说，一边横着肩膀朝外走去。院里已挤满了许多人，探头探脑地窥看，有的冷笑，有的交头接耳地谈论这事，还有人气得咬牙切齿地小声咒骂。看见赵海楼出来，大家闪开一条路，眼睛都盯在他身上，一直送他到毛驴前边。毛驴看见生人，掉开头，颤动着眼毛，胆怯地斜着大眼。赵海楼把扇子插到脖子后，抓住毛驴的白鼻子，又抓住它的下唇，硬扒开它的嘴，瞅了瞅牙。牙渠很深，正是强壮的时候。赵海楼却故意摇摇头，哼了一声，瘪了瘪嘴说：

“老口了，卖不上几个钱。”

说着就动手去解缰绳。犁头的奶奶颤巍巍地赶过来，用身子遮着小驴，红眼里淌着泪，大声哀求道：

“可怜可怜我这个快死的人，饶我们几条命吧！明天我刻个长生牌位供着你，一生一世也忘不了你的恩典！”

这不但不能感动赵海楼，反倒惹起他的火来。他抓着老太婆的前胸，把她扯开，使劲一推，老太婆便倒退几步，扑咚地坐到地上，一声天一声地地哭起来。赵海楼横着眉毛，气虎虎地解开缰绳，回头对殷老大叫道：

“限你天黑以前把地契送过来，换回押单！不送也随便，反正地是我们的了。”

赵海楼一边用手挥开眼前的农民，牵着驴往外便走。在场的人都不作声，只用仇视的眼睛紧盯着他。老太婆知道她的命运已经无可挽救，哭得越发凄惨。殷老大却像泥人似的站在人前，垂着两手，身子微微向前俯着，动都不动。他的脸色乌黑，前额的几道皱纹变得更深，两眼却像两团火，射出逼人的光芒。蓦然间，殷老大把牙一咬，几步抢到赵海楼身后，右手抓住缰绳，左手把对方的膀子一掀，就势夺下毛驴。赵海楼打了个踉跄，撞进一个农民的怀里，那农民又把他一掀，赵海楼便像皮球似的重新滚回来，墨镜从鼻梁滑下来，跌碎了。他的肥脸涨得赤红，俯身拾起眼镜，跺着脚叫道：

“打吧，打吧，不要命的只管打！我看你们谁敢动手……”

赵海楼的话没说完，早有人骂了一声，飕地抛过去一块碎瓦片。他平日仗着日本人的势力，在村里横行霸道，背后谁都骂他。

今天的事更激起大家的不平，于是人们吼叫一声，碎泥块像雨点似的从四面八方朝他投去。他用两只胳膊护着脸，大声地叫骂，转身就跑，那身长衫上打满斑斑的泥点。农民们高声哄笑，有人还故意紧跺着脚，好像从后边追上去，吓得赵海楼跑得更快。这更逗起农民的哗笑。他们骂他可恶，不知犁头欠他几个钱，便赖上了，硬说是四百；嘲笑他是城隍庙的小鬼，模样儿可怕，可是泥塑的。唯独几个上年纪的人怪这些农民不知分寸，以为定准闹出祸事来了。殷老大不骂，也不笑，满脸带着杀气，牵着驴往栏里送，翻了翻白眼说：

"管他娘的，横竖是死，死也得死得像个人！"

祸事当天就来了。日头平西的时候，赵海楼撺掇白面馆的日本浪人从镇上派来五六个警防队，到村里捉人。殷老大得到消息，先一步逃出门，躲到野地里去。警防队堵住他家的门，里里外外地搜索，不见主犯，却从柴火垛底下拖出犁头，满头满身沾着茅草。这小子知道自己的事败了，不敢见人，藏藏掩掩地溜进家，躺在柴火垛下，正没有主张。他看见赵海楼和日本浪人，以为彼此交情厚，遇到救星，拼命挣脱抓着他的手，急急忙忙扑过去，紧睐巴着那双斗眼说：

"老赵，老赵，你对他们讲，都是我爹闹的乱子，不管我事！"

迎头却挨了浪人一巴掌，立时被警防队捆起。浪人亲手牵走殷老大的驴，劫去殷老大的地契，又派人捉住另外几个农民。临走，他更支使赵海楼放了把火，点着殷老大的柴火垛。春天风高，火趁着风势，呼呼地燃烧起来，一眨眼的光景，柴火垛就变成一个大火球……

殷老大转回家时，警防队走了，东邻西舍的农民已经把火扑灭，可是柴火早化成一堆湿灰。屋子万幸还算无恙。屋里屋外翻成乱糟糟的一片，到处扔着破鞋烂衣，随地是打碎的缸盆瓦罐。

犁头的奶奶披散着一头白发，就地坐在院心，老脸挂满泪，指手划脚地对人哭诉着事情的经过说到痛心的地方，便放开长声叫起天来。

当殷老大一脚跨进街门，望了望他多年经营的家，不觉傻子似的铸在那儿，两眼像是熄灭的灯笼，骤然失去光辉。他歪歪斜斜地向前挪了几步，身子仿佛有几千斤重，一下子坐到磨盘上，弯下腰，两手抱着头，闭着眼喃喃地自语道：

“活不下去啦！活不下去啦……”

许多人走近他，七嘴八舌地劝他，但他一个字也听不见。他想到许多事，但又似乎什么也没想，只感到脑子里混乱成一团，四肢没有一点力气。那个曾经和他一道修路的塌鼻子扒拉开众人，从人缝挤进来，粗鲁地拍拍他的肩膀说：

“宽宽心吧！好死不及赖活着，怎会活不下去呢？就拿我来讲，一份家业还不是叫鬼子糟蹋得七零八落？我就不听那一套，偏硬着头皮活下去！起来，我指你一条活路！”

这天黑夜，塌鼻子偷偷地把殷老大引到村里小学堂去。小学堂占着天齐庙，坐落在村边，十分僻静。如今是麦收时间，正放春假，只剩教员刘先生一个人。刘先生到村里还不上半年，可是人缘挺好，每逢遇见人，老远便咧开嘴，笑着点头。他很沉默，从来不大声说话、大声笑，走路做事，总是轻轻的，像个影子。

刘先生打开庙门，放殷老大和塌鼻子进去，又轻轻地插上门，悄没声地领他们走进屋子。格扇窗大敞开着，小白蛉迎着灯光，扑进窗口，成球地绕着洋灯打转。刘先生垂着眼皮，朝上拧一拧灯捻，才抬起那张有点苍白的脸，望着殷老大苦笑了笑，表露出他的同情。

这时，一个人从殷老大不注意的角落走到近前，眯缝着笑眼问：

“你还认识我么?”

殷老大抬起眼，漠然地望了望那个人。这是个矮矮的黑胖子，圆脸，两眼闪烁着不定的光芒，好像摇晃在水皮上的太阳光。殷老大觉得面熟，可又记不起是谁。那人提醒他说：

“你忘了么？那天你修路，我从车站上来，跟你借火——我是那个笔贩子。”

殷老大噢噢地应了几声，斜坐到炕边上，把烟袋插进腰间挂的荷包里，用手按着荷包，往烟锅里装烟，可是许久许久也不拔出烟袋，眼睛只是直瞪瞪地望着地面。

笔贩子挨着他坐下，很关切地说：

“你的事，我都知道了。振作振作吧！愁有什么用？遇到像你这类事的人，全冀东不知有多少，数也数不过来。”

殷老大叹口气道：

“我不是看不开，不过以后叫我靠什么过呢?”

笔贩子说：

“照这样下去，自然活不成，不过只要有这口气在，总有办法。你的耳目太窄，不像我做小生意，听见得多。告诉你吧，如今河北、山西，游击队到处起来了。别看日本人神气活现，可是瘦驴拉硬屎，硬撑架子。”

殷老大拿着烟袋，正要往嘴里送，听见这话，便让烟袋半路停在嘴唇边上，加重语气说：

“要是这里也有游击队，我一定干，出出这口闷气！”

笔贩子闪电似的瞟了刘先生一眼，用手一指塌鼻子，突然对殷老大说：

“游击队到处都是——不瞒你说，他就是一个。”

殷老大确实吃了一惊，一会苦笑道：

“别开玩笑啦！”

笔贩子的黑脸闪着油光，变得异常认真地说：

“谁开玩笑？不信你问问他。”

塌鼻子赶紧点点头，兴奋地插嘴说：

“真的，我就是一个。你想，老大，谁也不是儿孙子，哪能叫人骑到脖子上，还不回手？咱们村里也不止我一个，便衣队早就有十来个啦。”

殷老大听得呆了。这消息太奇突，他觉得像是梦，又像是个故事。他急切地想报仇，事到临头，却又有点迟疑。他记得去年冬天，有个叫王平陆的铁路工人，组织游击队，带着人打“倒流水”海关，没打下来，本人倒不幸死了，于是垂下眼皮说：

“能不能干得好呢？”

笔贩子忽地站起身，脸差不多俯到殷老大的头上道：

“这回准有把握。告诉你说，不光滦县，全冀东的便衣队都组织起来——你听说李运昌这个人么？”

这人是黄埔军官学校的学生，带过队伍，后来一直在冀东秘密地做革命工作。殷老大隐隐约约也听说过，心想必然是个要紧人物，正待询问，笔贩子早接着说：

“如今他是全冀东便衣队的司令，正在暗地里搞军队，你要有决心，这就是好机会。”

殷老大并不回答，只用眼睛紧望着笔贩子的脸，好半天，才疑疑思思地问：

“那么说来，你是个什么人呢？”

笔贩子爽朗地笑道：

“我叫盛光斗，还不是像你一样，一个受欺压的中国人。”

当天晚上，殷老大便加入村里的便衣队。他是犯过事的人，不能露头，家里更不能站脚，所以暂时就躲在庙里避避风头。他不大明白盛光斗和刘先生的来历，久了，却看出刘先生不过是利用

小学教员这个方便地位，专门在百姓当中组织便衣队。至于盛光斗，准是天津一个什么革命组织派来的人，化装成笔贩子，到处活动，也在做同样的事。开头殷老大以为便衣队是个险事，参加的人一定不多。谁知农民对敌人怀恨死了，背后摩拳擦掌的，早就想动手。过不几天，人数就增到三十多。不过盛光斗等人特别小心，只拉可靠的农民加入，防备混进敌人的眼线，反倒坏事。冀东的枪本来多，一九三七年事变后，庄稼人怕惹事，多半埋了。如今便衣队员们又从土里掘出家伙，藏在不显眼的地方。差不多天天黑夜，他们偷偷地集合在天齐庙小学堂里，关严庙门，听刘先生替他们低声念报，说些旁的地方游击队的消息。除了刮风下雨的晚上，刘先生还要从炕洞里拿出一架无线电，架起来，偷听延安电台的新闻。这架机器很小，只能由一个人把耳机套在头上听。农民都抢着要听，可是一会就又摘下耳机，焦急自己听不懂。末了，大家公推刘先生来收新闻，一边记下来，再转告大家。直到夜深，他们才散开，一个一个溜出庙门，悄悄地摸回家去。

一到白日，殷老大的心情就不宁贴。他不敢露面，整天躲在庙里，闷得要死，闷急了，便站到庙墙后，探出头去了望。地里遍是麦子，熟透了，庄稼人正忙着收割。黄笼笼的麦梢上，到处闪着庄稼人紫黑色的脊梁。路上飞扬着尘土，不断有孩子们赶着大车，往家里运麦子。遍地是车轱辘轧的印子，弯弯转转的，互相错综着。殷老大禁不住想起自己的庄稼，感到心痛。夜来三更多天，他曾经溜回家去。犁头的奶奶一见他，便一把鼻涕一把泪地哭起来，告诉他白面馆把他那点残缺不全的麦子地也没收去，正雇人收成；赵海楼来过几次，追问他的踪迹，犁头叫人绑走后，一直没有音信，不知押到哪去了。她用袄袖擦着又红又烂的沙眼，最后数落道：

“唉！唉！咱殷家算是叫人剿家灭门了！我前世造了什么孽，

如今活受罪！”

殷老大忍不住，对她泄露点便衣队的事，老婆子却哭得更厉害说：

“好，好，但愿老天爷睁开眼，叫咱们穷人也翻翻身！”

盛光斗不常到村。他依旧装扮成笔贩子，在临近一带活动。旧历五月底，他又来了。他把全村的便衣队员召集到一起，十分严重地宣布了这样一桩事：

全冀东的便衣队发展到三万多人了。八路军准备开辟冀东，从山里派来一个支队，已经在半路上了。到的时候，各地的便衣队要同时起义，接应军队。

这桩事激起队员们很大的波动。多少天以来，他们便盼望着这个大翻身的日子。这日子终于到来。他们不再能安心做工，几个人一遇到，立刻就把脸挤到一起，小声地谈论这事。夜间的集会更频繁了，大家决定斗争的步骤是剿白面馆，包围镇上的警防队，然后再挖汽车路，破铁道……

起义的日期规定是阳历七月十二号，但这是个军事秘密，便衣队员不知道，这就不免引起他们的烦躁。

这天是阳历七月八号。已经入了中伏，一清早晨，树叶就纹丝儿不动，知了干燥燥地乱叫着，定准是个大热天。田里的高粱棵子已经长起来，不十分茂，可是影住村子，正是青纱帐起的时候。现今麦学已经放完，小学堂开了课，眼目太多，殷老大藏到塌鼻子的家里。这天塌鼻子起早便赶着牲口到镇上粜新麦子去了，因为嫌麦子吃起来费，想要粜出去，籴进一些粗粮吃。

早晨饭后，殷老大搬一条板凳，坐到一棵山串柳下，背着人偷偷摸摸地擦枪。他脱光膀子，裤腿挽到膝盖以上，两腿夹着枪，拿一根枪探子插进枪筒里，使力地一抽一拉；脑子里想得可远，幻想暴动起来，他首先抓住赵海楼和日本浪人，吓得他们颤颤哆嗦地告饶，他可决不饶他们……随后他想：要是年景太平，犁头肯务正，小日子过得舒舒服服的多好！而今闹得家破人亡，走投无路，真是死逼上梁山！

四处都是知了叫，噪得要命。忽然间，什么地方隐约地响起一下松散的沙音，透过知了的噪叫。殷老大没留意，可是紧接着又是一下。这回惊得他一跳，立刻停住手，侧着头，留神地细听。街上起了乱纷纷的脚步声，有人大声地问："什么地方枪响？"话还没完，枪就接连着响起来了。

殷老大有点心慌，以为或许今天就是起义的日子。他慌忙站起身，披上小褂，提着枪往外就走。街门迎着他砰地撞开，一头驴驮着个口袋跑进来，塌鼻子跟着出现，还用棍子紧打着驴屁股。这人敞着胸口，满头冒着大汗珠子，一见殷老大就喘嘘嘘地问：

"你听见枪响么？"

殷老大瞪着眼反问道：

"到底怎么回事？"

塌鼻子气急败坏地说：

"谁知道？反正不妙！我一到镇上，就看见警防队站得满街是，挨家挨户地搜，闹得集也荒了。我牵着牲口往回就走，紧赶慢赶，赶回村里枪也就响啦。"

"刘先生说什么没有？"

"我没见他，不知道。"

"快问问他去！"

殷老大说着便迈开腿，几步跨到街上。塌鼻子从后边叫道："慢一点，等我缆好驴。"一边赶紧把牲口拴到槽头，带上街门，一溜小跑追上去。街上站着许多女人和小孩，也有刚从地里跑回来的农民，都戴着草帽，扛着锄头。殷老大的脸色绷紧，粗黑的须眉直竖起来，胸脯向前探着，对谁都不打招呼，急匆匆地赶着路；这更惹起那些人的惊异，眼睛直瞪着他，仿佛不认识他是谁。有人拦着他探听消息，他只含糊地点着头，一侧身子走过去。

学堂里提早放了学，孩子们全赶回家去。刘先生站在庙台上，反背着手，正和几个便衣队员轻声地说着话。他的脸色很沉静，略略蹙着眉头，似乎心里盘算什么。殷老大和塌鼻子走来时，刘先生一抬眼，不觉愣了愣，随后带着微笑责备说：

"殷大叔，你这是怎么啦？大庭广众地就跑出来，还提着枪！"

殷老大低头望了望自己，难为情地笑出来，很懊悔地说：

"糟糕，糟糕，我简直急昏啦！不过这事也难怪我。平白无故地响起枪来，是不是干起来啦？"

刘先生把他们引进庙里，脚步轻轻地走在前边，寻思着低声说："不，我想不会。不过事情太蹊跷，枪声怎么还不停呢？"一边心里想道："还不到日子啊……要是改了日期，盛光斗必然会来告诉我。"

这时，枪声不但不停，比先前更加稠密，声音也更大了。田里的农民都转回来，又有许多便衣队员跑来探听消息。刘先生用手慢慢地掠一掠他的长发，又轻声说：

"事情真蹊跷，枪声怎么还不停呢？依我看，咱们顶好别聚在一起，叫人疑心。听说警防队正在镇上查户口，说不定会到村里来，也该防备防备。谁肯跑一趟，出去探探消息？剩下的人先回家去，把枪收拾好，说声有事，就打锣集合，都到这里取齐。"

塌鼻子拍一拍胸膛，自愿充当探子，冒着大毒日头走了。其他的农民也散走，有人还送来一面锣。庙里只剩殷老大和刘先生两个人。殷老大把枪塞到正殿的神龛里，侧着头听了一会枪声，又到庙门口张望一会，确实有些心焦不耐烦，便像和谁赌气似的想："管他什么事，歇一会再讲。"就走进大殿，用小褂扑打扑打供桌上的灰尘，脱下鞋做枕头，躺到供桌上去。

刘先生也不像平日那样安稳。他背着手，低着头，在庙檐底下走来走去，走几趟就停住脚，向远处听一听；有时抬起头，遇见殷老大的眼睛，便随意笑一笑，打个招呼。

人在等待什么的时候，时间便爬得像蜗牛一样慢。他们熬了老半天，才到半头晌，可是还不见塌鼻子的影。殷老大等急了，心里恨起来，忍不住高声骂道："这家伙，怎么还不回来，死了不成？"枪声越来越密了，原先只在一个方向，如今却从好几面响起来，隐隐约约的，像是豆荚爆裂的声音。

刘先生忽然又停住脚。这次，他的神色特别紧张，竖着耳朵，蹙着眉头，一面听一面说：

"殷大叔，你听这是什么？"

殷老大的耳朵尖，早听见一种轰隆轰隆的声音震动着地面，越来越近。他急忙蹬上鞋，蹦下供桌，把耳朵贴到地面上，全神贯注地细听一下，突然跳起身，朝外便跑说："快看看去！"

官道上，迎面卷起大团的飞尘，冲着太阳闪出一片金光，像是狂风吹起的尘头，滚滚地朝着村庄扑来。尘头影里显出一大串日本马队，趴着蹦子飞跑，马上的骑兵斜背着短枪，挎着又细又长的马刀，浑身带着杀气。

看样子，这队骑兵是来清乡。小学堂是敌人注意的目标，一定会来搜查。刘先生藏着许多犯禁的印刷品，必须事先毁掉，消灭痕迹。他把殷老大的裤子一扯，急忙缩进庙来，又轻又快地关上大门，然后快步走回屋子，从炕席底下拉出一大抱报纸和旁的油印品，塞到外间的炉子里，划一根火柴点着。可是这叠纸张压得太结实，火苗沿着纸边烧了一圈，就灭了。他再划第二根火柴，但是太使力气，没划着，倒断了。

庙门外啪啪地起了敲门的声音。

刘先生的脸色变得比平常更白，用牙齿咬着下唇，对殷老大摆摆手，意思叫他别响。他抓过洋灯，向纸上泼了许多火油，这才把纸点着，很旺地烧起来。敲门声第二次响起来了。他端起饭锅搁到炉子上，哑着嗓子对殷老大道："就说你是我的做饭的。"然后定一定神，故意咳嗽一声，朝外走去。庙门外的人有些焦急，敲得更重，还压着嗓子叫："开门哪——快开门哪！"这嗓音很熟，正是他急切等待的人。刘先生胸口挂的石头一下子掉下去了，紧走两步拔开闩；一个矮胖的身影便像旋风似的跨进来，手里还提着个包笔的蓝布包袱。

盛光斗的圆脸黑里透红，浑身冒着汗，热得烤人，开口就说：

"坏事啦！坏事啦！咱们的人都哪去了？"

刘先生且不答他，略微急促地问：

"到底怎么坏事啦？"

盛光斗很敏捷地一面走，一面说：

"司令部出了内奸，把起义的事告诉了鬼子——今天一早鬼子就到处抓人……闹得没法，李司令带着人仓仓促促干起来，四处都接不上消息……这一来不要紧，准备动的还没动，老百姓倒先随着干起来，东一股，西一股，闹得真凶！鬼子派出好些兵，想要弹压……刚才还有一群骑兵从村里跑过去，不知开到哪去了。"

殷老大听见说话，早从屋里钻出来，迎着头叫：

"原来是你呀！"

盛光斗却闪着眼，朝殷老大一扬右手的食指说：

"嗳，老大，快去召集人，咱们也得马上动手！"

殷老大早就恨不得这一声号令。他答应一声，回到屋里抓起锣，又跳进神龛拿出枪，背到肩上，没出庙门便敲起锣。他顺着街往下跑，铜锣镗镗地紧响，震动了全村，他的喊叫也四处张扬着：

"大庙里取齐——杀鬼子啦！大庙里取齐——杀鬼子啦……"

随着锣声和喊声，人从每家门口涌出来，一窝蜂似的拥到街上，叫着，嚷着，笑着，骂着……无数条喉咙扭到一起，辨不出谁是谁的语音，只听见乱纷纷的一片，好像渤海湾正在涨潮。男人们蓦然又争着抢回家去，一转眼又抢出来，手里扬着锄、镢、镰刀、斧头，以及陈旧的破“搂子”①。殷老大紧跑，紧喊，紧敲着锣，从村头到村尾，村尾到村头，第三趟跑过街时，觌面碰见塌鼻子。这汉子光着膀子，小褂里沉甸甸地包着些什么东西，背在左肩膀后，冒冒失失地用拐肘推着人，朝前紧撞。

殷老大直对着他嚷：

“你跑到哪去啦？才回来！”

塌鼻子满脸都是得意的神气，比比划划地大声道：“我跑出十五六里地，逢到一群人砸白面馆，跟去捡了一批洋捞！”说着就把右手反到背后，拍了拍那包东西。

殷老大并不曾细听他的话。人声太杂，他听不清，也顾不到听，又敲着锣向前跑了。赶到他转回天齐庙，庙前已经黑压压地集合了几百个庄稼人。这里边有便衣队，更多的是临时暴动起来的农民。这些农民像是烈性的炸弹，轻轻一触，立时都爆发了。

盛光斗站在庙门口的石狮子上，黝黑的圆脸闪着油光，辨不出他的鼻子和嘴，只看见两只闪闪的眼，像是黑夜的星光。他灵敏地挥着拳头，大声地叫着，可是殷老大距离太远，捉不到他的话意。太阳差不多移到当头，像是一团火，直射下来。几百条汉子挤在太阳底下，肩膀擦着肩膀，气接着气，热得也像一团火。他们摇晃着各色各样的家伙，不停地嚷，最后闹嚷嚷地四处叫道：

“剿白面馆去！打警防队去……”

就在这阵喊叫声里，盛光斗扑地跳下石狮子，没入人群当中。立刻，一根大竹竿子从他隐没的地方竖起来，上面绑着一大幅火

---

① “搂子”，枪名。

红的旗子，火云似的摇摆在半空。大旗挪动了，人也叫着挨挤起来。殷老大压在后尾。他知道盛光斗和刘先生都在前面，想要挤上去，可是人们就像胶在一起，怎样也挤不开一条缝。大旗转到外圈，飞似的向前飘动，人们也放开脚步，一阵风似的卷向前去。殷老大夹在人群当中，没有思虑，忘记自己是谁，只望着眼前那面大旗，狂热地向前奔跑……

月黑夜

秋头夏尾，天气动不动就变颜变色地阴起来，闹一场大风大雨。在这样风雨的黑夜，最惯于夜行的人也会弄得迷失方向。

李排长不是个怯懦的人。虽然在惊天动地的大战争中，他依旧笔直地梗着脖子，挺起胸脯，不慌不忙地同敌人周旋。但在这样的大自然所掀起的情况中，他带领一班骑兵转来转去，却终于疑惑地勒住了马。最初，他还企图凭着自己的智慧，辨清道路。可是夜空不见指路的大熊星，四围又是黑糊糊的平原。电光偶尔一闪，照见的只是狂乱地摆动在大风中的庄稼。不见一棵树木，可以供他摸摸阴面阳面的树皮；不见一块岩石，可以供他探探背阴处的苔藓；更不见一座朝南开门的土地庙。黑暗形成一所无情的监狱，把李排长一群人牢牢地禁锢起来。

身背后，一个骑兵对他大声嘶喊道：

“俺看该往左手拐……”

一阵急风暴雨劫走这个人下边的话，不知抛到哪里去了。

李排长掉过头，也喊道：

“上来，杨香武……你路熟么？”

杨香武抖抖马嚼子，把马带上前去，用手遮着嘴，继续张大嘴喊：

“要熟就好啦！你想想看，咱们刚出发的时候，西南风不是正对着左腮帮子吹么？这会风没变，倒吹起后脊梁来，咱们准是错往东北岔下去啦。”

杨香武不等对方答话，怪洒脱地把马头扯向西北方，用手中的柳条鞭鞭马屁股，先自走了。后边的马队紧跟着他，一匹连着一匹。杨香武不管有路无路，只朝前走。一会马蹄子陷进泥沟，一会闯进棉花地，一会又插着高粱棵子乱走。风雨的势头不但不减，反倒更加蛮横。他们每个人的军衣都淋透了，冷冰冰地贴在身上，冻得他们打着寒颤。西南风夹着大雨点，狂怒似的呼啸着，越吹越紧，把马的脚步都吹得摇摇晃晃的。但是这群畜生反而更有精神，四只蹄子蹚着田野的积水，吃力地拔着泥腿，半步也不差错。

前边不远，忽然亮起几团银白色的灯光，东一个，西一个，互相照耀着，仿佛有人在用灯光打什么暗语。李排长的心头疑惑起来。他们已经走进敌区，据点绝不会远，像这样的方向不清，道路不熟，或许会跑到据点附近，滚入敌人的网罗。这次，他接到冀南军区司令部的命令，派他到滏阳河北岸取回一包从前反“扫荡”时坚壁的重要文件。这是个艰难的使命。他须要带着这一小队轻骑兵，通过几道封锁线，才能到达指定的地点。今夜正准备偷过滏阳河。如今是夏涝的季节，河水涨得又深又宽，过河的路子只有一座离据点极近的板桥，只要差池半点，便会发生天大的不幸。他必须分外谨慎，于是喊住杨香武说：

“别再瞎赶啦。天这样黑，又下大雨，横竖摸不过河，不如先到前边那个有灯的村避避雨再讲。”

杨香武粗鲁地反驳道：

“真是好主意！你敢保那不是据点？”

李排长不耐烦地摇摇头：

“你就会讲怪话！那是联庄会，一到刮风下雨的晚晌，个个村都打起灯笼守夜，害怕土匪趁着月黑头打劫。尽管去好啦，好歹有我作主。”

于是，这一支小小的人马冒着风雨，朝眼前的灯火扑去。

绕着村庄是一圈结实的圩墙。他们摸索许久才来到一座铁栅门前。门落锁了，紧紧地关着。村里黑洞洞的，先前的灯光倒不见了。他们都从马背跨下来，脚踏到水洼里，噗哧噗哧地溅着水花。一个人一开腔，几个人随着高声叫道：

“老乡，开开门！”

铁门后闪着一个人影，只听他问道：

“嗳，干什么？”

李排长推开杨香武，接嘴说：

“我们是八路军，想进村躲躲雨。”

门里支支吾吾地答道：

“唉呀……没有钥匙，怎么开门？”

李排长催促说：

“费点心，找钥匙去吧，都是自己人，不用害怕。”

门里人就朝后高声问道：

“嗳，我说，你知道谁拿着钥匙么？”

另一个农民应声从更屋走出来，手里提着一盏马灯，头上戴着一顶大草帽子。他走到门前，擎起灯，向门外端量几眼。灯光穿过栅门的栏杆，首先落到李排长的身上。李排长的两脚插在烂泥里，浑身湿淋淋地就像刚从水里爬出来。但他还像平日那样挺起前胸，很有威严地直立在大雨底下。他的眼受到光亮的刺激，颤动着眯缝起来，栅门栏杆的影子照到他棕色的长脸上，掩盖住他满脸的浅麻子。

新来的农民点点头，说了一声：“你们候一会，我叫村长去。”

就和先前那个农民一起走了。

风已经落下去，雨还像瀑布一般倾泻。李排长一群人全像石头似的等在那里，不动，也不说话。偶然间，一匹马很响地摇着身子，抖去身上的雨水，另外几匹也照样摇起来，马镫互相撞得乱响。杨香武等得不耐烦，就嘟嘟囔囔地骂。李排长忍不住皱起眉头：

“你怎么老不改这些坏习气？不是讲怪话，就是破坏纪律，简直不配当班长。”

李排长其实很喜欢杨香武。这个人心直口快，事情总抢着做，从来不会藏奸。就是有些坏毛病，须得慢慢地纠正。杨香武并不是他的真名。一般人看他说话急，举动快，总像猴子似的不肯安静，便用“彭公案”中这个近乎丑角的人物来取笑他，久而久之，倒没有人叫他的真姓名了。他耳朵听着李排长的话，肚子里很不服气，冷冷地想：“等着吧，这两个老百姓能回来才怪！”

可是两个农民到底回来了，而且多出几个人，又添了一盏马灯。当头的是个五十岁左右的老人。那老人擎着油伞，对门外打着问讯，一面把灯举得头那样高，细细地察看外边的人马。他的面貌倒先显现出来：一张古铜色的脸膛，满顶花白头发。

李排长惊讶地叫出声来：

“这不是庆爷爷吗？你认不认识我啦？”

说着，用手抹去脸上的雨水。

老头子张着没有胡须的嘴巴，定睛注视李排长一忽儿，醒悟似的叫道：

“噢，我认识你啦！人上点年纪，记性坏，只是记不起你姓什么啦。”他又回头对那几个农民说：“赶快开开门吧！”

这个巧遇，一瞬间使李排长十分兴奋，以为逢见旧人，暂时算是寻到归宿。但他立刻又十二分担忧。还是两年以前，他曾经在这一带活动过。那时，国民党的军队早经逃光，土匪像春天的野草，遍地生长起来，人民正忙着成立联庄会。八路军初来，到处便被人当做天兵天将一样看待。庆爷爷对他们却很淡漠。这个老头子终生遭遇太多的苦难，变得犹如狐狸一般多疑。一次，李排长对他谈抗日的大道理，他却白瞪着眼，不关心地搔着前胸，最后才有一搭没一搭地说：

"咱老啦，听的见的够多了，这些新道理也不想懂。当老百姓的只图过个太平日子，谁坐江山给谁纳粮，哪管得了许多闲事。"

以后，滏阳河边设立据点，这一带变成敌区，两年以来，谁知道庆爷爷转变成怎么样个人。李排长牵着马和他并肩走过泥泞的街道，灯影里，留心窥察他的脸色。庆爷爷的发丝有些全白了，脸上的皮肉显得更松，但是身板骨不弯，腰脚仍然健壮。他的容貌很淳朴，寻不见一丝半丝狡诈的神气。

庆爷爷领李排长走进一座破旧的祠堂，指点他将马拴好，引他迈进屋子，然后放下伞，把灯搁在神主台上，张眼望了望空空洞洞的四壁，不安地笑着说：

"同志们将就着睡一夜吧，天气太晚，谁家的门也不容易叫得开。我已经告诉他们拿几张箔来，铺在地下睡不潮湿。你们吃了饭没有？"

李排长解着身上的武装，一面对他说人马都饱了。

骑兵们有的把马拴到廊檐底下，有的牵进两侧的厢房，陆陆续续地走进祠堂。他们一跨进门，立时忙着卸马枪，解子弹袋，把衣服脱下来拧着水，又用这些衣服把枪身擦干净。一壁厢，他们对村公所的人问：

"有柴火没有？抱些来咱们烤烤衣裳。"

打喷嚏的声音响起来，当中还夹杂着对天的咒骂。

李排长注意地询问庆爷爷道：

“这里离据点多远？”

庆爷爷举起双手，伸开十个手指头答：

“说是十里，其实不上八里。”

“离滏阳河呢？”

“也就是个四五里。”

“日本人常到这里来么？”

“三日两头，断不了来，一来就要吃的、喝的，糟蹋死人了！”庆爷爷说着，把身子向前探了探，问，“同志，你们要过河吧？看样子，今晚晌雨不会停，恐怕过不去了。”

李排长不答。他把手搭到庆爷爷的肩膀上，眼睛直盯着对方的脸，半真半假地微笑着说：

“咱们来到这，你可别张扬，要是有个一差二错，我依你，我的枪子可不依你。”

庆爷爷的古铜色脸膛涨得如同红铜，愣了半晌才说：

“同志，这是什么话？我老头子当了几年村长，时常也有些同志打这过，从来没有出过乱子。不信你买四两棉花纺（访）一纺（访），咱老庆到底是个什么人？”

李排长看他这样认真，觉得自己的话太重。他原是试探对方，如今激起这大的反响，心里倒满意。他把话锋一转，索性开起玩笑来：

“算啦，说着玩罢了。我看你的村长当得倒蛮牢，好像屁股抹了胶，粘上就不动。”

老头子却烦闷地叹了口粗气：

“干是早干腻啦！不过咱们这里不讲究选村长，谁的年纪高，辈行大，再会办办事，就抓住谁当。成天价吃力不讨好，一不经心，说不定脑袋就会搬家。”

箔已经拿来几张，靠墙壁竖着，预备众人睡时再铺。一个农民抱进几捆干谷草，抛到地当心。火立刻点起来，呼呼地烧着，驱散祠堂里浮荡着的潮气。骑兵们绕着火围拢成一个圆圈，烘烤着衣服和鞋子。大把的谷草不停地朝火堆上加，有时将火苗压灭，冒出一阵苦味的青烟。人们便被熏得流下眼泪，或者呛得嗓子眼热辣辣的，打着干咳嗽。

杨香武脱下湿衣服来。他的脑顶尖尖的，高颧骨，两颊深深地凹下，嘴巴却向上卷着。他用两手抓着军衣，翻来覆去地烤，头偏向一边，细眯着一对眼睛，避开火堆里飘浮上来的轻烟。

李排长从一边投过话来：

“哨放出去没有？”

杨香武眼睛望着跳跃的火焰，头也不抬地答：

“村公所说有联庄会打更，不用咱再放哨啦。”

他的神气很得意，仿佛一切事都早办妥，不用旁人多费心思。可是李排长不满意地摇了摇头：

“不行，快放两个哨——村的两头一头一个。”

庆爷爷打着呵欠，赞同地点点脑袋。

“对！联庄会本来不大认真。先前是防土匪，现今没有土匪，日本人硬指八路军是土匪，遇到这样天气，就叫打更，有八路军来还叫开枪。其实要真来了，老百姓才烧高香呢！”

庆爷爷提起马灯，撑开油伞，对大家招呼道：

“同志们该乏了，早些睡吧。我去叫他们明天清早给你们预备面条吃。”

祠堂外的雨声比较和缓，但是不紧不慢的，更不容易晴。灯一走，大团的黑影溜进祠堂的角落。地心的柴草烧得更旺，四壁颤动着巨大的人影。

第二天，雨停了，低空残剩着灰暗的乏云。这支骑兵潜伏在村中，犹如一群大鱼不小心游进浅水湾子，乖觉地隐藏在水草底下，不敢轻易活动。白天，当然不能过河，退回昨天出发的地方，来往将近一百里，人马过分疲劳，今夜的长行军将更艰难。李排长吩咐众人把马一律备好再上槽，多喂草料，人也收拾停当，不许擅自离开。只要风声一变，他们可以立时向后撤走。更把消息封锁了，不许一个人出村，外来的人便扣住不放。

外表看来，李排长的态度十分镇静，心头却比谁都更不安。这儿距离据点太近了，站在村边，就能够望见敌人新修的白色营房。敌人随时都会扑来，斗争随时都会展开。对于庆爷爷，李排长的怀疑却早像春冰似的融化得无影无踪了。适才，老头子陪他到村边观察地形。田野经过夜来的雨洗，庄稼饱润地举起头来，颜色又浓又绿。大麻长得高过人头，张开巴掌大的叶子，把满地棉花一比，就显得痴肥。李排长奇怪这一带不多见谷子高粱。老头子紧一紧裤腰带，气愤愤地骂：

“人家还得叫种？不是逼着种大烟，就是逼着种棉花，官价定得又低，卖的钱还不够买粮吃，简直是活遭罪！人家就不拿你当人看，千说万说，只有你们才真是老百姓的救星——我现今看清楚了。”

饭后，李排长又到村头察看一番，叮咛哨兵要格外留心，然后转到村公所，躺上炕，阖上眼睡去。门上没挂竹帘，大群的蝇子飞进屋子，讨厌地叮着他的脸。他从身边扯出手巾，蒙着脸，许久许久，才沉到蒙眬的状态中……

一会儿，他迷迷糊糊地听到有人在耳边叫喊，陡地醒了过来，揭开毛巾，睁开眼，看见杨香武站在炕前。

杨香武说：

“刚刚哨兵来报告，说是敌人好像要出击。”

李排长一骨碌爬起身，跳下炕来。现在，他倒很沉着。他吩咐骑兵火速集合，一边跨着快步朝村头走去。杨香武急急地摆动双手，追随着他。

放哨的骑兵隐身在一棵老榆树后，瞧见他们，紧张地招招手，待他们走近，便指点着前边，压低嗓音说道：

"你瞧，敌人好像正集合呢。"

平原上，一个人站得略高，便可以望出去十几里地开阔。夏秋的时候，高秆农作物还能隐住村庄，但在这里，多半是大片的棉田，遮不断人的视线。李排长梗着脖颈，用两手打着凉棚，直直地朝前盯视。据点前边，隐约地显出一些小小的黑点，飞快地移动，好像人们奔跑着集合。不过小黑点移动的方向十分古怪：忽而没入庄稼地，忽而出现在通达本村的道路上，最终沿着这条道跑下来。

杨香武瞪着眼，冒冒失失地推了李排长一把，焦急地道：

"这不是来了么？"

李排长并不搭理他，暗暗寻思着。敌人如果出击，差不多总是使用汽车，如今仅有六七个小黑点，无秩序地乱窜，事情倒有些蹊跷。情况不弄清楚，他决不肯望风捕影地蠢动，于是眯眯眼说：

"你们谁到前边侦察侦察……"

杨香武不等他说完，答应一声"俺去"，提着枪走进麻地，麻叶一阵摇摆，他便不见影了。

耳边传来急匆匆的脚步声，李排长侧转脸，看见庆爷爷赶来。老人家光着膀子，肩头搭着件紫花布小褂，右手摇着一把大蒲扇。庆爷爷赶到近前，竖着脚尖，用蒲扇遮着眼，一边瞭望据点，一边不安心地问：

"怎么，鬼子是要出来么？"

他又望望天，差不多半头晌了。大块的灰云不停地流动，时时将太阳遮住。庆爷爷继续说：

"鬼子每回出来，正是这时候。依我的笨主意，你们不如向后退退……我催同志们走，可不是怕受连累……你要信得过，今晚晌咱老庆保送你们过河，看咱怕他个鸟！”

杨香武一头骂，一头走出麻地，鞋底拖着很厚的烂泥，裹腿和鞋子溅满泥水的污点。他把枪把子朝地面一蹾，恨恨地骂：

“真他妈败兴！”

李排长直盯着他的面门问：

“到底怎么回事？”

杨香武哼着鼻孔道：

“哼，不知哪个王八蛋的牛跑了，老乡在捉牛。”

听的人都笑了。

火轮般大的太阳沉落后，暮色苍苍茫茫地袭来，李排长的心境却相反地晴朗起来。他不再担心敌人的侵扰。过河的事，庆爷爷一手包揽，预先便把事情铺排妥当。不走桥，而用船渡。但想安全地突过这道封锁线，并不是轻而易举的事。只要走漏一些儿消息，敌人决不肯轻轻地放过。

李排长从腰里掏出粮票、草票等，要算还这一天人马的吃食费用。庆爷爷推开他的手，再三地拒绝。李排长霍然醒悟了：这是敌区，如何能用粮票，便要付钱。老头子笑道：

“嘿，你想错啦。咱们照样缴公粮，连据点还有人甘心情愿偷着送呢。咱是想：同志们轻易不来一趟，吃点饭还不是应该的。”

结果，李排长还是把粮票等付清了。

二更天光景，大地睡去了。生长在大地胸膛上的人们却展开保卫土地的活动。庆爷爷一定要亲身送他们渡河。李排长以为他的年纪高，深夜露水很重，怕他招受风寒，百般阻止他。老人更加不肯。庆爷爷惯常倚老卖老，假若旁人说他老时，他可决不服气。他会握紧拳头，伸直强壮的右胳膊，瞪着眼说：

“别瞧咱老，五六十斤的小伙子叫他坠着打提溜，还不算事！”

渡河的地方离据点仅仅十来里路，隐隐地可以望见那边的灯火。李排长一群人到达河边时，庆爷爷早就派来一些农民等候着。堤上放着两盏马灯，照见那些汉子都脱得赤条条的，有的叉着腰站着，有的无意识地搓着胸膛上的灰垢，也有人很响地拍着大腿。

杨香武低声叫道："吹灭灯！还怕敌人看不见？"

一个农民却很大意地答："不怕，鬼子黑夜从来不动。"随手只把灯苗捻小。

滏阳河平静地流着，很黑，很深，水面闪着一层油光。两岸十分静悄，只听见各色各样的虫叫。

庆爷爷走近一个汉子，小声问：

"船还没有来么？"

这时，下游响起缓缓的水声，河面推过来纤细的波纹。不久，一只小船轻飘飘地傍岸泊下。这是庆爷爷那个村的一条小渔船。敌人封锁滏阳河时，曾经尽量把农民的大小船只搜集到一堆，点一把火烧成灰烬。庆爷爷他们事前将小船摇到水草深处，装满泥土，把船沉到水底下，这才不曾毁坏。今天夜晚，庆爷爷派来一部分农民先把船里的泥土用铁锨挖掘干净，从河底捞起船来，又洗刷一番，依旧变成一只轻快的艇子。

船既然小，所以只能渡人。庆爷爷用商量的口气对李排长说：

"头口顶好卸下鞍子，叫他们给拉过去。"

骑兵脱离鞍子，就像海螺跑出甲壳，失去机动的能力。但又没有更完善的办法，只好冒险。李排长叮嘱每个人要携带着自己的一套马具过河，不许杂乱地堆在一起。这样，即使情况突然转变，急切间还可以备马，不至于乱成一团。李排长动手解马肚带时，警惕地朝据点望了几眼。那隐隐的灯火还没熄灭，犹如几只狡猾的魔眼，亮晶晶地穿过漆黑的大野，窥探这边的动作。

杨香武手脚利落地把马卸光，交给一个农民。那人跳下河去，使劲地拉着缰绳，但是马昂起头来，屁股只是向后偎，不肯下水。一个矮汉子操起一把铁锹，对准马屁股重重地一击，马又痛又惊，扑通地跳进水去，激起很大的波浪。

杨香武生气道：

“你怎么不顾死活地打！”

另有谁的一匹马也怕水，挣着缰绳要朝后跑，把牵牲口的农民带了个斤斗。杨香武抬起脚，狠命地踢着马肚子骂：

“你还敢调皮！”

他又东跑西跑，帮助农民把马匹都赶下河去，才来整顿自己的鞍子。马生来便识水性，一个个在浪花里摇动着身子，农民就全爬上马背，低声吆喝着，一同凫到对岸。骑兵各抱着鞍韂，争着上船。先摆过五六个去，李排长和杨香武全等第二批再渡。庆爷爷打着一盏灯走来，轻声地咳嗽着，一面亲热地说：

“你们走啦？回头可来呀！”

李排长从心里感激地说：

“就是太麻烦你老人家啦。”

小船摆过来，第二批人也渡过河去。一袋烟的工夫，这支骑兵便重新备好马，坐上马背。李排长转过头，望见庆爷爷还站在河对岸，不知对农民指挥着什么。古铜色的脸膛，花白头发，依稀地映着灯光，显出的不是老迈的神情，而是充满生命力的青春气概。李排长用两腿把马一夹，领着头跑起来，急急地要脱离这危险的境地。他们跑出将近二里路，后边忽然传来爆炸的声响。杨香武低声嘲笑道：

“敌人出击了不成？马后炮，吓唬谁，横竖追不上老子啦。”

李排长用缰绳鞭着马，更紧地催促马奔跑。马便放开腿，领着后边的马群，一阵风似的驰向茫茫的黑夜。北极星正挂在他们的对面。

半个月后，这队人完成任务，果然转回来了。他们平安地偷过那座离据点极近的板桥，赶到庆爷爷庄上时，约摸将近半夜。四十里路的急行军，每人的喉咙都有些干燥。李排长决定在这里歇息一刻，喝点水，然后再走。他们不费事地叫开栅栏门，把马缆在街上，一齐走进村公所。上宿的农民都起来，敞着怀，趿着鞋，对待老朋友似的招呼他们，但是精神带着点不自然。

杨香武一只脚踏着凳子，两手玩弄着他惯用的柳条鞭子，眨着眼问："庆爷爷哪去啦？"

一个农民苦涩地答："死啦！"

每个骑兵都睁大眼，李排长的脸露出更大的惊异。他想：老人家真像熟透的瓜，说死就死，只是不知道怎么死的。不待他问，那个农民接下去说：

"那天黑夜送同志们走后，他老人家也就送了命！"

李排长懊悔地叹口气说：

"嗐，我叫他不送，他偏要送！老年人怎么经得起冒风犯露的？那天黑夜我就听见他咳嗽，恐怕他要害病……"

但是农民打断他的话道：

"他不是得病死的……"

老人是这样遇到他的不幸：

那天夜晚，骑兵渡过河去，庆爷爷正吩咐大家把小船拉到原地藏匿起来，几个人亮着电筒，从他身后走过来。冲着电光，庆爷爷辨不清来人的面貌，但见穿着军衣，心想是李排长一伙人，就焦急地道：

"你们怎么还没过去？"

当头的一个人粗声说：

"我们来晚了么？他们过去多大时候啦？"

庆爷爷说：

“刚刚才听不见马蹄子响。”说着，他提高声音，急忙对河里叫：“伙计，船别拉走，还有几个同志要过河去。”

那几个人看见船拢近岸，且不上去，却各从腰间掏出一个甜瓜似的圆东西，朝着船抛去。河面红光一闪，响起巨大的爆炸声音，就在这一霎间，小船碎成几块，拉船的几个农民喊都没喊一声，跌进水里，残断的身子在水面转了转，沉下底去。另外十来个兵即刻从夜色里涌出来，把岸上的农民包围在中间。灯光映亮他们的全身，每个人脖子上都显出红色或者白色的领章。

庆爷爷木头似的定在那儿，疑心是在做梦。但绝不是梦。当头的那个人早跨上前来，一把抓住他的前襟，拖着就走，嘴里还骂道：

“老王八羔子，我领你见阎王爷去！”

庆爷爷叫敌人抓去后，好几天没有音信，后来才听说被敌人挑死了……

农民说完这段事情，又补充道：

“都怪咱们太大意，河边的灯点得明晃晃的，人家用千里眼照一照，什么东西看不见？”

全场的人都哀默着，说不出话。桌上，洋油灯的灯苗颤动起来，光亮一时变得很暗淡。灯影里，老人的形象似乎又出现了：古铜色的脸膛，满顶花白头发。他的人虽然死了，他的形象却更清晰、更高大，活生生地刻印在李排长的心中、杨香武的心中，以及每个骑兵的心中。

带着这个形象，当骑兵们再投向漆黑无边的夜色时，每人都具有一种新的力量。这力量刺激他们，使他们急切想撕破夜色，把头高举到天外，从那里，他们可以看见另一个崭新的世界。

铁骑兵

一

一过雁门关，气候显然不同了，重阳前后，天就飘起大雪来。就在一个落雪的夜晚，一连活动在左云附近的八路军骑兵冒着风雪，朝南转移，想转到比较安定的地区休息些时候。通过一条公路时，不想日本兵得到汉奸的报告，忽然开来几辆装甲车，把队伍切断，打起机关枪来。

隔断在公路北的只有一班人。他们想冲过来，可是敌人火力太紧，只好像一群脱离轨道的流星，离开大队，单独活动去了。

二

星群脱离轨道，一定要陨落，八路军掉队了，却能自动地打游击。班长是个矮汉子，左脸腮有一条刀伤，弯弯的，像是月牙。他带着这一班人怪巧妙地甩开了追击的敌人，东冲西撞，想再追上大队。不巧敌人这时开始了秋季“扫荡”，到处出动，他们只好朝北开去，接连十几天，走的全是不熟悉的地方。

这天晚上，他们跑到二更天，跳出敌人的合击圈，正想寻个宿营地睡觉，班长忽然听见远远地有一片吵叫声，再仔细二听，才辨出是河水的声音。

他们来到河边，星光底下，看见河面不过半里来宽，隔河有几点火光，像是村落。班长毫不迟疑，第一个鞭着马走下河去，其余的骑兵也跟下去。夜不十分冷，河水没冻，可是很急，而且越走越深，最后没到马肚子。

班长心里想：“这是什么河，好深！”就勒转马头，退到岸上，沿着河朝上走，要找个浅些的地方过河。上流的水更急，总过不去。他们便顺着另一条路，跑到半夜，不见人家，最后爬上一个山头。在山顶上，他们全都惊住了。原来山下模模糊糊地显出一座城，到处亮着电灯，好像星星。

班长的脸颊抽动着，月牙形的刀伤也像活了似的动起来。嘴里骂道：“龟儿子！咱们闯到什么地方了？”总是敌人的地方。他灵机一动，吩咐骑兵朝着城里放了一排马枪。这一下子不要紧，竟惹起城里的骚乱，步枪、机关枪、掷弹筒、过山炮，一时从城里响起来，乱放一顿。骑兵们却悄悄地退下山头，朝着另一个方向跑去。

鸡叫时，他们终于来到一个村子，敲开庄户人家的门，不弄饭吃，也不要睡觉，开口先问：“老乡，你们这里是什么地界？”

农民热情地招呼他们说：“这是包头啊。围城就在那边山脚下……听听，炮响呢，不知日本鬼子又搗什么鬼？”

骑兵们都不觉呀了一声，紧接着又问：“那么前边是什么河？”老乡说：“是黄河，水才急呢，一根鹅毛掉下去，也会旋到水底下去。”骑兵们一齐惊得瞪着眼，随后不觉大笑起来。

第二天，包头的百姓纷纷传说八路军有一团人来攻城，差一点把城攻破。城里的日本兵大半调到雁北进行“扫荡”去了，竟以为八路军转到外线，要捣毁他们的老巢，吓得急忙退回包头，“扫荡”便停止了。十天以后，那班骑兵也平平安安地转回根据地，寻到大队。

一九四三年

春子姑娘

我做民运工作做了几年，有个坏毛病，就是好犯急性病。照我想，普天下那些浇着眼泪长大的受苦人，一得到解放，就该像狂风暴雨扫过后的大树林子，刷地扬起头来，迎接太阳。可碰到的事偏不一样。就有这种人，苦也苦透了，乍起首硬是不认识党的政策，倒像你要害他似的，躲着你走。我往往忍不住冒火，甚至于指责群众说："你们真是狗咬吕洞宾，不识好人！难道看不出我是来救你们的？"有的群众噘着嘴嘟囔道："哼，我看你是来骂我们的！"堵得我透不出气来。

这类大钉子、小钉子，我碰的也不止一次，不过给我教训最深的要算那个叫春子的姑娘。

说起来话长了。那是一九四五年的冬天，我在东北牡丹江做妇女工作。当地回民多，工作重点也就放在回民身上。有一天，早晨下着好大的"树挂"[①]，我呵开窗上的冰凌花一望，天空灰蒙蒙地飘着雪粉，院里的树从根到梢挂上一层霜，就像开了一片白花花的梅花似的。这种天气，最冷了。早饭后，我围上一条白羊毛围巾，走出街去，想找几家熟悉的家庭访听访听当地情形。走不

① 东北天气冷，有时一夜间，树上挂满了霜，一片银色，这就叫"树挂"。

几步，嘴里呵的气沾到围巾上，结成白霜，眼睛叫风吹得一流泪，眼睫毛发硬，也冻了。当时我煞一煞皮带，两手抄到袖筒里，紧紧脚步赶往马家大院去。

大院里，住着三四十家人，家家都往门外泼水，当院冻着挺厚的冰。一冬下的雪扫成几大堆，滋了许多黄尿窝子。住户有开小饺子馆的，摆小摊的，掌鞋的，捡破烂的……多半是贫苦的回民。

一进大车门，我就看出院里闹了乱子。有二三十个妇道人家站在当院，指手划脚地点着西屋，头凑到一堆，嘁嘁喳喳地谈论。一见我，好几个人招着手悄悄说道："同志啊，你来得正好，春子又受她婆婆的气啦！"这时只听见西屋有条恶狠狠的嗓子骂道："你哭，你哭，再哭揭了你的皮！人家养鸡下蛋，养狗看家，喂个雀也会叫两声！你可倒好，白吃我的饭不领情，还想摆款！看我送你到个暖和地方去，再叫你怕冷！"

跟着西屋的门砰地打开，那个叫春子的小媳妇被人从屋里掀出来，踉踉跄跄抢了几步，一头跌到雪窟窿里。她婆婆从后边忽地跳出来，两只大脚片，脖子底下揪了好几道红印，像头母狼一样扑上去，撕掳着往下硬剥春子的破棉袄，嘴里还骂："冻死你这个小婊子养的，再叫你怕冷！"

当院站的那群婶子大娘们围上去，又拉又劝。我也插到当中，想拉开做婆婆的。那个泼妇乱耍着胳膊说："不用你们管，都是你们把她惯的！今天非收拾收拾这个小杂种不可！"便下死劲撕开春子破棉袄的前襟，抓了把雪塞进她的热胸口，还嫌不解恨，又咬着牙拧了春子的脸腮一把。

我实在按不住性子了，推开那个做婆婆的，叫道："你发的什么凶！今天是民主政府，有理说理，打人骂人可不行！"

那婆婆正在毒火头上，转过脸要对我发作，一眼看见我身上穿的制服，有点慌神，瘪了瘪嘴，吱吱扭扭假笑道："哟，是位女同志！

我们这是吵家务，哪敢惊动你！”便转过身去，对婶子大娘数落开了，净咬歪理：“你们说说，谁家的媳妇敢这样：大清早晨，饭没做熟，我去趟茅房回来一看，灶口下倒没人了。我心想哪去了呢？一找，人家小姐可会享福啦，拿瓦盆掏了盆棒子秸灰，躲在炕头上烤火呢！还想撒谎，说是给我掏的火——你一天不定几遍咒我死，谁信你花言巧语的，假装孝顺！”说到末尾几句，又咬紧牙，伸手要拧春子，见我正扶着她，恨得拿右手的食指一点说：“你就给我死在这吧，别想进屋！”扭过身朝家走去，用拳头捶着胸口，娇声娇气哼哼着说是气岔了气，走到门口却又故意提高声音说：“管天管地，管不着拉屎放屁！人家管媳妇也不让管，这叫什么世道！”

我也不睬那个泼妇，跟几个妇女搀起春子来，替她抖搂出前胸的雪，伸手一摸，她胸口冰得连丝热气都没有了。可怜一个年轻轻的小媳妇糟蹋得蓬头散发，又瘦又脏，脸上手上全是冻疮。我替她扣好扣子，解下自己的白羊毛围巾围到她的脖子上，扶她到当院一家刘大婶屋里，放到热炕头上。春子半死不活的，脸色焦黄，闭着眼一句话不说，嘴一瘪一瘪的，想哭又哭不出，憋得直耸肩膀。

满屋的人都啧啧着舌头说：“同志，你不知道，她可受罪啦！”

几句话说得春子呜的一声，伏在炕上哭起来了。

我安慰她道：“别哭了，你的事有我们作主，明天咱们找地方说理去。”

春子抬起脸，泪汪汪地望着我。我又说道：“共产党解放军就是来救大家的，你有多少冤枉都告诉我们，不好就离婚。”

春子赶紧使手背擦着泪说：“不，不，我不受气！”

我奇怪道：“不受气你哭什么？”

春子哭道：“我……我……我害怕！”

我大声说道：“这有什么怕的！鬼子、蒋介石我们一样打垮他，一个封建老太婆成得了什么精？”

春子还是说：“别，别，我怕！”接着又趴到炕上哭起来，怎么问再也掏不出半句话来，惹得刘大婶说道：“这孩子，真窝囊！有嘴没舌的，你就不会说话！”说着捋起春子的袖子道：“你们看看，把个孩子磨治成什么样子，还说不受气！一天不定打多少遍，浑身上下，就别想找一块好地方啦！”

我一看那胳膊，青一块，紫一块，又是伤疤，又是血痂子。不过到底是一股什么邪劲扑到她身上，降伏住她，叫她那么害怕？她怕的显然不光是她婆婆，还有旁的情形。

我问刘大婶她娘家还有什么人，刘大婶叹口气说：“谁知她有娘没娘？光见有个爹，虎虎辣辣的不大务正，在街上做小生意。再就是个姑姑住在哈尔滨，碰巧来一趟。”

我打发个看热闹的小妞去找她爹，不大工夫，门外横着肩膀挤进个中年汉子来，青棉袍子的前襟抹得油光光的，满嘴酒气，一进屋就嚷：“又是什么屁大的事，闹翻了天！我说你们老娘们都发贱，没事寻事，一天不打肉痒痒！”接着一屁股坐到炕沿上，望着他女儿说：“哭什么？你就是个冤种，光会哭！叫我是你呀，给他来个蝎子掉到磨眼里，一螫一磨，看谁厉害！”

我听了，又是好气，又是好笑，插嘴说道：“老大爷，这是什么话！你姑娘都快叫人打残废了，你也不出头管管！”

她爹倒说：“叫我怎么管得了？嫁出的闺女，泼出的水，是好是歹，都是她命里招的！”

我沉着脸说：“今天的事，你不管也得管！虐待媳妇是犯法的事，政府要出面调查。你先把春子领回家去，万一有个差错，问你要人。”

我看出她爹心里一百个不高兴，碍着我的面，又不敢驳；他只好对他姑娘酸溜溜地说道：“好吧，好吧，起来跟你爹回家去！闹不好咱们打离婚，往后人家要嫌你二河水，没主要你，就在家吃你爹一辈子！”

这一说不要紧，春子哭得更伤心。刘大婶等几个人把春子扶下炕，搀着她慢慢往外走，那条白围巾也揉搓掉了，丢在炕上。我见她穿得实在单薄，拾起围巾又替她围上去。她满脸是泪，回过头来望了我一眼，那眼神像是害怕，带着希望，又像是求救，隐藏着绝大的痛苦。

她的痛苦真是一眼望不见底。刘大婶住在本院年数久了，人又快性，盘起腿坐到炕上，对我原原本本说起春子的事。

春子是个外路人，八九岁上，她爹领着她来到牡丹江，从此落了户。爹是个酒鬼，有钱就花了，常对人说春子她妈一生下春子就死了。有时喝得晕晕糊糊的，封不住嘴，又说自己从根起没讨过媳妇，是个童男。春子从哪来的呢？爱管闲事的人背后悄悄猜测，八成是她爹跟谁养的私孩子。正经主嫌春子来历不明，不肯要，顶到十五岁上，她爹在赌钱场押牌九，输给个叫郭疤的二打流子不少钱，经人一说和，拿春子嫁给郭疤顶了账，落个皆大欢喜。

不欢喜的只有春子。猛一进郭家门，吃霉豆饼，黑夜睡觉不脱鞋袜，一天到晚得伺候人家。一个眼色不到，婆婆把脸一沉，大烟袋锅子没头没脸打下来。

提起她婆婆，可刁啦。两只大脚片忽扇忽扇的，整天串门子，专说媳妇的坏话。串够了，回家就找错。饭晚了骂，早了也骂，做多了骂，做少了又骂。阴天下雨不出门，在家净闹病。不是腿痛，就是肚子痛，躺在炕上直哼哼，叫媳妇给她捶腿，揉肚子。伺候得一不顺心，一脚把媳妇蹬个斤斗，坐起来指着媳妇骂道：“小死没良心的，天生不是正经路数！我知道你看着我碍眼，弄副毒药把我毒死算啦，好倒地方给你们快活！”等儿子从赌钱场回来，就媳妇长媳妇短地诉起冤来。碰上郭疤赌输了，没好气，脱下鞋，揪住春子的头发按到地上，砰啪就是一顿鞋底。

郭疤的心计鬼，巴结起个人来，顺风转舵，可会说桌面上话。你看他三跳跶，两跳跶，不知怎么跟伪满警察局勾搭上一条腿，混上个小差事，谱气摆得天大。有一天傍晚，他忽然领回个妖妖娆娆的窑子姑娘，立逼着春子搬到灶口底下睡，腾地方给新人。春子憋着一肚子委屈，蜷在灶口底下哭了一宿，天亮去找娘家爹爹给她做主；她爹一听火了，领着闺女来讲理，一进门，那个窑子姑娘管他叫了声爹，骨头先酥了，女婿又让他坐到上座上，陪他喝了几盅，那酒鬼身子就驾了云，早把闺女的事丢到脑袋后去。

春子坐在灶口下给人烫酒，眼泪哗哗的，都滴到酒壶里去。自己前世造下什么孽，这辈子受这大磨难！爹不务正，男人也不务正，想想将来的日子，一步一个陷坑，这日子可怎么过？哈尔滨倒是有个娘家姑姑，一个姑表兄弟当泥瓦匠，都还疼自己。去找他们吧，道远，哪来的盘费钱？想来想去，越想心越窄，倒不如两眼一闭，死了干净。她立起身，迷迷荡荡走到街上，也不辨东南西北，随着人流瞎走，两眼直瞪瞪的，什么也看不见。一辆粮车迎面赶过来，赶车的紧吆呼，她也听不见，叫大骡子撞了一跤，也不知道痛，爬起来还是走。走着走着，耳朵旁响起一片水声，吓得一看，怎么走到大江边了？也许自己真是该死，鬼使神差，就来到这了？她孤孤零零坐在大江边上，想一阵，哭一阵，哭一阵，想一阵，最后把心一横，撩起衣裳蒙着脸，一头投到江里去……

她失踪几天，婆婆家的人可松心，找也不找。死就死她的！死在外边，还省下一套凯番[①]来。五天头上，她爹忽然把春子送回来了。你看她憔悴得三分像人，七分像鬼，倚在门框子上也不敢进屋，低着脑袋，吧嗒吧嗒直掉泪。

---

① “凯番”：就是白布。人死了用白布缠起来，举行土葬。

她爹一进门，朝女亲家作了个揖说："亲家，没别的，闺女是我的，媳妇是你的，大错小错，看在我面上，你多包涵着点！"。

她婆婆把嘴一瘪，哼了一声，麻搭着眼皮说道："我可不敢担！你闺女那个身份，我们老郭家实在不敢攀，还是你领回去吧！天长日久，万一有个好歹，我也赔不起她那个宝贝命！"

她爹又是一个揖笑道："得啦，亲家，别叫我为难啦！该打该罚，你看着办吧，谁叫我养下闺女不会管教呢！"就朝窗外抻着脖子叫道："春子，还不给你婆婆端茶来！"

春子两手捧着碗滚开的水，像老鼠见了猫似的，骨头都软了，颤颤哆嗦地送到婆婆跟前。婆婆把开水往她脚上一泼，咬着牙骂道："小养汉老婆，你这几天跑到哪去啦？还有什么脸回来见我！"

春子烫得哎呀一声，咕咚地跪到炕旮旯里，才哭了一声，她婆婆一拍桌子喝道："你给我闭嘴！"吓得她赶紧憋住声，紧抽着鼻子，浑身乱颤。

她爹看着实在过意不去，净赔不是说："亲家，你何必跟她一般见识！要说做贼养汉，你媳妇也不敢！我是从医院把她领回来的。昨天就有人对我说，报上登出了：有个女人投了江，叫走船的救出来，送到官家医院去。我疑惑是她，跑去一看，不是她是谁！"

她婆婆一听更炸了："好啊，你还用死来吓唬我！自从进了郭家门，哪点亏待你！你倒抛头露面，寻死觅活的，我老郭家的脸算叫你丢尽啦！我说亲家，咱们有话讲在明处，往后你闺女要真有个三长两短，可别找我打人命官司！"

她爹连连应道："好，好，好，是死是活，我一概不问！"

刘大婶讲到这，脸都气红了，说一句拍一下炕席道："你说春子这日子，往后可怎么过？"随后喘了口长气，接下去道："谁知人家孩子命大，油锅刀山都滚过来，活到今天！自从解放军到了牡丹江，她男人做贼心虚，跑到哈尔滨去，那个窑子娘们也溜了。我几次对春子说：你还不去伸冤告状？那孩子，真是死心眼，叫人气破肚子，连吱声都不敢吱声，照样受气，说起来就是认命！”

刘大婶这番话可真把我气破肚子了。我气她婆婆，气她男人，也气春子。人家要带她往光明大道走，怎么她前怕狼后怕虎的，不敢迈步。

第二天一早，刘大婶忽然急急忙忙跑到妇女会来，见了我的面，把两手一拍，又往左右一张说：“你看春子，夜来黑间又跑回她婆婆家来了——这不是灯蛾扑火，甘心找死么？”

我变得有点不耐烦，当时派人把春子从她婆婆家要回来，领到妇女会。原想说她几句，一看她那可怜样子，心就软了。叫她坐也不坐，倚在门上，低着头，眼皮都不敢抬，一味拿手捽她脖子上那条白围巾。

我把声调放平和说：“春子，你是怎么回事？怎么愿意回去受罪？”

春子的头更往下低，吭哧吭哧地老不搭腔。

惹得刘大婶急躁起来，催她道：“同志问你话，倒是说呀！谁知是谁捏出你来，也不给你安个心，就是那泥胎子！”

这一说把春子说哭了，揪着袄袖直擦泪。我觉得她实在可怜，牵着她的手，拖她坐到炕沿上，摇着她的肩膀哄怂她道：“别哭啦，别哭啦，有什么委屈都告诉我！”

问了好几遍，她才低着头小声说道：“我是害怕……”

我便问道：“怕你婆婆？”

她憋了一会，又小声道：“我怕一离婚，丢脸！娘家也没有妈妈，靠谁去？”

刘大婶说：“靠你爹呀！”

春子抹抹泪道：“我爹夜来领我一回家，直摔打碗筷，见了我就叹气。我心想：要是同志们一走，我不更受气了？还不如先回去好……”

我的心忽搭地打开扇窗户，立时透亮。想不到她是怕离婚！怕丢脸！怕没有靠头！真是石头脑瓜子，不开窍！当时忍不住说：“这有什么丢脸的！离了婚，你就参加革命！”

春子抬起脸来，脸色又呆又木，望望我，又望望刘大婶，似乎不懂我的意思。我又补充说：“你想想，参加工作还不好？”

她又低下头，用指甲掐着炕席，半晌半晌，窝窝囊囊说道：“我想还是到哈尔滨去找他——他要是不要我，就算了。”

我一时没弄明白她的意思，刘大婶早尖起嗓子说道：“痴丫头，你敢情是痰迷心窍啦！找他做什么？还没挨够你男人的揍！”

我睁大眼睛瞪着春子，不知说什么好。这个人，骨头肉都快叫人撕搏烂了，我们要替她打开封建牢狱，放她出来，她可好，灵魂里浸透三从四德一类思想的旧毒，找根绳又把自己绑起来，宁愿受死。我怎么能见死不救呢？就给她讲起旧社会的坏处，以及新社会的婚姻问题等等大道理。讲得唾沫都干了，她呢，闷着头不声不响，全当耳旁风。直到许久以后，我才懂得了她当时的心情：原来她脑子里填满了“嫁鸡随鸡，嫁狗随狗”！又是什么“好马不备双鞍鞴，好女不嫁二夫郎”一类废话。

我说她不听，心里也有点烦，只好先叫她住在妇女会。她的心情更坏，一天家直瞪瞪地，坐着发呆，再不就是睡觉——真是个愁。正赶着我给上级汇报工作，顺便把春子的情形说了一遍。那位上级笑着批评我道：

“同志，你又犯了急性病！要知道，旧的统治虽然打垮了，旧的思想却在群众里留着很深的宿根，一定得经过长期的斗争才能铲净。群众的解放，也要靠自觉自愿，要是他们不觉悟，你就得适当地等候他们、启发他们。你处理春子的问题，完全抱着恩赐观点，好像自己是个侠客，光想用强力把这个弱女子救出来，不碰一鼻子灰才怪。春子是落后，你就得顺着她的道慢慢地来……”

隔一天，恰巧我有事要到哈尔滨一个回民工作队去住个把月，便带着春子一块去找她男人。

在火车上，春子变得有点活气，常常从眼梢悄悄看我，有时拿着古里古怪的话来问我。当中曾经问我有妈没有。我告诉她有妈，在关里老家。她惊奇地睁大眼说：“怎么人家都说共产党没爹没妈，天生是群野种！”

她已经从爹嘴里知道她男人在哈尔滨车站附近开小馆，一下车，我们提着行李直接找去。节令靠年根了，这天正下着鹅毛大雪，飘飘扬扬的，倒不怎么冷。街角停着辆爬犁，上面坐着个上年纪的车夫，浑身落着层雪，眉毛胡子都是白的，一动不动，像个雪人。我们走进饭馆，一阵暖气扑到脸上，赶紧搁下行李，拍打身上的雪。柜台后走出个中年妇女，拿着把笤帚，殷殷勤勤地帮我们扫雪。

春子怯生生地问道：“你们这有个姓郭的没有？”

那妇女先当是来了买卖，一听说找人，住手不再扫雪，斜着眼紧端量春子，一面提高声音说：“你出来看看吧，有人找你呢。”

后屋应道：“谁？”一撩白布门帘走出个油头滑脑的汉子，嘴角有块月牙形的刀疤，不用说，这就是郭疤那名字的来源。他见了春子，有点发慌，瞟了那妇女一眼，假装不认识说：“你有什么事？从哪来的？”

春子垂着眼皮，小声说道：“我是春子，你认不出我来么？”

郭疤道：“什么春子冬子的，你八成认错人了！”

春子急得眼泪汪汪说：“剥了皮我也认识你的骨头，怎么会认错人呢！”

郭疤变了脸说：“你认识我，我可不认识你，这才怪呢！如今是新社会，别放赖讹人！”

春子哭起来了，一句话也说不出。我走上去问道："你当真不认识她么？"

郭疤欺我也是个女的，把两手一摊，嘴更硬："不认识就是不认识嘛，有什么真假！"

我气得高声说道："好，好，你认不认识，自己心里明白！这件事，反正你搪不过去，有地方跟你说理！走，春子，咱们先回去！"

春子早哭成泪人了，抽抽咽咽的，前胸湿了一大块。好不容易搀她走到街上，她再也支持不住，腿一软，坐到雪地上去。我喊车子，那个赶爬犁的车夫抖抖身上的雪，鞭子一扬，赶过车来。我把春子扶上车，回头去取行李，那个中年妇女一把鼻涕一把泪的，正跟郭疤哭着闹呢。

春子随我到了回民工作队，一头倒在床上，拿被蒙着脑袋，饭也不吃。我料理料理事情，再去看她，她的两眼肿得像烂桃，牵着我的手说："同志，我当你也不理我了！这个世上，除了你，还有谁疼我！"

我说："疼你的人多着呢——你不是还有个姑姑在哈尔滨？"

她摇摇头说："你看我弄得婆家婆家不要，娘家娘家讨厌，丢人现眼的，哪有脸见她！"

我便笑道："你不见她，她可要见你呢。"

说着，她姑姑已经随着我派去的人来了。这是个心慈面善的老大娘，头上脚下，收拾得挺利落，身后跟着个方头大脸的小伙子，是春子的姑表兄弟。

春子一见她姑姑，什么不说，把头钻到姑姑怀里，呜呜地只是哭。姑姑摸着她的头发，掉了几滴泪说："好孩子，别难过了，哭得你姑姑也心酸！你不知道，你那黑心眼子的男人早跟饭馆掌柜的他老婆勾搭上了，掌柜的一死，就顶了窝！事到如今，干脆跟他离婚算啦！"

要离婚，在春子这方面也是苦事。她姑姑替她作主，我又三番两次开导她，她心里才闪了点缝。临到要办离婚手续，郭疤那家伙又讨起好来，对春子净说好听的，弄得春子哭了两天，差一点又不想离开他了。

离婚以后，我留春子住在回民工作队里，经常叫她帮同志们出去做点群众工作，有意给她些磨炼。起初她还上紧，一来二去，显得松了，整天恍恍惚惚的，常跑到她姑姑家去，再不就坐在墙角想心事，半天半天不开口，像个木头人。我明白她的思想正起着斗争，一时又难明白到底是些什么思想缠绕着她。

有一天晚间，我赶写一篇工作报告，直忙到十点左右，觉得有点冷，搁下笔搓搓手，站起来要添炉子，一回头看见春子坐在我的床上，悄悄地，望着灯影发呆。

我笑道："哎哟，吓了我一跳！你几时进来的，连点动静也没听见。"

春子笑了笑，怪不自在，看得出是有满肚子心事。我往炉子里加着煤，拿话引她道："春子，你怎么老是愁眉不展的？是不是离了婚，还是怕人笑话？"

春子红着脸说："不是，不是。那件事，我早想开了。我是想……"话到嘴边又咽回去了。

我用鼓励的口气对她道："说吧，说吧，有话别烂在肚子里，憋得慌。"

她低着头，拿指头乱划拉着床说："我是想问你，你们是不是就那样过一辈子？"

我问道："就怎样过一辈子？"

她说："就像断了线的风筝似的，吃饱饭就颠着脚后跟绕街跑？"

我说："人家是做工作呀，也不是瞎跑！"

她勉强说："是也是，不过老娘们也有老娘们的事，一天家不做饭，不做针线，光串门子，到老算个什么！"

我忍不住笑道："你说咱们妇女应该关在笼子里么？"

她像怀着鬼胎，偷偷望了我一眼说："我不是那个意思，要都像我关在笼子里受罪，活得有什么滋味？不过……不过女人家还得生儿养女……"便背过脸去，神气挺不自然地说："我有孩子了。"

我睁大眼问道："几个月啦？"

她支支吾吾应道："哪知道呢？横有五六个月了。"

我发急道："嗐，你怎么不早说！五六个月还不休息，尽自跑路怎么行？"便低着头寻思应当怎样安排她。

她吞吞吐吐先提出来道："你看……我回姑姑家好不好？"

这句话，明明是她早想好的。现在，我才看清她的思想。这一程子，她的亲身遭遇，以及革命的熏染，给她在思想上点起盏灯，也算认清了旧日的痛苦，可是又不能完全从旧思想里摆脱出来，依旧有点留恋家庭生活，硬拉着她走又是急性病。既然有了孩子，让她先回姑姑家也好，就答应她了。

第二天过午，她姑表兄弟叫了辆"斗子车"来接她。我拉着她的手送到大门口，她却像做了对不住我的事，垂着眼皮，连望都不敢望我，好几次想说什么又吞回去。车夫吆着牲口跑起来了，她才掉过脸来瞟了我一眼，眼泪转在眼圈里，露出恋恋不舍的神气。她虽说走了，她的心明明还依恋着这个革命的大家庭。

我望望她，又望望她表兄弟那宽阔的背影，觉得这两人配在一起，倒是天生的一对儿。于是在心里替春子画出一幅幸福的生活来。

转眼过了年。我把应办的事都办完，准备回牡丹江去。自从春子走后，我的事情太忙，老分不开身去看她。她来过几趟，碰上我不在屋，也没遇着。我打算在走前找她谈谈。

当时国民党反动派在东北进攻得正急，特务的活动也比较凶。这天吃下午饭时，饭桌上有位做公安工作的客人，谈起一件昨天晚间新破的特务案子，说有个小学校长借着小学生的嘴散布谣言，说什么共产党待不长，国民党快进哈尔滨了！我们去逮他时，恰巧他正召集喽啰们开会，一家伙堵住四个。有个特务想跳窗逃跑，当场叫战士一枪撂倒——这个坏蛋叫郭疤。

我一听郭疤两字，吃了一惊，正想追问追问，有位同志先问起破案的经过。

那位客人咽下口高粱米饭笑道："还不是依靠群众。是个姑娘给报的信——那人挺窝囊，倒能做点事。"

我的心一跳，立忙问道："你说那姑娘是不是脖子上围着条白围巾？"

客人睁大眼说："是啊！"

我又问道："她的名字是不是叫春子？"

客人更加惊奇，连连点着头说："不错，不错，就是春子！你怎么知道？"

我笑起来道："我是猜的。"便胡乱吞下碗饭，撂下碗筷就走。那心情，就像庄稼人看见自己亲手种的谷子出苗秀穗一样高兴。

工作队的同志取笑我道："看你慌的，提起春子乐都乐饱啦！"

我头也不回，大声说道："我要看看她去！"一面走一面解下帽子耳朵，戴上手套，穿过后廊，来到前厅，握着把手打开前门。

门口立着个人，正是春子。

我欢喜得不行，上去挽住她的胳膊，拉她走进我的屋子，让她坐在炉子前烤火，一边不住嘴地说道："想死我啦！想死我啦！我正要去看你呢。你做的事，我刚听说了，到底怎么回事，快说给我听！"

原来春子她姑姑住在个大杂院里，楼上就是那所小学。这些天，院里男的女的一碰头，交头接耳地净谈些没根的谣言。春子心里犯疑，问她姑姑道："是谁说的，国民党要来了？"她姑姑悄悄说道："你可别传出去呀！是楼上小学校长说的。"春子听了，心里翻腾老半天，想去报告，又怕连累了亲的厚的；不去吧，共产党救了自己，怎么能背人家呢？再说，国民党要真来了，穷人不又要打到十八层地狱去……

我截住她的话头问道："你事前知不知道郭疤也是他们的一伙？"

春子道："哪想得到呢？只说他坏，谁知他坏得狗都不闻！"

我望着她的脸又问道："你可怜他么？"

春子把牙一咬说："我恨透他了！光糟害我不算，还跟反动派勾着糟害大家！依着我的意，就该一锥子一锥子扎死他！"

这几句话说得又脆又响。这个我曾经认为思想落后的姑娘，早先浸在苦水里，只是怨命，眼时明白了痛苦的来源，懂得了恨，到底像棵狂风暴雨扫过后的树木，迎着太阳昂起头来了。

她又迟迟疑疑说道："我还是想参加革命，不知你们还要不要我啦？"

我不禁问道："你姑姑待你不好么？"

她轻轻叹口气说："好是好，可是大伙老提媒，要把我许给我表兄弟……我姑姑疼我疼得要命，看那样子，我猜也是想要我当她儿媳妇。我觉得自己就是口菜，走到哪儿人家都想吃你。我靠这靠那，归根到底哪也靠不住，还是靠共产党，才有指望。"

我顿一顿说："可是你肚子里的孩子怎么办呢？"

她的脸忽地变得通红，又羞又愧，窝囊半天悄悄说道："同志，我实在对不起你！"

我不明白她的话，她又说道："那时候，我光想去姑姑家，又怕你不依，就听了姑姑的话，假装有孩子……"

我忍不住笑起来。想她离开我那天，留恋革命，更留恋家庭，终归走了。现时呢，姑姑的家庭并不称意，又绝了路，想必是那件特务案子更刺了她，才下决心回到革命队伍来了。她算醒过来，我也更清醒地体会了那位上级同志的批评：对群众，你要领他前进，包办命令是不行的，一定要从他原来的水准出发，采取许多步骤使他自然而然地革命化。我替春子高兴，也替自己高兴，哪能不笑呢？可是一看春子羞得脸像个紫茄子，眼泪直转，差一点哭出来，我赶紧停住笑，亲亲热热握住她的两手说："别难受了，我是欢喜的笑，人要实心，火要空心，你实心实意要革命，谁不掏出心来欢迎你呢。"

到这，春子的故事算完了。且慢，有几桩事还应该补充补充。春子跟我回到牡丹江后，便留在妇女会做回民工作，非常起劲。不过她有个毛病，最恨"破鞋"，专领着头斗争"破鞋"。她不知道这些妇女也受旧社会的压迫，只觉得她们无耻，后首才咬破口，看清道理。

一年多以后，"三查"定成分，她的母亲问题，引起了好大风波。她自己说她妈早死了，侧面却听说还活着，也有人说她是个大姑娘养的私孩子。赶巧她姑姑到了牡丹江，她跑去问，姑姑哭了说："你生母一生下你就死了！"

我觉得事情可疑，又去找她姑姑，老大娘流着泪道："不瞒你说，她妈是活着！当时生下她，穷得养不起，才给了她这个爹，又怕她知道自己亲妈还在，对人不好，辜负人家养育的恩情，老不敢说。"

我急得问道："她妈到底是谁呢？"

她姑姑哭起来道："难道你还不明白——就是我！"

我回来对春子一说，她塑在那儿半天不动，慢慢滚下两滴泪来，小声说道："真是做梦也想不到，怪不得她那样疼我！我倒错疑她了。”

这事一发生，我担心春子的思想会起变化。早先她不是一再埋怨自己没有妈，没个依靠？现在有了妈，会不会又要求回家呢？春子知道我的意思后，垂着眼皮，有条有理地说道：“同志，你不要门缝里看人，看扁人了。自从参加那天起，我就把革命当成了家。救我的是共产党，教我重新做人的也是共产党。共产党就是我再生的母亲，不靠她靠谁？”

她的话又简单、又动人。我吃惊地望着她，发现这一年来光景，她从灵魂到外貌，完完全全蜕了层皮，变成另一个春子了。她的脸不再像乍见时那样又瘦又脏，长丰润了，脸腮红红的，透出青春的气色。我说出我的意见，她一抬眼皮，笑了——我第一次发觉她竟是这样漂亮的姑娘。